La collection
est dirigée par N

Eloik, combattant des cauchemars
Tome III : Le Pilier des Mondes

Les auteurs

Né à Québec en 1970, Martin Bois s'intéresse très tôt à la littérature de science-fiction grâce aux récits imaginaires de Jules Verne. Dès l'âge de huit ans, il écrit ses premières histoires et prend rapidement goût à cette forme d'expression qui lui permet de libérer son imagination.

Sébastien Lévesque, né à Rimouski, possède une formation en télévision et en cinéma. Passionné depuis toujours par le fantastique et la *fantasy*, il est le premier créateur du personnage d'Eloik et de son merveilleux Monde des rêves. Il habite maintenant Québec, et son plus grand rêve est de rendre heureuses sa conjointe et sa petite fille, les amours de sa vie.

Bibliographie

L'Éveil du rêveur, Gatineau, Vents d'Ouest, « Eloik », n° 1, 2007.

À la recherche de la Source, Gatineau, Vents d'Ouest, « Eloik », n° 2, 2007.

Site Internet

www.eloik.com

Vents d'Ouest

Martin Bois et Sébastien Lévesque

Eloik, combattant des cauchemars
III. Le Pilier des Mondes

Catalogage avant publication de Bibliothèque et Archives nationales du Québec et Bibliothèque et Archives Canada

Bois, Martin, 1970-

Eloik, combattant des cauchemars

(Collection Eloik)
Sommaire: t. 1. L'éveil du rêveur -- t. 2. À la recherche de la source -- t. 3. Le pilier des mondes.
Pour les jeunes.

ISBN 978-2-89537-134-2 (v. 3)

I. Lévesque, Sébastien, 1972- . II. Lévesque, Frédérik. III. Bougie, Christian. IV. Titre. V. Titre: L'éveil du rêveur. VI. Titre: À la recherche de la source. V. Titre: Le pilier des mondes.

PS8603.O367E46 2007   jC843'.6   C2007-940116-3
PS9603.O367E46 2007

Nous remercions le Conseil des Arts du Canada de l'aide accordée à notre programme de publication. Nous reconnaissons l'aide financière du gouvernement du Canada par l'entremise du Programme d'Aide au Développement de l'Industrie de l'Édition (PADIÉ) pour nos activités d'édition. Nous remercions également la Société de développement des entreprises culturelles ainsi que la Ville de Gatineau de leur appui.

Dépôt légal - Bibliothèque et Archives nationales du Québec, 2007
                Bibliothèque et Archives Canada, 2007

Révision: Raymond Savard

Illustrations intérieures: Frédérik Lévesque (p. 10, 11, 111, 193)
Christian Bougie et Isabelle Lamoureux, Odacia Studio (p. 67, 249)

© Martin Bois, Sébastien Lévesque & Éditions Vents d'Ouest, 2007

Éditions Vents d'Ouest
185, rue Eddy
Gatineau (Québec) J8X 2X2
Courriel: info@ventsdouest.ca
Site Internet: www.ventsdouest.ca

Diffusion Canada: PROLOGUE INC.
Téléphone: (450) 434-0306
Télécopieur: (450) 434-2627

Diffusion en France: Distribution du Nouveau Monde (DNM)
Téléphone: 01 43 54 49 02
Télécopieur: 01 43 54 39 15

*À la mémoire de mon
père, Jacques (1934-2006)*

M.B.

*Pour tout ce que Diane et Gilles
ont fait pour moi*

S.L.

Sébastien remercie Jacqueline, Linda et Michel pour leur compréhension.

Martin remercie Markus Peter pour sa confiance et son engagement ainsi que Marie-Josée Pelletier pour son enthousiasme et ses encouragements.

There comes a time when the rationality of men
must fade into insignificance
and one must accept
the inevitability of the Truth!

(« Il vient un temps où la rationalité des hommes
doit se dissiper et où l'on doit accepter
l'inévitable Vérité ! »)

Journal de bord de l'amiral Richard B. BYRD
(février – mars 1947)

Zone centrale du Rêve

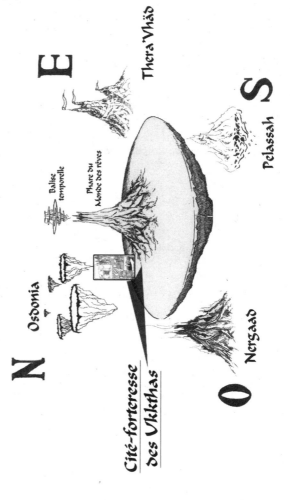

N

Ostonia

Balise temporelle

Phare du Monde des rêves

E

Thera'Vhäd

O

Nergaad

Cité-forteresse des Vkkthas

Pelassah

S

Cité-forteresse des Vkkthas

Chapitre premier
Opération Atlas

AU MOMENT où l'Indice du Mur de Foudre lui avait défoncé la cage thoracique et qu'Eloik en avait libéré la puissance à l'intérieur de son corps, Küwürsha sut immédiatement qu'une portion importante de ses pouvoirs s'était enfuie à jamais. Quelque chose était mort en elle. Cette curieuse certitude fit rapidement place à l'inquiétude. De toute évidence, l'artefact fondateur avait endommagé le lien thaumaturgique direct entre ses fonctions vitales et le rayonnement de la Mûdrahti. La lumière de plus en plus brillante de l'objet était en train de faire écran au pouvoir obscur de la Gemme corrompue et, sans la pleine puissance de ce pouvoir, la reine savait qu'elle était condamnée.

Rapidement, l'espace-temps se tordit vers l'infini à l'intérieur de sa poitrine, reléguant aux oubliettes le début de son questionnement. Pour la première fois de son existence, elle fut en proie à la plus grande des terreurs. Un portail de translation commençait à s'ouvrir à même son cœur. Son evkhêre, pourtant si résistante à ce genre d'épreuve, fondait comme du beurre. Rien ne semblait pouvoir arrêter cet horrible trou qui s'élargissait au milieu de son torse. Tout s'effondrait, tout lui échappait.

Elle était sur le point de s'abandonner à l'affolement, mais l'extrême célérité des événements qui suivirent ne lui en donna pas le temps. Deux choses se produisirent de façon simultanée : son enveloppe onirique se déchira avec violence puis explosa tandis que l'essence brute du Cauchemar qui transitait à travers elle s'effondra brutalement sur son âme dénudée. Sans plus de cérémonie, ce qui demeurait de Küwürsha fut entraîné dans le portail avec le reste de ses combattants. En une fraction de seconde, ils disparurent de la réalité onirique pour plonger au sein d'une insondable obscurité animée d'un mouvement tourbillonnaire.

Habituée à traverser le Grand Abîme dans ses déplacements incessants, Küwürsha s'efforça de retrouver son calme tout en essayant de gagner le centre du puits de gravité, là où les vecteurs s'équilibraient. C'était le seul moyen de glisser en douceur à travers les dimensions. Pourtant, cette fois-ci, les choses échappèrent à son contrôle. Était-ce la conséquence directe de la destruction partielle de ses pouvoirs ? Küwürsha chassa cette pensée et redoubla d'effort afin de rallier le centre du tourbillon le plus rapidement possible. À sa grande surprise, la tâche s'avéra impossible. Une force inconnue la maintenait à l'écart. Après plusieurs tentatives

Illustration de Andrée-Anne Martin, gagnante du concours Küwürsha d'illustrateurs amateurs.

infructueuses, la gravité devint si oppressante que la reine, malgré sa capacité de résistance naturelle aux pouvoirs du néant, alla se plaquer violemment contre les restes de son armée de Narkhys qui tapissaient les parois du maelström. Elle partagea avec eux l'indescriptible sensation d'écrasement en essayant tant bien que mal de demeurer consciente. Le supplice semblait ne plus vouloir s'arrêter. La masse invisible qui pesait sur elle et les siens enflait avec une telle démesure que même les pensées n'arrivaient plus à se former et à prendre leur essor au sein de son esprit. Au moment précis où elle crut avoir atteint les limites de la douleur, une immense lumière blanche emplit son champ de vision. Küwürsha n'eut même pas le temps de pousser la moindre exclamation qu'elle fut propulsée avec force vers l'extérieur et alla s'écraser pitoyablement sur une surface poudreuse et blanche. Un seul coup d'œil lui suffit pour comprendre qu'elle et ses soldats avaient été vomis sur le plan physique en un lieu clairement inhospitalier au Cauchemar.

Après plusieurs secondes de confusion remplies par les cris d'agonie et les plaintes de ses soldats, la reine du Cauchemar se remit sur pied. Elle constata immédiatement qu'elle avait retrouvé sa forme physique naturelle. Quoi qu'il fût advenu de son corps onirique, la translation dans le monde terrestre lui avait offert une seconde peau, identique en tout point à la première. Un élan d'enthousiasme monta alors en elle. Tout n'était peut-être pas fini. Il s'agissait à présent de savoir tirer profit de la situation et d'agir sans perdre de temps.

Du haut de ses quinze mètres, elle toisa ses troupes de Narkhys. Leurs couinements pathétiques ne lui tirèrent aucune larme. Quelques-uns tendaient les bras vers elle en espérant recevoir de l'aide, mais Küwürsha se désintéressa rapidement de leurs souffrances pour scruter l'ensemble de l'horizon. Aussi loin que portait sa vue, ce n'était qu'un immense désert glacé d'une blancheur immaculée. Elle connaissait suffisamment la géographie de la terre pour en déduire qu'elle occupait l'un des pôles de cette planète. Contrariée, Küwürsha grogna puis se retourna pour examiner le reste du paysage. Le spectacle qui s'offrit alors à elle lui fit écarquiller les yeux. Bien que sa propre taille fût fort appréciable, elle ne put s'empêcher de se sentir réduite aux dimensions d'une simple bestiole devant la taille cyclopéenne de l'objet qui obstruait à présent tout son champ de vision. C'était une tour dont la forme rappelait vaguement un cône. Un cône dont le sommet se situait à une altitude vertigineuse. Les volutes de vapeur d'eau qui dansaient sur sa surface noire et lisse, ainsi que les débris de glace qui fondaient et glissaient vers sa large base, témoignaient de la chaleur qui émanait de l'objet. Là où, quelques instants plus tôt, un portail de translation s'était ouvert, on voyait maintenant un faible rougeoiement qui diminuait progressivement d'intensité. À l'évidence, il était à présent impossible de revenir en arrière en empruntant ce chemin. La frustration lui fit serrer les poings.

— *Illytsa vots'*? [« Des blessés ? »] cria-t-elle en faisant volte-face pour regarder ses soldats éparpillés dans la neige.

Les plus robustes, en entendant cette question, se relevèrent avec peine pour prouver à leur reine qu'ils étaient bien vivants. Même en prenant appui sur leurs lances pour conserver leur équilibre, il était évident qu'ils étaient salement amochés. Quant aux autres, toujours étendus, ils n'eurent pas le loisir de répondre à la question formulée par Küwürsha : ils étaient tout simplement morts. La translation avait été si brutale que les effets de la gravité leur avaient probablement déchiré les entrailles.

Küwürsha se sentit tout à coup mal à l'aise. Un frisson venait de lui traverser le corps. À son plus grand étonnement, le froid polaire, qui jusqu'ici ne lui avait causé aucun problème, s'insinuait subtilement sous son épiderme. Cela ne se pouvait pas. Aucune sensation physique ne devait pouvoir l'atteindre dans le monde matériel. Malgré tout, bien qu'elle eût un ardent désir de le nier, la morsure du gel se faisait bel et bien sentir. Qu'est-ce que c'était que cette folie ?

Les asticots, qui, depuis son arrivée, grouillaient vigoureusement dans sa gueule, furent les premiers à lui confirmer que quelque chose n'allait pas. En effet, ils perdaient progressivement de leur vivacité pour sombrer peu à peu dans une léthargie de mauvais augure. Küwürsha se rendit compte qu'ils allaient bientôt lui poser un sérieux problème.

Ses poumons qui, lorsqu'elle se trouvait à l'intérieur du Cauchemar – son élément naturel –, convertissaient l'éther onirique en énergie, ne lui étaient d'aucune utilité dans ses rares déplacements à travers les plans qui possédaient une densité plus élevée. De toute façon, la majeure partie de sa substance demeurait reliée à la Mûdrahti, prisonnière du Grand Abîme : seule une infime portion de son être se transférait réellement sur le plan physique. À quoi bon munir d'organes internes rudimentaires les simulacres biologiques dont elle se servait pour interagir avec la matière ? Ils n'étaient pas réellement vivants, après tout. Son plus récent périple sur Terre remontait à la dernière Nuit du Passage au cours de laquelle elle avait pris l'aspect de la petite Laura Coylton, un spectre dépourvu de toute fonctionnalité physiologique. En aucun temps n'avait-elle senti peser sur elle le fardeau relié à l'ingestion d'aliments, à l'absorption d'eau et encore moins à celui de devoir respirer de l'air comme ces humains répugnants. Pourtant, en ce moment même, elle prenait conscience que les choses avaient radicalement changé. Elle comprit alors la véritable teneur de l'intuition fugace qui avait traversé son esprit au moment où l'Indice du

Mur de Foudre l'avait transpercée. Envolés, ses pouvoirs de métamorphose ! Disparue, son immunité aux éléments ! Elle était mortelle à présent et, comme toutes les créatures terrestres soumises à la mort, elle devait maintenant partager leur pitoyable condition et se maintenir en vie par l'inhalation d'oxygène. Évidemment, à son plus grand embarras, cela devait se faire grâce à des poumons biologiques adaptés à sa nouvelle réalité. Küwürsha tombait des nues et c'est peu dire. Comme pour appuyer cette prise de conscience, l'air cessa subitement d'affluer à l'intérieur de sa gorge. Les asticots qui pendaient hors de sa bouche avaient fini par se solidifier et obstruaient maintenant ses voies respiratoires. À cet instant, elle aurait bien aimé être pourvue de narines, mais sa physionomie d'origine n'avait pas pris ce détail en considération. Prise de panique, Küwürsha se mit à courir frénétiquement dans la neige.

Les Narkhys, surpris et fascinés par le spectacle inattendu de leur reine qui se débattait en courant sans but précis, décidèrent de la suivre. La taille gigantesque de Küwürsha faisait en sorte qu'elle couvrait de grandes distances en quelques enjambées, et les soldats lancés à sa poursuite durent redoubler d'ardeur pour ne pas la perdre de vue. Les mains griffues qu'elle tenait à son cou donnaient vraiment l'impression qu'elle était à la recherche de son souffle. Peut-être courait-elle pour le rattraper ?

Finalement, après une course de près de cinq cents mètres, la reine stoppa net et tomba à genoux dans la neige. D'un geste désespéré et rageur, elle porta la main à sa gueule, empoigna fermement l'amas d'asticots gelés qui lui tenait lieu de langue et tira de toutes ses forces. Un claquement sec se fit entendre et l'instant suivant un flot de liquide noir jaillit de sa gueule béante. Tandis que les restes de son armée accouraient vers elle, l'intense douleur la fit bondir et pousser un hurlement de rage en direction du ciel. À cet instant précis, à une douzaine de kilomètres d'altitude, un satellite d'imagerie à haute résolution, qui balayait le secteur depuis quelques minutes, tira son portrait et le relaya aux humains enfouis sous le dôme géodésique de la base Amundsen-Scott.

Complètement insouciante de la série d'événements que ces clichés allaient bientôt provoquer dans le monde, Küwürsha continua à se convulser sous l'effet de la douleur tout en essayant de ne pas se noyer dans son propre sang. Par chance, le liquide noirâtre, épais comme du mazout, coagulait rapidement.

Même si elle ne pouvait plus articuler de mots intelligibles, ses hurlements rauques suffirent à tenir ses soldats à l'écart. Ils formaient un cercle compact autour d'elle tout en prenant garde de ne pas obstruer ses mouvements. Les cent vingt-deux Narkhys s'étaient entassés les uns contre les autres dans l'espoir de conserver le plus longtemps possible leur chaleur corporelle qui fuyait inexorablement et beaucoup trop rapidement. Leur nouvel environnement n'avait rien de douillet, et ils avaient intérêt à travailler de concert s'ils voulaient avoir une chance de survivre. Bien sûr, la plupart d'entre eux avaient rapidement compris que leurs derniers instants étaient arrivés, mais tant que la reine demeurait vivante, il était hors de question de l'abandonner. Les Narkhys étaient corrompus jusqu'à l'os, mais personne ne pourrait jamais leur reprocher leur manque de fidélité envers Küwürsha. Elle était leur vie et ils iraient jusqu'au sacrifice ultime pour qu'elle puisse perpétuer son existence.

Irdahl, simple fantassin, qui contemplait ce saisissant spectacle avec ses frères, remarqua qu'aucun d'entre eux n'avait fait émerger les traits de son visage : tous, sans exception, conservaient un silence religieux mêlé de frayeur devant les souffrances qu'endurait leur déesse mère. Que pouvait-il faire pour lui venir en aide ? S'approcher d'elle dans cet état aurait équivalu à un suicide. Un instant, il détourna les yeux de sa reine dans l'espoir de trouver une amorce de solution quelque part sur cette plaine glacée. Peut-être existait-il un endroit où se mettre à l'abri et où les rares thaumaturges encore vivants de la troupe pourraient tenter de la soigner.

Soudain, le regard d'Irdahl fut attiré par un mouvement en périphérie de son champ de vision. On eût dit que sur sa droite des monticules de neige se soulevaient et avançaient vers lui.

– **Mo-oelio-öth** [« Regarde »], fit-il en bousculant son voisin de droite et en montrant du doigt les formes en mouvement.

Son compagnon regarda dans la direction qu'il lui indiquait.

– **Ma si va'Syynyd ! Shair kou van'ou-roulieth ?** [« Par les ancêtres ! Qu'est-ce que c'est que cette saloperie ? »]

Irdahl haussa les épaules pour montrer qu'il ne savait pas plus que son confrère quelle était la nature de ces phénomènes. Peut-être serait-il sage d'en avertir toutefois les autres et de préparer la défense avant qu'il ne soit trop tard.

Son compagnon, d'un grade supérieur au sien, s'en chargea avant qu'il en prenne lui-même l'initiative. Il ne suffit que de quelques secondes pour que la totalité des Narkhys se retourne vers les nouveaux arrivants. Küwür-sha elle-même, malgré ses souffrances, entendit l'ordre et jeta un coup d'œil vers les masses en mouvement. Sans perdre un instant, le cercle de soldats se scinda en deux et se redéploya sur trois rangs pour former un mur devant la reine.

Le sol gelé se mit à vibrer. Faiblement dans les premiers instants, puis de plus en plus fort à mesure que les formes se rapprochaient. Bien-tôt, les Narkhys furent en mesure de les distin-guer. C'étaient des machines géantes. Des robots épousant vaguement une forme humaine, mais là s'arrêtait la ressemblance. Bien que recouvertes par un camouflage composé de plaques blindées de couleur blanche, il était possible, à cette distance, de distinguer les pistons hydrauliques et les câbles gainés de caoutchouc noir qui couraient à travers les interstices de leurs articulations. Ils étaient six et avançaient en formation triangulaire : un à l'avant, deux au milieu et trois à l'arrière. Leurs mouvements, synchronisés à la perfection, donnaient l'impression qu'ils ne formaient qu'une seule entité.

Les Narkhys se mirent à murmurer et à se lancer des regards consternés. Un malaise prenait forme. Afin de stimuler leur courage, ils commencèrent à frapper le sol gelé avec la hampe de leur lance tout en poussant des cris brefs et rauques. Le rythme vint faire contre-point à celui créé par le pas cadencé des robots.

Lorsqu'ils arrivèrent à une centaine de mètres de Küwürsha et de ses fantassins, les machines stoppèrent leur avancée. Tandis que les Narkhys continuaient à marteler la neige et à scander leur cri de guerre, qui, à vrai dire, ne semblait pas du tout impressionner les robots, le commandant de la formation leva son énorme bras métallique à quarante-cinq degrés dans un geste qui ressemblait à un salut ou une invitation au silence. Quoi que ce geste ait pu signifier, les Narkhys poursuivirent leur démonstration agressive et y mirent même un peu plus d'ardeur. En réalité, il était hors de question de laisser paraître une quelconque forme de faiblesse ou de soumission devant cette menace mécanisée. Répondre au salut, si c'en était un, ou se soumettre à un quelconque ordre de se taire provenant d'une force étrangère, leur était inacceptable… surtout en présence de leur reine.

Küwürsha se releva malgré les souffrances et le froid implacable. Privée de la parole, elle fit usage de télépathie pour ordonner à ses troupes de mettre immédiatement fin au vacarme. Son esprit sonda rapidement ceux de ses soldats qui formaient la ligne de front et elle arrêta son choix sur Irdahl. Elle transféra une partie de son influence dans son corps afin de pouvoir parler. En bon serviteur, il se laissa manipuler comme une véritable marionnette. Néanmoins, en son cœur, il exultait de joie : sa reine avait daigné l'honorer de sa présence. Sans hésiter, il s'avança vers les six géants et transmit les paroles que Küwürsha déversait dans son esprit.

– **Qui êtes-vous ?**

Les machines gardèrent le silence. Quant à celui qui semblait être le chef de la bande, son bras demeura levé. En fait, et c'est peu dire, tout le monde avait l'air un peu idiot à se dévisager ainsi sans avoir quoi que ce soit d'intelligent à proposer. Seul le vent qui soufflait sur la plaine blanche et sculptait patiemment les congères semblait chargé de sens. Il souffla et souffla durant de longues minutes sans qu'aucun des deux partis ne daigne réagir.

Soudain, un déclic se produisit : six ailettes noires de forme rectangulaire jaillirent de l'avant-bras du premier robot. On aurait dit qu'une fleur venait d'ouvrir ses pétales, mais les exilés du Cauchemar perçurent immédiatement que le titan de métal n'avait pas l'intention de les séduire à l'aide d'un bouquet. En une fraction de seconde, l'avant-bras se mit à tourner rapidement sur lui-même tandis que les ailettes laissaient échapper un son strident. Au moment où les fréquences sonores atteignirent le niveau des ultrasons, le mouvement de rotation stoppa brusquement et une terrible déflagration composée de basses fréquences polyphasées balaya la plaine enneigée. Les Narkhys tombèrent comme des mouches. La puissance du boum sonique leur fit immédiatement perdre connaissance.

Küwürsha grimaça quand l'onde de choc l'atteignit ; néanmoins sa résistance mentale accrue lui permit d'encaisser le coup. Il ne lui restait guère d'options pourtant. Si elle devait mourir sur cette plaine gelée, au moins partirait-elle dans un tourbillon de violence sans précédent. Elle enjamba les corps de ses serviteurs et chargea les six robots qui ne bronchèrent même pas en la voyant foncer vers eux. Leur placidité ne fit que décupler sa rage qui s'extériorisa par un long hurlement. La puissance de son cri provoqua un nuage de vapeur d'eau autour de sa tête qui la fit ressembler à une locomotive folle lancée à toute allure.

Lorsque Küwürsha ne fut plus qu'à vingt mètres d'eux, l'un des trois robots placés à l'arrière de la formation se détacha du groupe en faisant un mouvement de côté. Un appareil qui ressemblait à un boîtier noir pivota de son omoplate et vint se positionner au-dessus de son épaule droite. De minuscules fléchettes furent éjectées et allèrent se planter dans l'abdomen et la poitrine de la reine. Cette fois-ci, ses forces la quittèrent définitivement et elle chavira dans l'inconscience.

Après avoir constaté qu'elle ne bougeait plus, cinq des six robots s'approchèrent du corps gigantesque de Küwürsha et fixèrent des collets métalliques à son cou, à ses bras et à ses jambes. Ils y attachèrent des câbles d'acier montés sur des treuils logés à même leur structure mécanique ; ils s'éloignèrent l'un de l'autre en laissant dérouler leurs câbles dans la neige.

Le chef du groupe, qui n'avait pas participé à cette manœuvre, se contenta de communiquer ses ordres par radio. Dans les secondes qui suivirent, deux rotors sortirent du dos de chaque robot et des pales se déplièrent. Rapidement, l'air s'emplit du son syncopé caractéristique des hélicoptères. Les machines soulevèrent l'enveloppe inerte de la reine du Cauchemar comme s'il se fût agi d'une vulgaire poupée de chiffon, puis reprirent la direction de leur base.

Chapitre II
Premier contact

C'ÉTAIT UN MATIN GLACIAL de janvier sur la banquise de Ross. Pour être plus exact, c'était le matin depuis déjà plusieurs semaines. À cette latitude, le soleil ne se levait pas de façon quotidienne comme il l'aurait fait pour un observateur placé plus près de l'équateur. Ici, c'était l'Antarctique et tout se présentait de façon extrême... même la durée du jour et de la nuit.

Le professeur Edgar Ramey, homme costaud, plutôt trapu, à quelques jours de son cinquante et unième anniversaire de naissance, écrasa le mégot refroidi de son cigare et se cala contre le dossier de son fauteuil, l'air pas trop jovial. Il venait de prendre connaissance des ordres cryptés en provenance de Washington. Malgré le fait que la liste officielle le répertoriât comme un employé du Département du Commerce à cause de son appartenance à la NOAA, sa position de conseiller scientifique en chef de la base relevait en réalité du Département de la Défense. Bien que cela dût demeurer confidentiel, c'était en fait un secret de polichinelle parmi les cadres de la station. Personne n'était assez naïf pour gober le fait que McMurdo n'était qu'une base scientifique. D'autres intérêts étaient en jeu pour quiconque avait des yeux pour voir et des oreilles pour entendre.

Ramey devait avant tout rendre des comptes au secrétaire d'État Robert Gates. Les événements qui étaient survenus dans les dernières heures n'avaient rien fait pour le soulager un tant soit peu de la pression qui s'accumulait sur ses épaules. Depuis le *black-out* radio qui avait immédiatement suivi la réception des images singulières de la « Tour » et des « créatures » captées par IMSAT-III et qui avaient été transmises aux ordinateurs de la base Amundsen-Scott avant de parvenir au chef des chefs et aux grosses pointures du Pentagone, il s'était vu rappeler, à son corps défendant, la véritable nature de sa tâche : servir de tampon entre les intérêts scientifiques et militaires. Pour des raisons de sécurité nationale, le secrétaire à la Défense avait décrété que l'incident devait immédiatement tomber sous le sceau du secret. Rien ne devait filtrer. Ramey n'avait pas besoin d'un doctorat en astrophysique pour comprendre que la direction de la base venait de lui échapper, mais qu'en cas de bavure, il serait celui qui serait montré du doigt et encaisserait tous les reproches.

Un protocole d'urgence, pensé des années à l'avance, fut sorti des oubliettes et réactivé pour faire rouler les rouages d'une mécanique parallèle et occulte. D'ici quarante-huit heures, des hommes de la CIA, de la NSA et du département de cartographie de la NGIA, accompagnés d'un contingent de militaires triés sur le volet, atterriraient sur la piste gelée de Williams Field et prendraient le contrôle des opérations qui s'ensuivraient. Évidemment, c'était en violation directe du traité sur l'Antarctique, qui interdisait toute forme de militarisation du continent, mais comme d'habitude les bonzes de Washington trouveraient bien un moyen de se justifier après coup. Ces types connaissaient les failles du système et ne se laisseraient pas arrêter par un simple bout de papier.

Ramey fit pivoter son fauteuil vers la baie vitrée pour regarder le paysage glacé qui s'étendait à perte de vue. Quelque part entre les glaciers Beardmore et Axel Heiberg, une chose incroyable venait de se produire. Une immense aiguille rocheuse avait perforé des milliers de mètres de glace pour laisser apparaître une bonne centaine de créatures inconnues jusqu'alors. Même s'il avait voulu s'opposer à la volonté du gouvernement en faisant valoir les intérêts scientifiques d'une telle découverte, on lui aurait ri au nez. Ces circonstances exceptionnelles faisaient en sorte que la sécurité nationale prenait le pas sur la recherche scientifique. Comment aurait-il pu en être autrement ? Des agences spéciales du gouvernement avaient le mandat de gérer toute forme de contact avec les *Intelligences Extérieures*. Or, les images reçues étaient sans équivoque : un contact extraterrestre avait bel et bien été établi. Bien que la position de l'objet fût au milieu d'un territoire revendiqué par la Nouvelle-Zélande, les images, les coordonnées géographiques précises, ainsi que toutes les données physiques recueillies depuis l'espace n'étaient connues que des Américains. Celles-ci étaient enfermées dans les mémoires siliconées de leurs ordinateurs et, techniquement parlant, tombaient sous le couvert de la souveraineté américaine. En considérant la politique des États-Unis en matière de gestion de la sécurité nationale, il était évident que la nature même de ces informations n'invitait à aucun partage avec les Néo-Zélandais. Donc, de toute évidence, afin d'éviter un imbroglio international, un commando des forces spéciales serait parachuté dans le plus grand secret afin d'élucider ce mystère. Le reste relèverait de la bureaucratie. Une note par ici, un courriel par là, et la machine militaire se mettrait en marche. Une fois la hiérarchie particulière du commando implantée sur la base, les diplômes et l'expérience de Ramey, bien que lui donnant le droit de regard sur ce qui affecterait directement la vie des civils placés sous sa responsabilité, ne lui garantiraient aucun véritable pouvoir décisionnel. Qu'importe le sens d'où il contemplait le problème, il finissait toujours par en arriver à la même conclusion : il était de l'histoire ancienne.

Il sortit dans le couloir attenant à son bureau, enfila péniblement sa panoplie de survêtements isolants, échangea ses souliers pour des mukluks, se glissa à l'intérieur de son épaisse parka rouge brique, puis retourna chercher des jumelles dans son bureau avant de le fermer à clé. La cafétéria se trouvait à l'autre bout du couloir. Il devait la traverser pour aller à l'extérieur. L'air froid lui calmerait l'esprit et lui donnerait certainement le tranchant nécessaire pour ordonner ses pensées. Il était hors de question que ces ronds-de-cuir de Washington l'éloignent du revers de la main aussi facilement. Voilà déjà huit mois et des poussières qu'il se gelait l'arrière-train sur cette immense patinoire qu'était Ross et il n'était pas encore prêt à tirer sa révérence, encore moins quand les choses commençaient enfin à devenir intéressantes.

La cafétéria était pratiquement déserte mis à part deux techniciens attablés autour des restes d'un repas. Ils riaient bruyamment. Au moins, se dit-il, le moral demeurait bon. John Montrose, ingénieur en télécommunications et camarade de beuverie, était assis seul à l'une des tables et laçait l'une de ses mukluks. Il semblait avoir eu la même idée que lui. Ils échangèrent un bref salut et Ramey appuya sur la barre horizontale de la porte pour enfin respirer le grand air. Il faisait froid, mais l'absence de vent rendait le tout relativement supportable. Le professeur se dirigea vers l'avenue principale qui séparait les hangars et les baraques multicolores de la base pour se terminer au pied d'Observation Hill, un piton volcanique de deux cent trente mètres de haut. Une fois rendu au sommet, il pourrait peut-être apercevoir cette fameuse tour.

Une voix familière retentit derrière lui. C'était Montrose qui l'interpellait tout en se ramenant au pas de gymnastique.

— J'ai apporté un thermos de café. T'es partant ? demanda l'ingénieur quand il eut enfin rejoint son ami.

Ramey lui lança un regard suspect.

— C'est toi qui l'as fait ?

Montrose opina du chef.

— J'espère que oui, reprit Ramey, parce que si c'est cette pisse de jument que servent les distributeurs de la base, tu peux te le garder.

— Rien à craindre, fit-il en lui tendant un gobelet rempli presque à ras bord. Ça provient de ma réserve personnelle.

Ramey prit une gorgée et parut satisfait.

— Pas mauvais… t'as rajouté du cognac à ce que je vois.

L'ingénieur se contenta de lever les sourcils d'un air entendu. Ce n'était pas la première fois qu'il partageait son petit mélange maison avec le professeur. Les deux hommes sourirent et continuèrent à déambuler côte à côte en direction du flanc de la colline.

— On n'a toujours pas rétabli le contact radio avec Amundsen-Scott, lâcha Montrose.

— Je sais.

— Tu penses que ces monstres sur les photos sont à l'origine de la perte du signal ?

— Va savoir… tout est possible. En tout cas, je suis sûr d'une chose : Washington nous envoie des renforts. Ils seront à Christchurch demain matin et probablement ici quelques heures plus tard, si la météo le permet.

L'expression du visage de Montrose se figea.

— Ils vont nous mettre sous tutelle militaire ? Tu te fous de ma gueule ?

Ramey stoppa net et regarda son ami droit dans les yeux.

— Fais pas l'idiot… tu sais très bien que cela a toujours été le cas. John, tout ça c'est au-dessus de nos têtes. C'est de la politique. En attendant, toi et moi, on va se payer une balade et aller reconnaître le terrain. Disons que ce sera une petite escale sur notre route pour aller enquêter sur ce qui se passe du côté d'Amundsen-Scott.

Montrose détourna le regard et serra les dents. Il détestait l'imprévu.

— On doit se monter une équipe d'ici deux heures, renchérit Ramey. Il faut absolument aller jeter un coup d'œil sur cette tour avant que nos amis des forces spéciales débarquent et viennent tout saccager.

— Pourquoi courir un tel risque, Ed ? On ne sait même pas ce qui se trouve là-bas !

Edgar s'était attendu à une telle réponse. John était un homme intègre et doué d'un excellent jugement, mais, à son avis, il lui manquait un certain sens de l'improvisation.

– Tu veux vraiment me faire croire que ce que nous avons vu hier sur ces photos n'a pas éveillé ta curiosité ? John, ne me prends pas pour un con ! Notre directive principale est d'empêcher ces images de filtrer vers l'extérieur jusqu'à ce que la cavalerie arrive. Point à la ligne. Tant que leurs foutus avions n'auront pas touché la piste d'atterrissage, rien ne m'empêche d'aller explorer les lieux si j'en ai envie. Disons que cela entre à l'intérieur de mon mandat de recherche !

Montrose connaissait le vieux bouc depuis assez longtemps pour savoir qu'il ne changerait pas d'idée. Sa décision avait été prise dès la minute où il avait posé les yeux sur les images de la Tour et des créatures.

– On va probablement se mettre dans un pétrin pas possible simplement pour satisfaire ta curiosité. C'est beaucoup trop risqué.

– Quel rabat-joie tu fais ! Si Roald Amundsen s'était dit la même chose avant de partir en expédition, il n'aurait pas terminé sa vie en héros, mais plutôt comme n'importe quel plouc de son époque. Ne vois-tu pas qu'on est en face d'un des événements les plus extraordinaires de l'Histoire ? T'as envie de rester ici à te les geler en attendant qu'on te renvoie vers la mère patrie ou tu préfères courir quelques risques et saisir cette occasion en or de découvrir quelque chose de réellement nouveau ?

Le regard de Ramey n'avait jamais été aussi intense.

— Allons, fit-il en l'attrapant par le bras, je sais que tu crèves d'envie tout comme moi de voir ce qui se passe là-bas. Nous n'aurons plus cette chance dans quelques heures. Qu'est-ce que t'en dis ?

Le jeune ingénieur soupira, puis avala une gorgée de café tout en réfléchissant. Après quelques secondes, il haussa un sourcil.

— La tour se trouve à six ou sept cents kilomètres d'ici, à peu près à mi-chemin entre nous et le pôle. Avec le Twin Otter, on y sera en deux heures. Il faudra quand même garder les moteurs au chaud au cas où il faudrait décamper rapidement.

— Évidemment, fit Ramey avec un grand sourire.

Ramey et Montrose avaient facilement convaincu l'experte en glaciologie Rachel Welles et le pilote Ian Bradley de les suivre dans leur folle aventure. En fait, il n'était pas faux de dire que l'enthousiasme des deux nouveaux membres de l'expédition l'emportait sur celui que Ramey avait initialement manifesté. Ian et Rachel avaient fait montre d'une excitation à peine contenue lorsque Edgar leur avait livré les détails de ce qu'il avait l'intention de faire.

Dès que le Twin Otter eut décollé et atteint son altitude de croisière, il fallut près de vingt-cinq minutes pour que l'équipe puisse enfin apercevoir la structure filiforme de la tour. Ce fut Ian qui la repéra le premier. Il appela Rachel dans le microphone de son casque en lui montrant du doigt, à travers le pare-brise, l'aiguille noire.

Rachel, assise à l'arrière à côté de John, extirpa une énorme lentille de 600 mm de son sac d'équipement et la fixa sur son Canon EOS numérique.

– John, veux-tu me donner un coup de main et m'installer le trépied entre les sièges à l'avant ?

– Bien sûr. Pas de problème.

Il empoigna le trépied et fit comme elle le lui avait demandé. Lorsqu'elle eut terminé les réglages, elle alla fixer l'appareil sur sa monture et visa la tour.

– Et voilà la première, fit-elle en déclenchant l'obturateur.

Elle croqua encore quelques clichés en faisant varier la distance focale. Le zoom monstrueux avait un grand pouvoir de grossissement, mais amplifiait les vibrations ressenties dans le cockpit de manière prononcée. Rachel dut donc travailler à des vitesses d'obturation très rapides afin d'éviter les images floues. Par chance, la journée était pleinement ensoleillée, ce qui lui facilita grandement la tâche.

– C'est une construction artificielle. Il n'y a aucun doute là-dessus... même à cette distance, fit-elle à l'intention de Ramey.

Il lui lança un regard par-dessus son épaule gauche et éleva la voix pour couvrir le bruit des moteurs.

– Cet objet va réécrire les livres d'histoire. Quelqu'un a une hypothèse sur son origine ?

Après quelques secondes de réflexion, John en proposa une.

– La première chose à laquelle j'ai pensé en la voyant c'est que c'était une tour de télé-communications. Mais quand j'ai vu toutes ces créatures qui couraient autour, je me suis dit que ce n'était peut-être pas ça après tout.

– Je n'écarterais pas cette idée aussi rapidement, répondit Ramey. On sait que les communications radio avec Amundsen-Scott sont coupées depuis l'apparition de cette structure. Sans être une tour de télécommunications à proprement parler, on peut certainement avancer qu'elle émet un signal de brouillage quelconque.

Ian secouait la tête de droite à gauche. Il n'était pas d'accord.

– Si c'était le cas, commenta-t-il, le brouil-lage affecterait l'équipement radio de l'appareil et ce n'est pas ce que j'ai constaté jusqu'à main-tenant. Tout fonctionne à merveille. Peut-être que la perte du signal est due à un simple bris d'équipement sur la base. Parfois, il ne faut pas chercher bien loin pour trouver les réponses. Il suffit d'utiliser le gros bon sens.

Ramey devait avouer que c'était une hypo-thèse sensée.

– Espérons que ce n'est que ça. Pourtant mon intuition me dit que les deux événements sont reliés.

– On verra bien, Ed. On va atteindre l'objet dans environ quatre-vingt-dix minutes. Si tu veux, on se fait un petit pari. Dix dollars que cette tour n'y est pour rien dans la perte du signal. Qu'est-ce que t'en dis?

Ed n'en démordait pas : la coïncidence de l'apparition de la tour et de la rupture simultanée du lien radio avec le Pôle était trop forte pour être ignorée.

– D'accord, pari tenu.

Les deux hommes se serrèrent la main.

Ils avaient franchi une distance de six cent vingt-deux kilomètres en un peu moins de deux heures. La tour était là, devant eux : immense, effrayante. Ils avaient eu le temps de s'habituer à sa forme particulière, mais ils demeuraient encore divisés sur sa véritable nature. D'ailleurs, personne ne pouvait vraiment penser avoir autorité sur les autres puisque rien de tel n'avait jamais été recensé à la surface du globe… du moins depuis l'époque où l'archéologie avait acquis ses lettres de noblesse.

Rachel mitraillait l'objet presque sans arrêt avec sa caméra en usant d'une lentille normale de 50 mm. Elle avait photographié une longue série d'hiéroglyphes inconnus qui s'enroulaient à la tour à partir de la portion centrale et descendaient en spirale jusqu'au tiers inférieur du monument. Ian avait fait tourner l'avion à quelques reprises pour permettre à sa coéquipière de tout photographier.

— Je vais commencer la manœuvre d'atterrissage. Retourne t'asseoir, Rachel, et boucle ta ceinture.

— D'accord.

— Tu peux nous poser à proximité du charnier ? demanda Ed Ramey. Il faut absolument aller jeter un coup d'œil à ces créatures gelées qu'on a repérées.

— Pas de problème, mais j'emporte mon Glock, fit-il en tapotant le holster qui reposait contre son flanc gauche. On est jamais trop prudent.

Ed ôta ses lunettes de soleil et dévisagea le pilote. Ce n'était pas le moment de faire de la morale. Les armes étaient interdites sur la base… en théorie. De quelle façon Ian avait-il réussi à y faire entrer clandestinement ce pistolet, Ed ne tenait pas vraiment à le savoir. En fait, bien que cet accroc au règlement le préoccupât, il dut admettre qu'il n'était pas vraiment en position de faire la leçon à son pilote, lui qui avait enfreint dix fois plus de mesures de sécurité en donnant le feu vert à cette expédition improvisée.

Le pilote, remarquant le regard réprobateur du chef d'expédition, tenta de le rassurer.

— Ça pourrait nous sauver la vie en cas de pépin. Qui sait si ces créatures ne sont pas résistantes au froid et donc capables de nous tailler en pièces ?

— Je serais bien étonné de voir qu'un de ces organismes ait pu survivre au froid qui règne ici. Mais tu as raison, on n'est jamais trop prudent.

Ian opina du chef en silence.

— Bon ! Préparez-vous ! J'amorce la descente.

Le pilote réduisit la poussée et abaissa les ailerons latéraux au maximum. Le Twin Otter glissa dans l'air glacial avec élégance, et le train d'atterrissage muni de skis toucha finalement la surface lisse de la neige. Le pilote manœuvra au sol pour placer l'appareil en parallèle avec la centaine de corps à moitié recouverts de neige. Le spectacle de ce sinistre amoncellement de cadavres aux membres tordus, crispés par le gel et la mort, fit suffisamment impression sur le groupe de scientifiques pour les réduire au silence durant deux longues minutes. Les êtres empilés pêle-mêle sur la neige étaient d'un noir d'encre, recouverts de pointes osseuses, de crochets et d'arêtes luisantes. À n'en pas douter, les zoologues qui auraient à les étudier attraperaient la migraine à seulement vouloir leur trouver une place dans le règne animal… à supposer, bien évidemment, que ces êtres fussent d'origine terrestre.

— Bon ! lança Rachel. Que diriez-vous si on allait respirer le grand air et jeter un coup d'œil sur la découverte du siècle ?

— Excellente idée, répondit Ed. On n'a pas beaucoup de temps, alors mieux vaut en profiter au maximum.

L'équipe sortit de l'avion en emportant une seule caisse de matériel. John s'occupa de déballer le tout et de vérifier que les instruments de télécommunications fonctionnaient bien. Il s'aperçut rapidement que quelque chose n'allait pas.

– Je n'arrive pas à émettre ou à recevoir de signal, cria-t-il au reste du groupe qui se dirigeait vers le charnier. Les appareils sont fonctionnels, mais il y a quelque chose ici qui bloque les ondes radio.

Ed se tourna vers Ian en affichant un grand sourire.

– Tu me dois dix dollars.

– Et merde ! Avoue que c'est quand même bizarre.

L'onde de choc provoquée par le chef des robots avait été si puissante qu'Irdahl et le reste des Narkhys étaient tous tombés à la renverse. Un bruit étrange, semblable à un bourdonnement, l'avait tiré du coma. Irdahl réalisa qu'il était enfoui sous plusieurs corps et que ceux-ci l'avaient probablement protégé du froid. Pourtant, ce fait ne pouvait expliquer pourquoi il semblait être le seul à avoir survécu. Peut-être le lien télépathique qu'il avait partagé avec sa reine dans les moments précédant la déflagration y était-il pour quelque chose.

Il repoussa les cadavres de ses frères afin de se frayer un chemin vers l'extérieur. Lorsqu'il parvint à l'air libre, l'impitoyable lumière solaire qui se reflétait sur la blancheur immaculée de la plaine lui brûla cruellement les yeux. Irdahl dut prendre quelques secondes pour s'y habituer. Le bourdonnement qui l'avait tiré de l'inconscience augmentait en volume, ce qui indiquait que quelque chose approchait. Méfiant, le Narkhys n'extirpa que la tête de la pile de corps et chercha la provenance du son. Il ne lui fallut pas très longtemps pour en découvrir la source. Là-haut, dans le ciel, un grand oiseau de métal sortait de sa dernière boucle autour de l'immense Pilier noir et se dirigeait vers lui. Irdahl connaissait ce type de machine : les Ukkthas utilisaient des appareils semblables pendant les batailles. L'étrange machine volante perdait de l'altitude de façon constante, ce qui signifiait qu'elle allait bientôt se poser.

Un plan se forma dans son esprit. Il devrait agir rapidement et profiter de la moindre parcelle d'ombre... ce qui n'était pas monnaie courante dans ce désert de glace baigné de soleil. Il se concentra sur l'engin volant et lorsqu'il fut certain que celui-ci allait se poser, il sortit promptement du charnier et se mit à courir dans son sillage. Il n'aurait qu'une seule occasion de réussir cette manœuvre. Irdahl s'aligna sur la queue de l'appareil tout en évitant soigneusement de dévier de sa trajectoire. Lorsque l'appareil fut enfin immobilisé, le soldat Narkhys continua de courir pendant au moins vingt secondes. Il réussit à se faufiler sous la queue de l'avion, puis attendit la suite des choses. Ce ne fut pas très long : quatre humains sortirent du flanc droit de l'appareil. Ils transportaient d'étranges machines munies d'antennes. Irdahl prit soin de demeurer en dehors de leur champ de vision tout en se fondant au maximum avec les ombres environnantes. Une fois que le groupe se fut suffisamment éloigné, il mobilisa tout son courage et se faufila jusqu'à la portière gauche du cockpit. Il l'ouvrit discrètement, monta à bord de l'avion, puis alla se cacher dans les ombres de la soute située dans la queue. L'obscurité le réconforta. Les forces lui revenaient progressivement.

La reine veillait encore sur lui. Sa présence et sa voix, quoique donnant l'impression de ne plus être que le chuchotement d'une brise lointaine, emplissaient encore le moindre recoin de son âme. Irdahl frissonna de plaisir. Il percevait le fluide cauchemardesque qui reprenait de la vigueur à l'intérieur de son corps, signe évident que sa souveraine tentait de forcer sa présence en lui. Il pouvait presque voir les glyphes thaumaturgiques représentant les paroles de Küwürsha s'embraser et crever les douces ténèbres de son esprit. Elle venait vers lui et il la laissa faire.

– Prenez-moi, ma reine…, murmura-t-il.

Le lien télépathique, qui s'était presque évanoui depuis qu'il avait repris conscience, devint tout à coup parfaitement limpide. Quoi qu'il fût arrivé à la souveraine du Cauchemar,

Irdahl sut dès cet instant qu'elle était en pleine possession de ses moyens. La force du lien dépassait la simple transmission de la voix ou le vague sentiment de communion : un nouvel échelon avait été atteint. Le serviteur et la maîtresse ne faisaient plus qu'un. Irdahl pouvait voir et ressentir tout ce que sa reine expérimentait et elle de même à travers lui.

Les premières images que lui transmirent les yeux de Küwürsha, jumelées au cortège de sensations qu'elle ressentait, indiquaient qu'elle était retenue prisonnière à des centaines de mètres sous la glace dans une énorme protubérance fixée à même la surface lisse du Pilier des Mondes. Elle baignait dans une solution colloïdale de couleur ambrée, la même que celle qui emplissait les milliers de caissons disposés en trois cent soixante longs rayons autour du Pilier. Chacun de ces caissons alignés côte à côte contenait des formes humaines sous-développées qui commandaient aux machines et aux robots par un lien identique à celui que sa reine et lui partageaient pour communiquer.

Le serviteur narkhys, complètement immergé dans les pensées de sa maîtresse, saisit la conversation que ces êtres entretenaient avec Küwürsha. Il n'y avait ni haine ni compassion dans le ton de la voix désincarnée qui émanait simultanément des milliers d'esprits qui composaient cette collectivité. Bien qu'ils fussent nombreux, ils ne partageaient qu'une seule conscience. Une conscience qui se cristallisait en une sorte de supra-entité dépourvue d'émotivité et qui n'aspirait qu'à étendre son influence jusqu'aux plus lointaines limites de la réalité.

Küwürsha – tout comme Irdahl – comprit intuitivement que ces êtres étaient le fruit des expériences de l'Ordre Noir. Elle se souvint que c'était elle qui, autrefois, avait enfermé dans les profondeurs de Daraam leurs corps oniriques achevés. Au lieu de tenter de s'en échapper, ils s'étaient affairés à mettre au point un dôme d'isolement pour se couper de la trame temporelle principale du Rêve. Ils étaient demeurés coincés à une époque qui correspondait sur Terre au début de la Seconde Guerre mondiale et en avaient profité pour se soustraire à l'influence du Cauchemar. On les appelait « clones aryens », mais eux-mêmes préféraient le terme de « *übermensch* ».

Ils avaient réussi à la convaincre de canaliser la puissance obscure de la Mûdrahti et de la libérer à travers le pôle négatif du Pilier des Mondes. C'était l'unique moyen pour elle de retrouver ses anciens pouvoirs, voire de les multiplier et de les étendre à la surface de la Terre entière. Irdahl, complètement stupéfait par les possibilités qui s'ouvraient soudain aux forces du Cauchemar, laissa échapper un cri de surprise à l'intérieur de l'avion où il se cachait.

– *Prudence, mon fidèle serviteur,* lui intima Küwürsha. *Je vois par tes yeux que tu n'es pas seul. Conserve le silence pour ne pas attirer l'attention. Je vais te confier une tâche importante et tu devras l'accomplir avec célérité, courage et discrétion.*

– Je suis prêt.

– *Quitte ce désert de glace par tous les moyens mis à ta disposition et retrouve Mastymion le traître. Il doit être éliminé avant qu'il ne tombe entre les mains de Mahawë.*

– Mahawë ? Maîtresse, n'est-elle pas notre alliée ?

– *Elle a usurpé mon trône en mon absence. C'est le général Imkatho qui m'a informé de la situation. La traîtresse a corrompu les Aviliths et élevé leur chef Nikraïll au rang de maréchal de guerre. Sous son commandement, ils ont massacré tes frères qui revenaient du champ de bataille. Sois sans crainte pourtant, le général a reçu mes derniers ordres : Mahawë va payer cet affront de sa vie ! Elle ignore encore certains secrets que seule une Héritière du Cauchemar est en droit de détenir. Ce qu'ils contiennent va se révéler fatal pour elle et toute son armée de renégats. Avant la fin de la prochaine Révolution, Imkatho aura planté la tête de Mahawë au bout d'une pique et tous se prosterneront à mes pieds.*

Irdahl était confus.

– Le général ? Mais… mais… Comment est-ce possible ? Comment avez-vous pu, Majesté, entrer en communication avec lui ? Nous avons franchi l'abîme qui sépare les mondes… je ne comprends pas…

Il lui sembla entendre sa reine émettre un rire sardonique.

— *Ne sous-estime pas la puissance du Cauchemar. Observe cet endroit à travers mes yeux. Ne vois-tu pas que je suis maintenant partie intégrante du Pilier des Mondes ? Tous les niveaux de réalité me sont accessibles à présent!*

— Majesté…

— *Silence ! Contente-toi de m'obéir. Quitte cet endroit. Fonds-toi parmi les ombres de la nuit. Cherche, traque… tue s'il le faut, jusqu'à ce que Mastymion soit à ta merci. Son âme recèle un secret trop précieux pour laisser quiconque d'autre que moi en profiter. Va, maintenant!*

Le pauvre serviteur avait bien compris les ordres de sa souveraine, mais une interrogation demeurait présente dans son esprit.

— J'entends et j'accepte votre requête, maîtresse, mais dites-moi, je vous en prie, par quel moyen pourrai-je reconnaître ce traître parmi le reste de la vermine humaine?

La voix de Küwürsha sembla cette fois lui parvenir d'une très grande distance. Le lien télépathique s'amenuisait.

— *Fie-toi à tes sens thaumaturgiques. Recherche celui dont le rayonnement aurique est marqué de mon signe. Ce devrait être facile : il n'y a qu'un seul homme encore en vie qui a reçu cet honneur.*

Elle n'était plus là… du moins, plus aussi présente que l'instant précédent. Irdahl dut se faire rapidement une raison et quitter l'engour-dissement paisible de la transe. À contrecœur, il se força à réapprivoiser son environnement physique immédiat. Lorsqu'il fut certain que tous ses sens étaient en éveil, il regarda vers l'extérieur à travers l'un des hublots. Le groupe des quatre humains s'était scindé en deux. Trois d'entre eux se dirigeaient vers les cadavres de ses frères d'armes. Le quatrième semblait perdu dans ses pensées. Irdahl l'observa attentive-ment. « Par les ancêtres, pensa-t-il, y a-t-il une créature plus laide qu'un humain ? » Quoi qu'il ait pu penser de l'espèce humaine, ce spécimen-ci possédait en ce moment la clé de sa survie. Or, bien que cela le dégoûtât, il devait à tout prix sonder la surface de l'esprit de cet homme pour juger de ses forces et de ses faiblesses. Une fois ces paramètres connus, il pourrait s'immis-cer de façon efficace à l'intérieur des pensées de sa victime et prendre subtilement le contrôle de ses centres décisionnels. C'est ce que l'on appelait l'obscurcissement mental. Cette méthode de soumission mise au point par les Sorloks ne fonctionnait pas toujours, mais, dans les circonstances, elle devrait suffire. Le plus difficile était de venir à bout des lignes de défense de la volonté consciente, le reste n'était qu'une question de concentration.

Profitant de la moindre parcelle d'ombre qui s'étirait sur le sol autour de l'appareil, le Narkhys projeta les effluves du Cauchemar par l'extrémité pointue de sa longue tête. Ceux-ci se faufilèrent à travers les interstices de la carlingue et se répandirent sur la neige en formant d'étranges volutes semblables à des serpents en reptation. Ian, le pilote, ignorant ce qui s'avançait vers lui, porta une paire de jumelles à ses yeux pour mieux détailler la structure élancée de la tour qui n'avait cessé de l'intriguer depuis qu'il l'avait vue. Il ne ressentit absolument rien lorsque les émanations du Cauchemar s'enroulèrent autour de sa jambe droite, puis remontèrent vers son torse pour terminer leur course à la base de son nez. Seul un léger picotement l'agaça au moment où il inhala le poison, mais, à cet instant, il était déjà trop tard. Ian eut alors l'impression de sombrer dans le plus profond des sommeils. Il abaissa les jumelles et se dirigea vers le cockpit du Twin Otter en marchant lentement. Il se sentait à la fois très las, mais aussi très motivé. Un nouveau train de pensées venait de surgir en lui. Pourquoi rester ici ? Il possédait un avion. La planète ne se résumait pas qu'à cette maudite calotte glaciaire : il y avait tant d'autres endroits à explorer.

Il se sangla sur son siège, passa rapidement à travers la séquence des opérations de routine, puis alluma les deux moteurs Pratt & Whitney. Le vacarme ainsi provoqué couvrit aisément les cris de panique de ses trois compagnons qui se ramenaient au pas de course en gesticulant pour attirer son attention. À supposer qu'il eût pu les apercevoir, son état d'esprit était suffisamment altéré pour qu'il se fiche d'eux comme de l'an quarante.

Ian poussa la manette des gaz. L'avion accéléra sur une distance d'environ deux cents mètres et décolla finalement en soulevant une nuée de flocons blancs. Un grand sourire enfantin accroché aux lèvres, les yeux brillants d'espoir, Ian Bradley s'envolait vers l'aventure.

Chapitre III
L'école des rêves

22 mars 2007

DU HAUT DES AIRS, Eloik pouvait embrasser du regard une immense portion de la zone océanique qui formait la presque totalité du huitième secteur. Le Cycle aérien qui transitait par la région aquatique était presque en alignement parfait : il pouvait donc user au maximum de sa capacité de voler.

Sur sa gauche, minuscule étincelle bleue perdue dans le brouillard et la distance, la balise temporelle du Phare du Rêve lui confirmait qu'il se trouvait à une grande profondeur onirique. C'était parfait. Le jeune rêveur dont il devait retrouver la trace s'était égaré dans une région nouvellement infestée par le Cauchemar située à plus d'un million cinq cent mille battements. Les coordonnées oniriques qui flottaient autour de son Modèle de base virtuel révélaient qu'il approchait rapidement de la densité en question. D'ailleurs, l'aspect sinistre que prenait le ciel au-dessus des eaux sombres qu'il survolait lui indiqua sans l'ombre d'un doute qu'il approchait de la frontière séparant le Rêve du Cauchemar.

Dans les secondes précédant la transition entre les deux réalités, Eloik ramena les bras le long de son corps pour accélérer. C'était une technique personnelle qu'il avait développée au cours des deux dernières semaines. Il évitait ainsi de ressentir trop fortement les effets négatifs associés à une traversée lente de la frontière. Il avait fini par remarquer que chaque fois qu'il pénétrait dans le Cauchemar de façon hésitante, il était la proie d'une anxiété beaucoup plus grande que lorsqu'il y plongeait corps et âme sans penser aux conséquences.

Des vagues d'éther vinrent frapper de plein fouet son enveloppe onirique et la firent rapidement briller d'un bleu azur incandescent. Il passa du Rêve au Cauchemar de façon quasi instantanée et ne ressentit tout au plus qu'un léger frisson. Évidemment, une fois la frontière franchie, le cortège de sensations déplaisantes associées au fait de se trouver en plein cœur d'une tempête océanique vint lui rappeler hors de tout doute que les territoires envahis par le Cauchemar n'étaient pas un lieu de villégiature. Eloik ne se laissa pas détourner de son objectif pour autant et continua sur sa lancée pendant une longue minute. Après avoir consulté à nouveau son Modèle de base, il étendit les bras de chaque côté et ramena le reste de son corps en position verticale pour freiner graduellement sa course. Loin, en bas, à travers l'orage, une série de formes disposées en demi-cercle venait d'apparaître. C'était un archipel. Le jeune combattant, toujours à la verticale, modifia sa trajectoire afin de s'orienter correctement vers celui-ci. Il se contenta de se laisser dériver pour prendre le temps d'évaluer les informations qui lui parvenaient.

L'archipel se composait d'une masse de terre principale en forme d'arc. Deux autres îles émergeaient des flots tourmentés à l'extrémité nord du croissant et à proximité de sa courbure extérieure. Celle qui intéressait Eloik portait le nom d'Arkonia. C'était celle qui apparaissait à la pointe nord de l'île centrale. Il en avait mémorisé la forme vaguement triangulaire après avoir étudié les cartes oniriques fournies par Ned, son coéquipier. Ce dernier les avait localisées dans les archives de l'Orpheus cachées à l'intérieur de la voûte secrète de l'Institut Coylton et les avait mises à sa disposition pour qu'il puisse mener à bien sa mission de sauvetage.

Arkonia était une île nimbée de mystère. Personne ne savait vraiment à quel monde elle appartenait, car elle transitait de façon aléatoire entre plusieurs paliers de réalité. Parfois elle apparaissait même sur le plan terrestre, quelque part au large des côtes japonaises, dans une zone que les marins nippons surnommaient le Triangle du Diable. On la disait infestée de Wakrors dégénérés, mais ces informations n'avaient pas été remises à jour depuis plusieurs années, et personne n'était plus retourné sur cette île.

L'orage gagnait en violence. Le fracas du tonnerre se réverbérait dans l'immensité du ciel et donnait l'impression que des dieux en colère s'injuriaient. Tandis qu'Eloik glissait de plus en plus profondément à l'intérieur du Cauchemar, la foudre se mit à crépiter sans répit et l'éther ionisé commença à interférer avec son rayonnement onirique. Il devenait dangereux de demeurer trop longtemps au même endroit. À chaque instant qui passait, il risquait de se faire frire la carcasse.

Sans se faire prier, il reprit sa position de vol horizontale et plongea vers l'île maudite. Arkonia, s'aperçut-il assez vite, était surplombée d'une gigantesque montagne de roc noir. Celle-ci, visiblement d'origine volcanique, émergeait d'un épais tapis de végétation. Sans trop savoir d'où lui provenait cette intuition, Eloik perçut avec force l'aura de terreur qui émanait de l'île et plus particulièrement du cône péléen qui se profilait sous lui.

Par une simple commande mentale, il attira les boomlights dans ses mains et chercha un endroit où se poser.

Apeuré par l'écho des rugissements qui provenaient des profondeurs abyssales, le jeune Vincent ne s'était pas rendu compte que la jungle s'était refermée derrière lui et qu'à présent, seule la gueule béante de la grotte lui offrait une échappatoire.

L'île était ainsi faite que la proie n'avait d'autre solution que de s'enfoncer de plus en plus profondément dans ses entrailles de pierre. Perdue dans les méandres de la jungle en surface où régnait le voile épais de la peur, elle courait, affolée par les cris des milliers de bestioles qui grouillaient tant au sol que dans les rameaux verts de la végétation étouffante. Prisonnière de ce cauchemar, elle se repliait inconsciemment vers le centre de l'île, là où se trouvait l'entrée de l'abîme.

Glacé d'effroi, Vincent eut quand même le courage de lever la tête vers la cime rocheuse de la montagne. Il entretenait encore l'espoir d'y apercevoir une lueur salvatrice annonçant l'arrivée d'Eloik, mais la pluie qui tombait et le couvert dense des feuilles formaient un linceul si impénétrable que même cela lui était refusé. Plus rien n'existait que ce grondement sinistre remontant des profondeurs. Il fit quelques pas hésitants et buta sur une stalagmite. Un cri lui échappa. Réalisant alors que tout son corps était secoué de tremblements, il sentit les larmes lui monter aux yeux. Fatigué, complètement désorienté, Vincent se mit à sangloter dans le noir.

Il avait neuf ans à présent, mais cela faisait quand même plusieurs années qu'il se retrouvait dans cette situation, en fait depuis l'âge de cinq ans. Toujours ce même cauchemar baigné d'une atmosphère glauque qui revenait le remplir de terreur. Pourquoi ? Qu'avait-il donc fait pour mériter un supplice pareil ?

Le Wakror était, quant à lui, un ajout récent à la trame de ce mauvais rêve, mais depuis leur première rencontre, Vincent avait remarqué que le monstre avait rapidement acquis de surprenantes habiletés. À peine capable de se déplacer au début, il possédait maintenant des ailes membraneuses qui lui permettaient d'exécuter des prouesses aériennes dans l'enceinte gigantesque qui lui servait de tanière, là-bas, à des centaines de mètres sous le roc.

La bête se mit à rugir de plus belle. Le son ne semblait plus provenir du sol, mais plutôt des profondeurs de la grotte. Elle avait sûrement senti sa présence au moment même où il avait pénétré dans son repaire, et devait maintenant se diriger vers la surface en empruntant l'une des nombreuses coursives.

Affolé par le cri rauque du Wakror, mais davantage terrorisé à l'idée de retourner se perdre dans la jungle oppressante, Vincent se força à jeter un regard vers le fond de la caverne. Ici et là, de petites flaques parcourues par des flammes bleues donnaient un faible éclairage qui faisait miroiter la paroi rocheuse. Plissant les yeux, il distingua une cavité dans la roche qui semblait s'ouvrir sur une salle inconnue. Quoique assez grande pour lui permettre de s'y glisser, la fissure était suffisamment étroite pour empêcher le Wakror de l'y suivre. Saisissant sa chance, Vincent s'élança comme une gazelle vers les ténèbres. Ses pieds nus enjambèrent adroitement les flaques brûlantes, tandis qu'il essayait tant bien que mal d'éviter de se cogner la tête contre les pointes rugueuses des stalactites accrochées au plafond.

Il avait franchi un peu plus de la moitié de la distance le séparant de son objectif lorsque le sol se mit à trembler si fort qu'il perdit l'équilibre et alla choir brutalement dans le gravier humide. Le Wakror venait de défoncer un pan de mur situé à une trentaine de mètres de son point de chute. Le monstre avait sûrement augmenté de taille depuis leur dernière rencontre, car ses cornes raclaient le plafond et elles ne tardèrent pas à déloger plusieurs colonnes calcaires qui vinrent s'abattre autour de lui. Les gravats volèrent de toute part et un épais nuage de sédiments pulvérisés emplit l'entrée de la grotte. Fou de rage, le Wakror se dégagea rapidement de l'amas de pierres et poussa un cri si puissant que Vincent crut perdre l'ouïe. Le jeune garçon comprit qu'il lui fallait profiter de la couverture offerte par le nuage de poussière afin de gagner rapidement le petit tunnel qu'il avait repéré. Il se releva avec courage et reprit sa course.

Le Wakror se mit à humer bruyamment l'air dans l'espoir de localiser sa proie par l'odeur. Du coin de l'œil, à travers la poussière qui retombait, Vincent le vit alors tourner sa grosse tête de reptile dans sa direction et cambrer brusquement le cou. Il l'avait repéré. Comprenant immédiatement ce qui était sur le point de se produire, il oublia la douleur et courut encore plus vite. Il n'était plus qu'à une dizaine de mètres de son objectif lorsque toute la pièce fut illuminée par un long jet de feu. Le souffle brûlant du prédateur carbonisa l'endroit où le garçon se trouvait moins d'une seconde plus tôt.

Vincent sauta par-dessus un amas de pierres et arriva finalement devant de l'entrée du petit tunnel. Il s'arrêta subitement : c'était vraiment un petit tunnel, à peine aussi profond que le placard en désordre de sa chambre. Derrière lui, les pas lourds du Wakror faisaient trembler le sol et devenaient de plus en plus menaçants. Il n'y avait plus un instant à perdre. Vincent se mit à quatre pattes et se faufila dans l'anfractuosité. Le souffle court et complètement paniqué à l'idée de se faire écraser sous les pierres si le Wakror se mettait en tête de démolir la paroi rocheuse à travers laquelle il rampait, Vincent ne vit pas dans quel piège il était tombé. Ce ne fut qu'au moment où sa tête heurta le roc qu'il comprit qu'il n'y avait plus d'espoir. Le tunnel n'était en fait qu'un cul-de-sac.

« Je dois me réveiller ! Je dois me réveiller ! »

Mais il n'y avait rien à faire. Le cauchemar l'avait avalé. Transi par le froid et l'humidité, Vincent ramena ses jambes contre sa poitrine et se blottit du mieux qu'il le put tout au fond du tunnel. Là, le dos contre la pierre mouillée, il attendrait l'ultime confrontation.

Soudain, l'œil safran du Wakror apparut à l'autre bout du tunnel. C'en était fini de lui. Vincent hurla de terreur, ce qui n'eut pour effet que d'exciter davantage le monstre. Bientôt, les cris désespérés de l'enfant furent engloutis dans le vacarme provoqué par les rugissements formidables de la bête en furie.

En posant le pied sur l'île, Eloik avait immédiatement senti la présence de son protégé. Le petit Vincent avait sollicité son aide peu de temps après que son ami Tristan lui eut parlé de lui et de la façon dont il l'avait sauvé du nid des Vulturians. Bien qu'il ne l'eût jamais souhaité consciemment, Eloik avait découvert que sa réputation de combattant des cauchemars était en train de se répandre comme une traînée de poudre parmi les jeunes rêveurs et rêveuses. Que pouvait-il y faire ? Si c'était sa destinée de venir en aide aux dormeurs prisonniers du Cauchemar, il avait alors la responsabilité morale d'accomplir sa tâche de façon digne et dévouée. Il se sentait encore plus concerné lorsque des enfants sollicitaient son aide. Sa propre enfance tourmentée de cauchemars incessants rendait leurs appels au secours encore plus poignants.

Un cri aigu retentit au loin. Cela provenait de la base du volcan. À n'en pas douter, c'était le cri d'un enfant. Une seconde plus tard, un fort rugissement provenant de la même direction fit vibrer le sol. Un Wakror était présent dans les parages et, de toute évidence, il avait réussi à piéger le petit Vincent. Le temps était compté avant que l'enfant ne se retrouve traumatisé pour le restant de sa vie.

Eloik prit de l'altitude pour se libérer des ectoplasmes qui commençaient à s'agglutiner en grappes écœurantes dans les branches et les lianes. Ces monstruosités semi-conscientes, attirées par le rayonnement de son corps onirique, n'avaient pas tardé à s'infiltrer sous le couvert épais de la jungle dans l'espoir de se gorger d'énergie. Avant qu'Eloik n'ait réussi à s'extraire de cette prison végétale pour aller secourir son protégé, il dut franchir cette barrière gluante et se retrouver recouvert de pied en cap par plusieurs de ces ectoplasmes. Ils s'accrochèrent en plaques visqueuses à son survêtement protecteur et commencèrent immédiatement à pomper son rayonnement onirique. Tandis qu'Eloik s'élevait dans les airs en tournoyant rapidement, bon nombre de ces créatures ne purent résister à ce traitement et tombèrent d'elles-mêmes, les autres tinrent bon. Il constata avec horreur que les spécimens qui s'acharnaient sur lui étaient en train de bourgeonner et de copier sa propre forme physique. Ils le clonaient littéralement. N'ayant plus de temps à perdre avec ces cousins éloignés des Larvaires, il décrocha l'un de ses boomlights d'une main et de l'autre agrippa la tête à moitié formée du clone qui poussait à partir de son torse. Il lui asséna deux bons coups de boomlight. L'ectoplasme poussa un gémissement chétif avant de relâcher son emprise et d'aller se perdre dans la jungle. Prestement, le garçon fit de même avec les deux autres copies qui émergeaient de son corps. Il avait déjà perdu beaucoup trop de temps avec ces parasites. Il était temps de passer à l'action.

Fixant son regard sur l'espace dégagé qui signalait l'entrée d'une caverne pratiquée dans la roche volcanique, Eloik s'empara du second boomlight et plongea vers le sol en poussant la vitesse au maximum. Telle une flèche, le jeune combattant des cauchemars s'engouffra dans la caverne en tournant rapidement sur lui-même. Il valait mieux procéder ainsi afin d'optimiser sa vitesse de pénétration au cas où un obstacle inattendu lui bloquerait le chemin.

Eloik entra en trombe dans l'immense chambre rocheuse du Wakror pour finalement stopper net sa course et atterrir lourdement sur un promontoire qui surplombait la scène. Il se trouvait de l'autre côté de la grotte, en face du tunnel dans lequel Vincent s'était caché. Le monstre lui tournait le dos, mais il était évident qu'il avait coincé sa proie et s'apprêtait faire subir un sort cruel à l'enfant.

– Vincent, je suis ici ! Tu vas pouvoir dormir en paix.

Au fond du tunnel, le garçonnet cessa de crier. Une lueur d'espoir venait de se rallumer en lui.

Le Wakror fit volte-face et repéra immédiatement le nouveau venu. Sans perdre un instant, il cracha une série de boulets enflammés en direction d'Eloik, qui les esquiva sans aucune difficulté en effectuant un saut périlleux. Une fois la salve de feu passée, il retomba sur le bout du promontoire. Dans ses mains gantées, les deux boomlights brillaient avec ardeur. Il les frotta l'un contre l'autre en signe de défi.

– À nous deux, espèce de pourriture ! lança-t-il à la face de la bête.

Le Wakror poussa un hurlement de rage qui ébranla toute la caverne. Il n'aimait probablement pas se faire injurier. Quoi qu'il en soit, le monstre déploya ses ailes membraneuses et, en deux battements, parvint à la hauteur d'Eloik. Avant même qu'il ait pu enflammer son haleine de méthane avec les pointes recouvertes de silex de ses énormes canines, le Wakror fut pris par surprise. Eloik avait bondi vers le plafond de la caverne et était retombé sur son dos écailleux. Le jeune combattant allait abattre l'un de ses boomlights sur l'articulation supérieure de l'aile droite lorsque le monstre se cabra et prit son envol. Eloik tomba à la renverse et s'écrasa sur le sol meuble du centre de la caverne. Par chance, la vase avait amorti le choc. Il se releva, un peu secoué, et chercha le Wakror du regard. Ce dernier était monté jusqu'au sommet de la cheminée volcanique et s'était posé sur le rebord externe de la paroi rocheuse. Seule sa tête de reptile se penchait par-dessus l'ouverture béante. De la fumée sortait de ses naseaux.

– Vincent ! Ne sors surtout pas de ta cachette. Donne-moi encore un peu de temps et nous pourrons partir d'ici.

Eloik comprit rapidement qu'il allait devoir s'élancer vers la bouche du volcan. À quoi bon s'enfuir immédiatement avec Vincent si le Wakror devait revenir le hanter la nuit suivante ? Il fallait mettre fin à ce cauchemar et cela passait par une éradication pure et simple de la menace principale. Il prit son envol en lançant ses boomlights devant lui tout en leur imprimant un mouvement de rotation. Le Wakror, persuadé d'avoir piégé Eloik dans le conduit de plus en plus étroit, cracha une longue salve de feu. Les boomlights firent écran et dispersèrent le feu vers les parois internes de la cheminée. Émergeant d'une pluie d'étincelles, Eloik rattrapa ses deux armes au vol et frappa la gueule du monstre de plein fouet. Quelque chose craqua à l'intérieur de sa mâchoire. Déstabilisé par la violence du choc, le Wakror perdit sa prise sur la roche et dévala la pente du volcan cul par-dessus tête, entraînant dans sa chute d'énormes rochers. Il roula jusque sous le couvert épais de la jungle pour finalement aller se fracasser contre un arbre et recevoir en pleine poitrine la majeure partie des rochers. Un lourd silence s'abattit sur les environs et, pendant un moment, Eloik, qui contemplait la scène du haut des airs, crut que la bête était morte. Il descendit doucement vers l'endroit où le Wakror avait disparu sous la végétation afin de s'en assurer. La réponse à son interrogation ne tarda pas : un long cri d'agonie monta vers le ciel. À l'évidence, le coup qu'Eloik avait porté à la mâchoire du reptile géant avait fait plus de dommages qu'il l'avait estimé au départ. Il se posa au sol tout en prenant soin de conserver une distance sécuritaire entre lui et le monstre blessé. Le Wakror était empalé contre un tronc cassé. La poutre de bois lui sortait de l'abdomen, et un pus verdâtre dégoulinait sur les écailles gris métallique qui couvraient son ventre.

Le jeune combattant des cauchemars s'en approcha lentement, mais le danger était à l'évidence écarté. Le Wakror n'en avait plus pour longtemps. Il était à l'article de la mort, ne voyait plus rien, et sa respiration n'était plus qu'un râle pénible qui allait en diminuant. Bien que la mission d'Eloik sur l'île d'Arkonia fût de mettre fin à la menace qui pesait sur la tête du petit Vincent, sa conscience l'empêchait de s'acharner inutilement sur une créature en train de mourir. Des souvenirs de son unique combat contre une Hyanis lui revinrent en mémoire. Il revit le corps désarticulé du félin dans les débris de Netherley Mansion peu après l'écrasement au beau milieu du Quadrant sud. La Hyanis était morte sur le coup, mais il n'en avait pas moins ressenti un profond chagrin. Quelque chose en lui faisait qu'il abhorrait voir souffrir une créature, fût-elle issue du Cauchemar. Peut-être était-ce la compassion ou un sentiment né

de ses propres expériences avec la souffrance ? Quoi qu'il en soit, Eloik hésita à donner le coup de grâce au Wakror. Les événements qui suivirent se chargèrent de le forcer à agir, mais pas de la façon dont il se serait attendu. L'île était en train de disparaître et de passer dans une autre réalité, comme elle le faisait régulièrement. Soudain, tout sentimentalisme le quitta. Il devait récupérer Vincent avant que l'île ne disparaisse définitivement et l'emporte vers une destination inconnue. Le Wakror lui lança un regard étourdi, puis sombra dans la mort. Eloik eut un bref pincement au cœur, mais il n'avait pas le temps de s'appesantir sur sa disparition. Il devait récupérer son protégé le plus vite possible. De toute évidence, le chemin le plus court passait par la bouche du volcan. Il s'élança dans les airs et fila comme une comète vers les entrailles carbonisées de la caverne.

– Vincent ! Vincent ! Sors de ta cachette. Il faut s'enfuir d'ici immédiatement, cria-t-il en se servant de l'entonnoir de la cheminée volcanique comme d'un immense porte-voix.

L'enfant réagit aussitôt à l'appel de son défenseur et s'efforça de s'extirper le plus rapidement possible de l'étroit tunnel où il était demeuré caché. Tout autour de lui, la caverne était en train de se transformer en faisant entendre des craquements sinistres. Elle perdait sa cohésion et certains endroits disparaissaient dans d'étranges flashes de lumière. La matière qui était aspirée dans ces taches donnait l'impression de se recroqueviller sur elle-même ou de se tordre tout en produisant des sons semblables à des pièces de métal grinçant l'une contre l'autre. L'écho des réverbérations sonores projetées dans tous les sens en une cacophonie croissante ajouta encore plus de confusion dans l'esprit du petit garçon qui s'accrochait à la voix d'Eloik comme à une bouée de sauvetage. À peine sorti du tunnel, il se redressa en regardant un peu partout à la recherche de celui qui venait de l'interpeller. Les taches de lumière s'agrandissaient à vue d'œil et la matière déchiquetée y plongeait à une vitesse affolante. Il serait complètement cerné dans quelques instants. C'est alors qu'Eloik, qui n'avait cessé d'accélérer tout au long de sa descente, le cueillit au passage et le souleva du sol pour l'emporter loin de cette île maudite. Le poids de l'enfant blotti dans ses bras ne l'empêcha pas de manœuvrer habilement entre les taches lumineuses. Ils foncèrent tout droit vers l'entrée large et basse de la grotte puis, après en avoir franchi le seuil, remontèrent brusquement vers le ciel.

– Tout va bien, Vincent?

Le petit garçon, encore sous le choc, demeura muet, mais hocha la tête pour signifier qu'il tenait le coup.

– Tu as été très courageux, reprit Eloik pour le rassurer. Tu n'as plus à t'en faire, le Wakror ne t'embêtera plus.

– Tu en es sûr?

– Oh ! que oui! Il a terminé sa carrière de monstre en brochette. Tu vas pouvoir dormir tranquille à partir de maintenant.

Vincent esquissa un sourire de reconnaissance. Son ami Tristan ne lui avait pas menti au sujet d'Eloik. Il était réellement génial.

Loin, en bas, Arkonia en était à ses derniers instants dans la réalité onirique. Ce qui restait de matière sur l'île s'entrechoquait violemment avant de se précipiter dans les puits de lumière qui avaient envahi la presque totalité de sa surface. Le cône du volcan s'écroula en donnant l'impression qu'une main invisible venait de l'aplatir d'un seul coup. Eloik et Vincent contemplèrent en silence l'étrange spectacle de la translation de l'île. L'irréalité de la scène les captiva à un point tel qu'ils en oublièrent un moment ce qui se passait autour d'eux. Ils volaient à près de mille mètres d'altitude en plein cœur de la tempête océanique qui faisait rage. Le Cauchemar n'avait de cesse, ne dormait jamais et son ardeur ne fléchissait sous aucun prétexte.

– Cette île, Vincent, voyage sans cesse d'un Monde à l'autre. Elle erre ainsi depuis des milliers d'années. Nous avons été chanceux d'avoir pu nous en échapper avant qu'elle ne disparaisse à nouveau.

Les explications d'Eloik, qui aurait pu être intéressantes en d'autres circonstances, n'éveillèrent pas l'intérêt de Vincent. Le petit garçon ne désirait qu'une seule chose et Eloik le lut dans son regard implorant.

– D'accord, reprit le jeune combattant des cauchemars, on file d'ici ! Lorsque je te dirai de cligner des yeux deux fois de suite, très rapidement, obéis-moi. Tu te réveilleras sain et sauf.

Il augmenta sa poussée ascensionnelle et grimpa à une hauteur vertigineuse jusqu'à crever les nuages d'orage. La frontière du Rêve se rapprochait, et l'énergie qui circulait dans cette zone limitrophe faisait crépiter l'éther onirique environnant.

– Accroche-toi bien, ça risque de secouer.

– J'ai peur…

– Il n'y en a plus pour longtemps, Vincent. Tiens-toi prêt à cligner des yeux quand je te dirai « maintenant ! ».

Eloik resserra son étreinte sur l'enfant afin de maximiser son aérodynamisme. Mieux valait lui épargner les désagréments d'une translation effectuée à vitesse normale. Vincent avait eu son lot de traumatismes et il ne voulait surtout pas en ajouter un nouveau à la liste. Puisant à même les dernières ressources d'énergie de son enveloppe onirique, Eloik convertit tout ce qui lui restait de poussée vectorielle. Son protégé et lui crevèrent la barrière du Cauchemar comme une flèche lancée à vitesse supersonique. L'immensité rayonnante et chaleureuse du Rêve se déploya devant eux. Le sauvetage était une réussite.

– Maintenant ! cria Eloik.

Vincent cligna des yeux deux fois en succession rapide et aussitôt son corps onirique se dissipa comme de la fumée emportée par le vent. Il était reparti vers le plan physique.

Eloik était fier de ce qu'il avait accompli. Sa mission était une réussite. Mis à part la brève anicroche avec les ectoplasmes de la jungle d'Arkonia, il n'avait pas perdu de temps. À l'évidence, il prenait de l'assurance et de l'expérience. Nilianna ne manquerait pas d'être impressionnée par les progrès fulgurants qu'il avait accomplis au cours des dernières semaines.

Il réduisit sa vitesse pour se laisser planer dans les courants aériens en direction du Phare du Rêve. Encore quelques instants à profiter de la douce tiédeur qui régnait dans cet univers paisible, puis il clignerait des yeux à son tour pour retrouver le monde matériel.

Le premier sens qui lui revint fut l'ouïe. Le toucher, la vue, l'odorat et le goût suivirent en séquence rapprochée. Eloik s'éveillait.

– Ouverture, murmura-t-il.

Au son de sa voix, les cristaux liquides qui opacifiaient le verre du caisson au niveau de son visage modifièrent leur orientation spatiale pour laisser entrer la lumière. L'instant suivant, la partie supérieure de l'habitacle pivota vers le haut.

– Qu'est-ce que t'en dis ? demanda Ned qui était accroupi à sa droite.

Eloik le regarda brièvement, puis laissa errer son regard vers le fond de la Sphère. Janika remontait l'allée encombrée de matériel de construction.

— C'est très confortable. Pour le reste, je n'ai pas constaté de grandes différences entre cette couchette et celles que nous possédons au manoir Netherley. C'est à peu près le même type de technologie.

Ned prit un air dubitatif.

— Attends que les travaux de réaménagement soient complétés. Une fois tous les caissons installés et reliés entre eux, tu m'en reparleras.

Janika vint se poster derrière Ned. Elle portait un casque de sécurité.

— La réfection va prendre encore huit à dix semaines, précisa-t-elle. Je viens de parler avec quelques ouvriers du chantier.

— Bah ! rouspéta Ned, je te parie que ce sera prêt avant.

— On verra bien, lui répondit Eloik. Pour l'instant, aide-moi donc à m'extirper.

Ned empoigna la main de son ami et l'arracha littéralement de l'appareil.

— Je vois que tu manges ton gruau et que tu prends encore tes vitamines. T'es aussi fort qu'un bœuf, ma parole !

Conroy se contenta de froncer les sourcils et d'émettre un léger grognement afin de se donner un air faussement méchant.

— Venez, fit Janika. Je voudrais aller faire un tour dans la voûte avant de partir. Les techniciens doivent brancher un nouveau dispositif de sécurité et je voudrais bien voir ça.

Eloik n'avait pas remis les pieds dans la voûte secrète, située sous les fondations de l'Institut, depuis la fois où il l'avait découverte en compagnie de Küwürsha. La Reine du Cauchemar l'y avait attiré pour qu'il puisse développer un lien de confiance et un certain attachement vis-à-vis l'apparence trompeuse de Laura Coylton. Sous les traits inoffensifs de la fillette, Küwürsha avait réussi à le berner et à le mener par le bout du nez jusque dans un piège qui avait failli se révéler fatal.

Cette fois, Eloik était accompagné de ses amis et de techniciens bien réels à la solde de l'Orpheus. Mis à part les câbles caoutchoutés qui couraient depuis l'escalier principal jusqu'à la base de l'étrange fontaine centrale, l'endroit n'avait pas changé. Le contremaître du chantier avait été autorisé à les laisser interagir avec les membres de l'équipe technique afin qu'ils puissent se familiariser avec ce qu'ils étaient en train de faire. Bien sûr, Nilianna, maintenant directrice de l'Institut, était à l'origine de cette décision, car en temps normal aucun d'entre eux n'aurait été admis. Cette dernière avait certainement d'excellentes raisons de leur fournir cet accès, mais les véritables motifs leur échappaient. Ils se contentèrent de garder le silence et de regarder ce que les autres faisaient.

Eloik se dit, en voyant s'activer ces travailleurs aguerris, qu'il valait mieux observer, poser des questions pertinentes et enregistrer les informations plutôt que de jouer au petit « je-sais-tout » et se mettre l'équipe technique à dos. Il n'avait que dix-sept ans, mais il en savait suffisamment sur la nature humaine pour comprendre qu'en de telles occasions il était toujours préférable de conserver une bonne part d'humilité et d'ouvrir grandes ses oreilles. Une telle attitude lui fut profitable, car, finalement, le contremaître, voyant sa curiosité naturelle à l'œuvre, décida de s'intéresser à lui et de lui adresser la parole.

— Je suppose que tu es Eloik, le petit prodige dont le nom a fait le tour de la compagnie en moins de vingt-quatre heures.

L'homme qui s'adressait à lui était un grand gaillard dans la trentaine, barbu, et large comme un pan de mur. Une véritable montagne de muscles. Eloik hésita un bref instant avant de saisir l'énorme patoche que lui tendait le technicien.

— C'est bien moi. Enchanté... Voici mes amis Janika et Ned.

Le visage de son interlocuteur s'illumina d'un sourire franc.

— Salut ! Je suis Cam Cooper. Ne t'inquiète pas, dit-il en évitant soigneusement de lui broyer la main, je ne vais pas te demander de me signer un autographe.

Le jeune homme réprima une folle envie de rire. Voilà belle lurette que l'on ne lui avait pas fait un commentaire aussi terre-à-terre.

– Vous devez vous demander qu'est-ce que l'on fabrique ici, n'est-ce pas ? Amenez-vous, je vais vous raconter pendant que vous me donnerez un coup de main. Vous pourrez en profiter pour apprendre comment on pose un disrupteur d'éther.

– Un quoi ? s'étonna Ned.

– Suis-moi. Tu verras bien.

Le colosse fit demi-tour et se dirigea vers la structure de pierre érigée au centre de la voûte. Eloik, Ned et Janika le regardèrent s'éloigner pendant un bref instant pour finalement se décider à lui emboîter le pas. Tout en s'approchant de la fontaine taillée dans le roc, le souvenir de la fois où il y avait plongé le regard lui revint à l'esprit. Les sillons de forme étrange, gravés sur les dalles de pierre entourant l'objet, ne brillaient plus aussi intensément. Il en était de même pour le rayonnement verdâtre qu'il avait aperçu en se penchant au-dessus de la margelle. Quoi qu'il ait pu se passer dans les derniers mois, il était évident que l'énergie présente dans la voûte s'était considérablement affaiblie.

Cam s'accroupit près du socle de la fontaine et sortit un couteau à lame rétractable pour ouvrir les battants d'une boîte de carton sanglée sur une palette de bois. La boîte était de dimension modeste, mais l'objet qu'elle contenait paraissait plutôt lourd juste à voir la façon dont les jointures du technicien blanchissaient sous l'effort qu'il mettait pour l'extraire de sa gangue de styromousse.

Ned lui offrit spontanément son aide. Il avait immédiatement compris que le gadget qu'il avait sous les yeux devait valoir une petite fortune… mieux valait ne pas l'échapper.

– L'un de vous, apportez-moi le pied-de-biche, là, à côté du coffre à outils.

Eloik ramassa le levier d'acier et le donna à Cam. Celui-ci lui fit signe de s'accroupir près de l'objet qu'il avait sorti de la boîte.

– Toi aussi, Janika, approche, fit Cam en l'invitant d'un bref signe des doigts. Ça, mes amis, c'est un disrupteur d'éther. Le modèle haut de gamme tout droit sorti des usines de Tokyo au Japon.

– Et qu'est-ce que c'est censé faire ? demanda Ned, qui, malgré son ton qui se voulait désinvolte, n'arrivait pas à masquer l'intérêt qu'éveillait chez lui l'étrange objet.

– En termes techniques, c'est un brouilleur d'ondes delta. Le signal que cet appareil émet calque la longueur et la fréquence des ondes du cerveau humain lorsqu'il est plongé dans la phase de sommeil paradoxal.

– Il est donc impossible de dormir quand on se trouve à proximité de son champ d'action, intervint Janika.

Le technicien appuya sur un interrupteur et quatre diodes s'allumèrent simultanément sur le dessus de l'objet. Elles passèrent une à une du rouge au vert.

– Oui. Entre autres. Mais c'est aussi un merveilleux système de sécurité. En plus d'agir comme brouilleur d'ondes cérébrales, il est capable de détecter la présence d'éther onirique sur le plan physique. Dès l'instant où ses capteurs enregistrent la signature quantique de l'éther onirique, le disrupteur émet une violente décharge de polarité inverse à celle de l'infiltration afin de la dissiper. Disons, en termes plus pratiques, que c'est un électrocuteur de cauchemars.

Eloik n'eut pas de difficulté à imaginer un Narkhys se faisant griller la carcasse dans un énorme zappeur d'insecte. Il sourit à Janika, qui semblait avoir songé.à la même chose que lui. La jeune fille reprit la parole.

– Donc, si je comprends bien, poursuivit Janika, c'est la pièce maîtresse qui permet d'isoler la voûte et empêcher les agents du Cauchemar de détruire ou de voler les documents qu'elle renferme.

– Absolument, répondit Cam en utilisant le pied-de-biche pour soulever une dalle adjacente au socle de la fontaine. Nous nous sommes rendu compte que le modèle précédent avait été saboté et permettait au Cauchemar de s'infiltrer en toute liberté. D'ailleurs, vous voyez cette lueur verte qui brille au-dessus de la fontaine ? Ce n'était pas là auparavant. C'est une veine d'okhrom brut provenant directement du Cauchemar. Ne me demandez pas comment elle a pu être détournée et stabilisée à l'intérieur de la voûte. Une chose est sûre, ce maudit fluide a contaminé une partie importante des dispositifs de sécurité. Mes gars et moi sommes encore en train de remplacer du matériel et des circuits complètement rongés par l'okhrom. On en a encore pour au moins deux semaines à tester l'équipement de remplacement…

Cam se retint de jurer. Le rouge lui montait aux joues.

— Si je mets la main au collet du salaud qui a bousillé ma machinerie et fait perdre tout ce temps à mon équipe, je vous jure qu'il va avaler ses dents !

Les trois adolescents se dévisagèrent. Voilà qui expliquait bien des choses. L'identité du présumé saboteur sautait aux yeux. Qui d'autre aurait eu aussi facilement accès à la voûte sinon le docteur Raymond Hill ? Depuis que l'on avait découvert qu'il avait été un agent double servant Küwürsha, il était permis de croire qu'un tel acte de sabotage n'était pas hors de portée de son esprit tordu. Il avait très bien pu tripatouiller l'ancien disrupteur d'éther pour permettre à Küwürsha de se manifester dans la voûte sous la forme de Laura Coylton. Une fois l'appareil neutralisé, c'était un jeu d'enfant pour elle de transférer sa substance à travers la veine d'okhrom brut qui aboutissait au centre de la fontaine.

Cam enleva la dalle et révéla un espace vide d'environ un mètre cube. La niche était munie de connecteurs affleurants qui vinrent se positionner et se brancher d'eux-mêmes sur les interfaces du disrupteur dès l'instant où celui-ci fut placé sur son socle.

– Nous ne le mettrons pas en ligne immédiatement. Mon équipe doit tout d'abord effectuer des tests et aussi trouver un moyen de se débarrasser de cet okhrom. Tant que cette infiltration ne sera pas nettoyée et circonscrite, la pièce ne pourra pas être utilisée en parallèle avec la Sphère.

– Pourquoi, demanda Janika ? Je croyais que le disrupteur d'éther serait suffisant pour empêcher toute contamination des circuits.

– C'est trop risqué. L'okhrom est beaucoup trop dangereux. Une défaillance mécanique du système est toujours possible, et si elle se produisait pendant une séance où tous les caissons de la Sphère étaient occupés par des onironautes, vous imaginez le foutoir que cela provoquerait. On se ramasserait avec une bande de zombies.

Un silence incongru s'abattit sur eux comme si chacun de son côté réfléchissait à ce qu'un accident de la sorte provoquerait dans le concret. Le Cauchemar pouvait-il vraiment prendre le contrôle d'un corps humain à distance ? Était-il en mesure de faire sombrer définitivement un esprit sain dans le gouffre de la folie ?

Ned jeta un coup d'œil à sa montre.

– On parle, on parle, mais il est presque midi et j'ai bien envie de me mettre quelque chose sous la dent. Vous m'excuserez de vous fausser compagnie.

Eloik, qui crevait de faim lui aussi et n'attendait qu'une excuse de la sorte pour quitter la voûte, sauta sur l'occasion.

— Je viens avec toi. Janika, tu nous accompagnes ?

Elle hocha la tête et tendit la main à l'homme qui leur avait fourni tous ces détails techniques avec patience et amabilité.

— Vous partez déjà ? dit-il en serrant doucement la main délicate que lui offrait la jeune fille. Vous ne voulez pas demeurer encore un peu pour assister à la première batterie de tests ?

Janika savait se montrer convaincante lorsque les circonstances l'exigeaient.

— Vous êtes trop aimable monsieur Cooper, mais nous allons quand même devoir vous quitter. Vous avez beaucoup de travail à faire et nous ne ferions que vous ralentir. Nous allons certainement revenir vous voir au courant de la semaine, mais pour le moment, il est temps pour nous de vous dire au revoir. J'espère que vous comprenez ?

— Bien sûr. Je suppose que vous êtes assez débrouillards pour savoir où me trouver si vous avez d'autres questions.

Elle lui sourit en le regardant longuement dans les yeux. Elle et lui se comprenaient parfaitement.

— Soyez sans crainte, dit-elle. Je saurai bien retrouver mon chemin jusqu'ici.

— Hmmm... OK ! Alors, à bientôt.

Les trois adolescents le saluèrent d'un signe de la main, puis partirent en direction du grand escalier qui remontait vers la Bibliothèque de l'Institut. Ils ne le disaient pas, mais ils avaient tous l'intime conviction que les informations qu'ils venaient de glaner changeaient la donne. Une visite au docteur Hill s'imposait.

Chapitre IV
Sur les cimes

L'Airbus A319 de la Druk Air s'était posé sur l'unique piste de l'aéroport de Paro un peu avant dix-huit heures trente. C'était la seconde fois au cours de sa longue carrière au sein de l'Orpheus que Nilianna se rendait dans le royaume du Bhoutan. La première remontait à 1968, le jour où l'Ordre l'avait intégrée aux cercles intérieurs des quatre Familles d'origine. Une cérémonie officielle avait eu lieu où elle et trois autres membres avaient été décorés des médailles de l'Élite. On leur avait aussi confié de nouvelles responsabilités qui, naturellement, n'avaient fait que s'accroître avec les années.

Aujourd'hui, Nilianna n'avait pas franchi sept mille cinq cents kilomètres et souffert une interminable escale à Katmandou pour recevoir des honneurs, mais bien pour apporter son appui dans la gestion de la crise qui secouait l'Ordre depuis le massacre du Conseil des Puissances. Les Andrevals royaux avaient contacté les dirigeants mondiaux de l'Orpheus et convoqué cette réunion extraordinaire qui devrait impérativement se dérouler en dehors du Rêve.

Elle descendit de l'avion et huma le parfum subtil du printemps qui embaumait l'air pur et frais des montagnes. À quelques mètres de la piste d'atterrissage, les rhododendrons en fleur avaient envahi le moindre espace vert disponible. Toute la vallée en était tapissée. On aurait dit que des gerbes de flammes roses dansaient à la surface de l'herbe. Cette vue accueillante éveilla ses sens et, pendant un instant, lui fit oublier toute sa fatigue : la terre du dragon-tonnerre opérait son charme à nouveau.

Même si la majorité des passagers faisaient la file, tout comme elle, pour se diriger tranquillement vers le terminal du modeste aéroport de Paro, construit dans un style traditionnel et recouvert de splendides boiseries, quelques touristes excités par la beauté de ce paysage enchâssé au cœur des montagnes verdoyantes durent être ramenés calmement dans le rang par des employés de la sécurité. Les photos attendraient la vérification des passeports et l'apposition des visas.

Tout en marchant, Nilianna regarda vers l'extrémité nord de la piste, là où s'élevaient des maisonnettes blanches faites de bois et de boue séchée. Elle se souvenait qu'il y avait un monastère dans cette direction. Bien que le soleil frôlât la crête des éminences chargées de végétation, il y avait encore suffisamment de lumière dans le ciel pour qu'elle puisse repérer aisément ce qu'elle cherchait : le dzong Rinchen Pung. Un sourire se dessina sur ses lèvres lorsqu'elle discerna la forme majestueuse de la fameuse « forteresse assise sur un tas de joyaux ». Elle ne l'avait pas oubliée. Le dzong, de forme carrée, aux murs blancs légèrement inclinés, percés de fenêtres et de meurtrières, abritait une petite communauté de lamas bouddhistes. Lors de son premier voyage, après la cérémonie d'introduction dans l'Ordre, elle s'y était arrêtée pour dormir avant de reprendre le lendemain la route menant à Varanasi dans le nord de l'Inde. L'hospitalité des lamas de Paro avait laissé en son cœur un souvenir impérissable.

Après s'être pliée aux formalités douanières, Nilianna alla récupérer son unique valise. Il était maintenant temps d'entamer la portion officielle de son voyage. Il fallait entrer en liaison avec les messagers de l'Orpheus. Trois nuits plus tôt, ceux-ci étaient venus lui rendre visite dans le Rêve afin de s'assurer qu'elle serait en mesure de les reconnaître lorsqu'ils prendraient contact avec elle à l'aérogare. Elle examina les gens qui allaient et venaient dans le terminal tout en essayant de retrouver les visages de l'homme et de la femme qu'elle avait vus en rêve, mais sans aucun succès. La longue escale à l'aéroport de Katmandou, due à de mauvaises conditions météo au sud de l'Himalaya, y était peut-être pour quelque chose. Ses contacts, voyant le retard que prenait son vol, étaient probablement partis manger. C'était pourtant peu vraisemblable. Les agents de l'Orpheus étaient des professionnels et l'un d'entre eux serait demeuré à son poste pour assurer le suivi et éviter de manquer l'arrivée de son avion.

Quoique légèrement inquiète, la vieille dame continua de marcher tranquillement en direction de la sortie. Elle avait rendez-vous au palais cérémoniel de l'Ordre le lendemain matin et prendrait un taxi si cela s'avérait nécessaire. Tandis qu'elle songeait à d'autres solutions, une voix féminine prononça son prénom derrière elle. Nilianna se retourna et vit le couple qu'elle avait rencontré dans le Rêve.

— Bienvenue, Nilianna, répéta à nouveau la jeune femme.

Elle ne devait pas avoir plus de vingt-cinq ans. De taille moyenne, les cheveux bruns et le teint cuivré, elle portait une robe *kira* tradition-nelle, tressée de motifs multicolores semblables à des mandalas. Nilianna s'inclina légèrement et, par politesse, la salua en dzongkha : la langue du pays.

— *Kuzu zangpo la. Gadebe yo la ?* [« Bon-jour. Comment allez-vous ? »]

— *Leshom be yo la. Kadinche.* [« Très bien. Merci. »]

Le jeune homme, Bhoutanais lui aussi, s'inclina en souriant puis s'avança vers Nilianna. À l'instar de celle qu'il accompagnait, il portait le costume traditionnel exigé par le roi.

— Permettez que je prenne soin de votre valise.

Nilianna le laissa faire et parut même satis-faite qu'il lui offre son aide. Elle était vannée. Le décalage horaire commençait à se faire sentir et elle ne souhaitait rien de plus que se reposer un peu. Ce jeune homme si avenant lui offrait l'occasion de se délester de son fardeau et elle lui en était infiniment reconnaissante.

– Merci. Vous ne savez pas à quel point j'apprécie votre aide.

Le garçon sourit de plus belle et lança une œillade discrète à sa compagne.

– Je m'appelle Sonam et voici ma fiancée Tshering. Nous avons été mandatés par l'Ordre pour vous conduire au palais cérémoniel. Il nous faudra au moins quarante-cinq minutes avant d'atteindre le poste de garde. Il y a encore de la neige en altitude et je devrai réduire ma vitesse en conséquence lorsque nous prendrons la route sinueuse passant par le col. N'ayez crainte, nous avons tout prévu pour assurer votre confort durant le trajet.

Nilianna, qui n'en demandait pas tant, considéra le tout comme une marque de respect et se rappela sa première convocation au temple de l'Ordre qu'elle atteignit, sur les derniers kilomètres de terrain montagneux, à dos de yak. Les temps avaient bien changé !

– Vous m'en voyez ravie. Je ne me sens pas la force de me rendre au temple selon l'ancienne méthode.

Le couple ne comprenait visiblement pas l'allusion.

– Bien sûr, vous n'avez pas connu cette époque. Autrefois, le palais n'était desservi par aucune route carrossable. Quiconque voulait s'y rendre devait y aller à pied ou, pour les plus extravagants, par la voie des airs à bord d'un aérostat. Mais je suis là à vous embêter avec ces histoires anciennes. Nous devrions plutôt y aller avant que la nuit ne tombe complètement.

Sonam acquiesça.

– Vous avez parfaitement raison, madame l'ambassadrice. Il est temps…

Nilianna leva la main pour l'arrêter.

– S'il vous plaît, Sonam, pas de « madame l'ambassadrice » avec moi. Nilianna sera amplement suffisant.

– Comme vous voudrez… Nilianna. Venez, votre voiture vous attend.

Le jeune homme prit la main de sa fiancée et invita Nilianna à les suivre vers la sortie. Ils débouchèrent sur l'aire de stationnement pour ensuite se diriger vers une rutilante Tata Indigo XL… une berline de luxe fabriquée en Inde. Sonam déposa la valise qu'il transportait à l'intérieur du coffre de la voiture puis s'installa derrière le volant. Tandis qu'il manœuvrait pour quitter le stationnement et prendre la route qui longeait le fleuve Paro en direction de la frontière nord, Tshering, assise sur la banquette arrière afin de tenir compagnie à Nilianna, ne perdit pas de temps pour la mettre au courant des derniers développements concernant la réunion du lendemain.

— Nous avons accueilli les deux ambassadeurs des sections sud et nord-américaines hier après-midi et ce matin nous avons reçu l'ambassadrice Obembe qui supervise la section occidentale de l'Afrique. L'Oracle du temple, qui nous a envoyés vers vous, nous a aussi confirmé que les quatre Archontes de l'Ordre seront présents pour accueillir en personne les Andrevals royaux. Évidemment, comme à leur habitude, les Archontes ne vous rejoindront qu'au dernier moment.

Nilianna hocha la tête. Les Archontes, les chefs suprêmes de l'Orpheus, étaient de mystérieux personnages. On ne les rencontrait que rarement et ce, même dans le Rêve. Leurs allées et venues étaient tout aussi énigmatiques : c'étaient eux qui prenaient contact avec vous et non le contraire.

De toute évidence, la journée du lendemain serait riche en surprises.

Le soleil levant semblait recouvrir de cuivre poli les murs blancs du palais cérémoniel de l'Orpheus. Nilianna, qui s'était éveillée avant l'aube, s'était emmitouflée dans le drap de son lit, puis était allée s'asseoir à la fenêtre de ses appartements pour méditer en suivant du regard le parcours paisible des étoiles dans le ciel limpide. Dès l'instant où la courbure supérieure du disque solaire avait crevé l'horizon, leur éclat disparut doucement dans l'inexorable embrasement qui gagnait la totalité du firmament.

De son point de vue situé en altitude, il n'y avait aucune montagne pour lui masquer le point de naissance de l'astre solaire. En fait, le palais cérémoniel avait été bâti au sommet de la montagne la plus élevée de la région et permettait d'avoir une vue dégagée à la fois à l'est et au sud. Nilianna plongea son regard dans la lumière orangée du soleil et laissa pénétrer les photons en elle. À cette heure si matinale, le rayonnement n'était pas suffisamment puissant pour endommager sa rétine. Elle avait appris cela dès son enfance. Wahid, son grand-père, lui avait autrefois expliqué les bienfaits qu'il y avait pour l'âme à se laisser illuminer par la lumière de l'aube. Il disait que les yeux buvaient la clarté et la déversaient vers le cœur.

On frappa à la porte de sa chambre.

– Oui. Entrez.

Une jeune recrue de l'Ordre entrebâilla la porte.

– Bonjour, madame. Vous êtes attendue à la salle des Sages dans exactement une demi-heure. Nous vous prions de bien vouloir porter les vêtements que je dépose ici sur cette chaise.

– Merci.

L'adolescente se retira discrètement et continua sa tournée des chambres d'invités en silence. Nilianna, toujours enveloppée dans son drap, se dirigea vers la chaise afin d'examiner l'uniforme. Elle en avait déjà vu de semblables.

C'étaient des vêtements consacrés, destinés à n'être portés que durant les occasions solennelles qui se déroulaient à l'intérieur du temple secret niché au cœur du palais. Sur une longue robe blanche de coton munie d'un capuchon, un large ceinturon en soie pourpre était soigneusement plié. Elle reconnut aussitôt la daïda : une bande d'étoffe colorée qui se nouait sur le côté droit de la taille et qui indiquait le grade du membre durant les cérémonies de l'Ordre.

Trente minutes, c'était peu, mais suffisant pour lui permettre de faire ses ablutions matinales et se purifier. Elle enfilerait la robe au dernier moment.

La salle des Sages, au rez-de-chaussée du palais, communiquait avec le grand hall ouvert sur l'extérieur qui était situé un peu plus bas et donnait directement sur le flanc escarpé de la montagne. Ainsi, l'air frais pouvait circuler librement dans les pièces spacieuses.

Nilianna avait rejoint les autres ambassadeurs qui discutaient près des grandes colonnades de bois verni. La rumeur qui courait insinuait que les Archontes étaient arrivés pendant la nuit et s'étaient enfermés dans le temple. Elle n'avait aucun moyen pour vérifier si cela était vrai ou faux, mais son intuition lui disait que c'était le genre de choses que les Archontes devaient apprécier : se faufiler en catimini dans un lieu secret pour y discuter tranquillement à l'abri des oreilles indiscrètes.

Soudain, le timbre grave d'une cloche bouddhiste résonna à trois reprises. Les vingt-quatre ambassadeurs du monde entier se retournèrent tous en même temps vers l'extrémité la plus éloignée de la salle rectangulaire. Les deux lourds battants des portes en cèdre, donnant accès au temple secret, pivotèrent lentement sur leurs gonds et révélèrent le large escalier qui montait jusqu'à l'esplanade circulaire au centre du temple. Chacune des cent huit marches était balisée de lampions et abondamment recouverte de larges pétales de lotus multicolores.

Les discussions badines et les spéculations prirent fin sur-le-champ. Une force semblait émaner du temple sacré pour imposer naturellement la retenue et la décence. Les ambassadeurs se mirent en rang, deux par deux, et se dirigèrent vers l'immense escalier. La réunion venait de débuter. Tous gravirent les marches en silence, dans le recueillement le plus profond, puis allèrent se positionner en couple sur les douze sections qui correspondaient à leurs affinités zodiacales.

Nilianna se retrouva côte à côte avec le sympathique et bedonnant suédois Àsbjörn Stålhammer. Une connaissance de longue date, plutôt viril et séduisant, qui en avait longtemps pincé pour elle. En 1968, le destin avait fait en sorte qu'ils fussent intégrés aux Familles d'origines en même temps. Àsbjörn avait peut-être vu cet heureux concours de circonstances comme un signe spécial de la Providence. Quoi qu'il en soit, Nilianna n'avait jamais rien fait pour lui ouvrir une porte quelconque.

— Fou zêtes tout en beauté, chère Nilianna. J'espère que fou m'accorderez un peu de temps après zette zérémonie, lui chuchota-t-il à l'oreille.

À l'évidence, le recueillement n'était pas général et il l'avait toujours dans le collimateur. Elle le dévisagea en fronçant les sourcils, mais sans grande méchanceté. Ce vieux bougre, malgré ses quelques kilos en trop, possédait un charme certain.

— Vous devriez vous concentrer sur la cérémonie plutôt que de flirter avec moi.

Àsbjörn sourit. Il savait qu'il avait touché la corde sensible. Nilianna le savait aussi, mais elle était trop orgueilleuse pour le laisser paraître. D'ailleurs, ces minauderies n'avaient pas leur place ici.

Les cloches retentirent à nouveau et les portes se refermèrent dans un bruit sourd.

Par un accès dérobé, l'Oracle de l'Ordre fit son apparition puis marcha lentement jusqu'au centre du cercle formé par les participants. À l'évidence, le vieil homme était en transe profonde. Son corps frêle était vêtu de la robe blanche immaculée de l'Orpheus. Il avait ceint sa taille d'une large daïda dorée pour signifier qu'il s'apprêtait à entrer en communication avec les Andrevals royaux. Ceux-ci, en effet, portaient un accessoire identique, mais, à la différence des hommes, le ceignaient à hauteur de poitrine.

Le vieillard abaissa son capuchon sur ses épaules pour révéler un visage strié de rides profondes, mais empreint de force tranquille. Il posa un genou à terre et les vingt-quatre ambassadeurs l'imitèrent. Faiblement, au début, puis avec de plus en plus de vigueur, la voix éraillée de l'Oracle s'éleva dans le temple. Il priait à voix haute. Il invoquait les Andrevals.

Nilianna, comme l'ensemble de ses confrères et consœurs, se mit à psalmodier doucement les paroles sacrées tout en projetant vers le vieil homme des ondes mentales positives afin de le soutenir dans l'invocation, qui devait être une véritable mise à l'épreuve pour sa santé. Sans leur aide, l'Oracle serait tombé d'épuisement en moins de deux minutes.

Tandis que l'assemblée priait et appelait les Andrevals, quatre silhouettes émergèrent de l'ombre et franchirent en silence le cercle formé par les ambassadeurs. Elles portaient des tuniques grises effilochées, presque des guenilles, et pourtant on voyait bien qu'elles n'étaient pas sales. Elles allèrent se poster autour de l'Oracle et joignirent leurs voix à la sienne.

Un murmure parcourut les membres de l'Orpheus : tous avaient reconnu les quatre Archontes. Ceux-ci portaient les cheveux longs. À voir le peu de soin qu'ils accordaient à leur coiffure en bataille, on pouvait facilement croire qu'ils avaient séjourné dans la nature sauvage durant plusieurs semaines. Leurs visages, par contre, paraissaient sans âge. De façon curieuse, lorsqu'on les regardait, on ne savait pas s'ils étaient jeunes ou vieux. Quelque chose dans leurs yeux trahissait une longue expérience de la vie, mais l'aspect général de leur peau donnait à penser que l'on avait devant soi de jeunes adultes. Nilianna savait que la pratique intensive du rêve retardait le processus de vieillissement, mais dans le cas des Archontes on sentait que d'autres phénomènes étaient à l'œuvre.

Le rythme de l'invocation, mais surtout les syllabes chuintantes emplissaient maintenant la moindre parcelle d'espace du temple. Le son s'agençait selon une série de pulsations longues et courtes qui induisaient naturellement une transe légère. Les participants perdaient peu à peu la notion du temps pour entrer en communion les uns avec les autres.

Soudain, une lumière blanche d'une brillance extrême apparut au-dessus du cercle des participants. Elle illumina le temple à un point tel que les détails et les couleurs de l'architecture perdirent tout contraste. L'Oracle et les quatre Archontes demeurèrent concentrés, mais les ambassadeurs ne purent s'empêcher de laisser la curiosité prendre le dessus. La source lumineuse ressemblait à une étoile blanche miniature qui flamboyait au centre d'une longue flamme ardente à peu près de la taille d'un homme. Cette flamme était parcourue de soubresauts et brûlait avec une violence sans pareille. Elle se mit à descendre lentement vers le sommet de la tête de l'Oracle et ce dernier leva le visage pour l'accueillir. Il était en extase.

Voilà bien la première fois que Nilianna assistait au spectacle d'un groupe d'Andrevals en train de se matérialiser en dehors du Rêve. C'était à la fois terrible et grandiose. Elle vit le vieil homme, le regard toujours fixé sur la source de lumière, se lever et être complètement avalé par la flamme. Les Archontes se rapprochèrent de l'Oracle métamorphosé et se tournèrent simultanément vers le reste de l'assemblée. Au moment où quatre rayons de lumière issus de la flamme vinrent les frapper au niveau de la nuque, leurs bouches s'ouvrirent et une voix surnaturelle, produite par quatre gorges distinctes, retentit dans l'enceinte sacrée.

– SALUTATIONS À VOUS. QUE LA GRÂCE DES ROYAUMES SUPÉRIEURS VOUS ACCOMPAGNE. LA VOLONTÉ D'AT'SILÛT NOUS ENVOIE POUR VOUS ÉCLAIRER SUR LA MARCHE À SUIVRE DANS LA SUITE DES ÉVÉNEMENTS.

PUISQUE LE CONSEIL DES PUISSANCES A ÉTÉ INFILTRÉ PAR DES AGENTS DE LA LÈPRE NOIRE ET QUE LA SÉCURITÉ N'EST PLUS GARANTIE À L'INTÉRIEUR DU RÊVE, IL A ÉTÉ DÉCIDÉ DE TENIR CETTE ASSEMBLÉE SUR TERRE AFIN QUE LES PROPOS QUI Y SERONT TENUS NE TOMBENT PAS AUX MAINS DE L'ENNEMI.

NOUS COMPRENONS QUE VOTRE ORACLE SACRIFIE UNE GRANDE PART DE LUI-MÊME POUR CANALISER NOTRE ÉNERGIE ET DONNER SUBSTANCE À CE MESSAGE. NOUS SERONS DONC BREFS.

LA SOURCE ET KÜWÜRSHA SONT SUR TERRE. ELLES SONT TOUTES DEUX RETENUES PRISONNIÈRES DANS DES ENCEINTES COUPÉES DU TEMPS LOCAL PAR CEUX-LÀ MÊMES QUI ONT DÉTRUIT LES RÊVES DU PASSÉ. CETTE NOUVELLE DONNÉE, QUI PREND SON ORIGINE EN DEHORS DU TEMPS COUVERT PAR LA PROPHÉTIE, LA REND CADUQUE PAR LE FAIT MÊME. NOUS SOMMES OBLIGÉS DE REVOIR LA STRATÉGIE D'ENSEMBLE. L'ACTE DE BARBARIE PERPÉTRÉ PAR LES AGENTS DE L'ORDRE NOIR A PROVOQUÉ UNE RUPTURE IMPORTANTE DANS LE CONTINUUM ESPACE-TEMPS ET, SANS LA SOURCE POUR RÉPARER LES RÊVES DU PASSÉ, LES VEILLEURS NE POURRONT ACCÉDER DIRECTEMENT À CE MONDE. NOUS NE POUVONS PLUS GARANTIR QU'ILS VOUS PORTERONT ASSISTANCE. NÉANMOINS L'ARME VIVANTE DE LA PROPHÉTIE EST EN VOTRE POSSESSION ET SON FIL S'AIGUISE DE JOUR EN JOUR. VOUS DEVREZ EN FAIRE BON USAGE SI VOUS VOULEZ AVOIR LA MOINDRE CHANCE DE LIBÉRER LA SOURCE.

NOUS DEVONS AUSSI VOUS AP-
PRENDRE QUE LE PILIER DES MONDES A
ÉTÉ RÉACTIVÉ SUR TERRE. CELA
SIGNIFIE QUE LES DÉFENSES À REPLIS
DES SARCOPHAGES DES QUATRE
EMPEREURS DE L'ANCIEN MONDE
SERONT BIENTÔT DÉSAMORCÉES. ILS
VONT DEMEURER FAIBLES DURANT
QUELQUES SEMAINES, MAIS VONT
REPRENDRE DES FORCES À MESURE
QUE LE CAUCHEMAR S'ÉTENDRA SUR
TERRE GRÂCE À L'INFLUENCE DE
KÜWÜRSHA. VOUS N'AVEZ D'AUTRE
SOLUTION QUE DE RAPIDEMENT FOR-
MER UNE ARMÉE D'ONIRONAUTES POUR
ÉRADIQUER CETTE MENACE.

EN DERNIER LIEU, NOUS AVONS
REÇU INSTRUCTION DE PLACER TEMPO-
RAIREMENT LE CONSEIL DES PUIS-
SANCES ENTRE VOS MAINS. JUSQU'À
NOUVEL ORDRE, L'ORPHEUS AGIRA
COMME MÉDIATEUR ENTRE LES INS-
TANCES HUMAINES ET LES NATIONS
ONIRIQUES. SOYEZ TOUTEFOIS ASSU-
RÉS QUE NOUS, ANDREVALS ROYAUX,
VOUS AIDERONS DANS L'EXÉCUTION DE
CETTE LOURDE TÂCHE COMME NOUS
L'AVONS FAIT PAR LE PASSÉ.

DEMEUREZ FERMES. LES JOURS QUI
SONT DEVANT VOUS SONT REMPLIS
D'AMERTUME. VOUS DEVREZ FAIRE
MONTRE DE COURAGE. CE N'EST

QU'AINSI QUE VOUS TRAVERSEREZ LA TOURMENTE.

NOUS DEVONS VOUS QUITTER. VOTRE ORACLE EST À LA LIMITE DE SES FORCES. N'AYEZ CRAINTE, NOUS FERONS DESCENDRE SUR LUI UN SOUFFLE RÉPARATEUR VENU DES ROYAUMES SUPÉRIEURS AFIN DE LE FORTIFIER.

La flamme ardente sous laquelle prenaient forme les Andrevals se détacha de l'Oracle et remonta lentement vers le dôme, entraînant derrière elle les quatre rayons de lumière qui était fixés à la nuque des Archontes l'instant précédent. Une fois libérés de l'emprise mentale puissante de ces êtres célestes, les quatre dirigeants de l'Ordre vinrent porter assistance à l'Oracle qui était étendu, inconscient sur le plancher de marbre poli du temple. Ils le relevèrent avec la plus grande délicatesse, puis se dirigèrent vers l'entrée dissimulée qu'avait empruntée le vieillard au début de la cérémonie. Une salle de repos adjacente au temple y était aménagée.

Lorsque les Archontes eurent quitté la salle sacrée, les vingt-quatre ambassadeurs relevèrent enfin la tête et se dévisagèrent l'un et l'autre. La consternation se lisait sur le moindre de leurs traits.

Nilianna attira l'attention d'Àsbjörn, son voisin :

– Nous allons devoir abattre les quatre empereurs le plus rapidement possible. C'est notre seul espoir.

— Dès *zette* nuit, rétorqua Àsbjörn avec un ton qui ne laissait aucune place à l'humour, nous allons alerter nos meilleurs *pizteurs* oniriques et faire en *zorte* qu'ils *retroufent* la crypte contenant les *zarcophages*. Une fois localisée dans le *Rêfe*, nous *zerons* en mesure d'extrapoler les coordonnées oniriques et de les *confertir* en coordonnées géographiques. Nous allons *enzuite* dépêcher une équipe au *zol* qui *z'*occupera d'éradiquer définitivement *zette menaze*.

— Qu'il en soit ainsi !

L'homme lui fit un clin d'œil qui signifiait tout autant la camaraderie que sa façon personnelle de conclure un accord.

Chapitre V
Des nouvelles troublantes

— Qu'est-ce que vous pensez de cette histoire de détournement d'okhrom ? demanda Ned en surveillant les réactions d'Eloik et de Janika. À mon avis, c'est n'importe quoi.

Ils étaient assis autour de la table de la salle à manger du manoir Netherley et entamaient des sous-marins improvisés en vitesse par Eloik.

— Je n'ai pas de raison de douter de la parole de Cam, affirma Janika, mais j'avoue que je n'arrive pas à comprendre comment quelqu'un a pu réussir à stabiliser de l'okhrom sur le plan physique.

— Une chose est sûre, tu n'es pas la seule à te casser les dents sur cette énigme. Si les meilleurs techniciens de l'Orpheus n'y sont pas encore arrivés après trois mois, je doute qu'on y arrive en trois minutes, remarqua Eloik.

— De toute façon, la question n'est pas là, lâcha Ned avec conviction. On s'en fout un peu de l'okhrom ou du prix des galettes d'avoine chez les Papous. Nos priorités se trouvent ailleurs que dans la résolution d'un stupide problème technique. Il faut retrouver la Source au plus vite et garantir sa sécurité à nouveau.

Eloik avala sa bouchée de travers et toussa. Ned observa le spectacle avec un sourire à peine dissimulé, puis se décida à lui asséner deux grandes claques dans le dos.

— T'es sûr que tu vas pas mourir ? Sinon, tu peux toujours prendre un grand verre d'eau.

— Espèce d'idiot ! J'ai failli m'étouffer avec tes conneries. Tu crois vraiment que l'on va pouvoir mettre la main sur la Source aussi facilement ? Hencke et ses soldats s'en sont emparé pour l'emmener on ne sait où !

— Du calme Sherlock. Commençons par le début. On sait que la Source est toujours vivante, sinon nous n'aurions plus accès au Rêve.

— Nous serions aussi en pleine crise aiguë de schizophrénie paranoïaque, ajouta Janika. Sans sa protection, nos esprits crouleraient sous un torrent inimaginable de stimuli.

— Bon, va pour les stimuli, répliqua Ned, mais ce qui reste en bout de ligne, c'est que la Source est toujours en mesure d'accomplir son rôle. Elle le fait tout en étant prisonnière des forces de la Division Paranormale. Voyez-vous une autre solution ?

Eloik réfléchit.

— Je n'en vois pas vraiment d'autres. Il est presque certain que la Source est entre leurs mains et non pas abandonnée à elle-même ou livrée à une force étrangère. Dans le premier cas, cela contredirait tout le mal que Karl Hencke et ses nazis se sont donné pour la récupérer et, dans le second cas, j'imagine mal la Division Paranormale marchander la vie de la Source avec une puissance rivale lorsque l'on sait parfaitement que quiconque contrôle la Source contrôle l'Univers onirique.

– Excellente analyse, le félicita Janika. La solution s'impose donc d'elle-même : si on veut retrouver la Source, il faut retrouver la trace de Karl Hencke.

– Plus facile à dire qu'à faire, fit Eloik en arborant une expression d'incrédulité.

– Peut-être, mais pas impossible. On pourrait, en théorie, calculer ses coordonnées de chute spatio-temporelle en mesurant en trois points distincts l'énergie de la vague de translation qui a propulsé l'armada de la Division Paranormale du passé vers le présent. Il nous faudrait pour cela retourner dans les rêves du passé en trois occasions, prendre nos repères sur la Balisc temporelle, trouver un moyen de mesurer l'amplitude de la déformation de l'éther onirique au moment du passage de la vague… hmmm… en fin de compte, Eloik, tu as peut-être raison.

Janika fit une pause. Elle réalisait bien que son plan était compliqué et difficile à mettre en pratique. Contrariée, elle imita ses deux amis et se remit à manger en silence. Pendant qu'elle réfléchissait à une solution plus élégante pour mettre la main au collet de l'actuel chef de la Division Paranormale, elle remarqua que Ned se frottait le menton de la main droite : signe évident qu'un plan saugrenu était en train de prendre forme dans sa tête. Parfois, ses suggestions étaient tirées par les cheveux, mais parfois aussi elles avaient le mérite d'être sensées et de couper à l'essentiel.

– À quoi penses-tu ? dit-elle en le regardant droit dans les yeux.

– Vous savez quoi, vous deux ? Je pense qu'il y a un moyen beaucoup plus facile de retrouver ce salopard de Hencke. On n'a pas besoin de se casser la tête avec toutes ces histoires de vague temporelle et de spatio-machin-chose. Il nous faut simplement mettre la main sur les archives oniriques des Caméléommes ! Si je me souviens bien, ce sont eux les gardiens de la mémoire du Rêve.

Eloik et Janika le dévisagèrent en cherchant à comprendre ce que son idée pouvait bien avoir de génial.

– Vous ne voyez donc pas ? s'impatienta Ned.

– Arrête donc de tourner autour du pot, Conroy, et crache le morceau ! lâcha Eloik, encore moins patient que son collègue.

– C'est tellement évident que c'en est presque risible. Réfléchissez un peu.

Il les regarda s'interroger en vain encore trois ou quatre secondes, puis se décida à les mettre au parfum.

– S'il y a bien une chose que les onironautes de ma catégorie…

— Les pisteurs..., murmura Janika à l'intention d'Eloik.

— Oui, c'est ça. On nous nomme les pisteurs parce que l'on a le don de suivre des rêveurs à la trace dans le monde onirique, mais c'est à côté de mon point. Je disais donc que s'il y a bien une chose que l'on enseigne aux oniro-nautes de ma catégorie, c'est qu'il existe un endroit où tous les événements, toutes les actions posées et leurs conséquences, toutes les paroles prononcées ainsi que la totalité des événements qui se sont déroulés ou qui se déroulent actuellement dans le Rêve sont répertoriés, classés et protégés. C'est une mémoire si ancienne et si complète qu'elle repose maintenant dans les profondeurs les plus secrètes du Rêve. Corrige-moi si je me trompe, Janika, mais les textes affirment que les Camé-léommes en sont les dépositaires depuis les temps les plus reculés.

La jeune fille hocha la tête en silence pour confirmer ses dires.

— Si nous pouvions entrer en contact avec eux, reprit Ned, et les convaincre de nous donner accès à cette mémoire, nous pourrions facilement suivre la progression de cette armada nazie avec le recul nécessaire et estimer de façon assez précise le moment et l'endroit où elle a stoppé son avancée.

Eloik frappa dans ses mains.

— Pour une fois, Conroy, on peut dire que tu me scies en deux. Ça m'épate !

– Les Caméléommes sont toutefois des êtres très difficiles à rencontrer, précisa Janika. Ils ne se laisseront pas approcher par n'importe quel onironaute.

– Moi, je crois que je le pourrai. Ils sont déjà venus à moi. Ce sont même eux qui m'ont donné mes boomlights en main propre. Je n'ai rien à perdre à tenter le coup.

– Bonne idée, déclara Ned avant de mordre à pleines dents dans son repas. Ils te connaissent. Peut-être qu'ils se sentiront davantage en confiance avec toi et t'ouvriront plus facilement les portes de leur royaume sous-marin…

Eloik fit signe à Ned de s'essuyer le menton.

– En parlant de sous-marin : tu as de la mayonnaise qui dégouline de ta bouche.

– Et puis quoi encore ? Occupe-toi plutôt de trouver ces Caméléommes et je m'occuperai de m'essuyer la tronche !

Les deux garçons se toisèrent un instant puis éclatèrent de rire. Janika, quant à elle, se leva et se dirigea vers le salon avec une expression préoccupée.

– Ça va, Oni ? demanda Eloik.

Elle garda le silence, mais fit demi-tour. Ses mains se posèrent sur le dossier de bois ouvragé de la chaise où Nilianna prenait place à son habitude.

– Plus j'y pense, Ned, et plus je crois que cette infiltration d'okhrom dans la fontaine de la voûte pourrait nous venir en aide. Je crois que tu as tort de mettre cela de côté.

— Qu'est-ce qui te fait dire ça ? demanda le principal intéressé.

— Je pense que l'on pourrait s'en servir d'une manière quelconque pour ramener Dylan dans son corps physique. On pourrait même ramener tous les Ukkthas...

— Oh ! Oh ! Du calme, ma jolie. Ne nous énervons pas le pompon ! Tu entends ce que tu dis ? Ça ne tient pas la route. Voyons donc ! Les Ukkthas ne peuvent plus revenir. Tout le monde sait ça.

Janika détestait se faire traiter de façon condescendante et surtout se faire appeler « ma jolie » comme si elle n'était qu'une gamine écervelée. Elle haussa le ton et remit Conroy à sa place :

— Primo : je ne suis pas ta « jolie »... ni ta « poupée » ou ta « mignonne ! » Deuzio : si je te dis qu'il y a un moyen d'exploiter ce filon d'okhrom, c'est qu'il y en a un. Alors, arrête de jouer les matamores et remballe tes sarcasmes !

Elle le laissa mijoter dans son embarras suffisamment longtemps pour qu'il baisse le regard et se décide à prendre un ton plus amène.

— Écoute, Janika. Je suis désolé. Je sais que Dylan te manque, mais je ne voudrais pas que tu te fasses souffrir en t'accrochant à de faux espoirs.

Elle savait qu'il avait partiellement raison, mais évita de s'aventurer sur le terrain des sentiments et préféra garder le contrôle de la discussion.

— Merci de t'inquiéter, mais je m'en sors très bien. Toi et moi, cet après-midi, on va aller rendre une petite visite de courtoisie au docteur Hill.

— Et pourquoi je te suivrais ? demanda Ned.

— Parce qu'il a été ton mentor, mais surtout parce qu'il est le seul à détenir les informations entourant l'apparition de cette veine d'okhrom dans notre plan de réalité. Il détient la clé de bien des mystères.

Le grand gaillard poussa un long soupir de résignation.

— D'accord. Si tu le dis.

Pour lui montrer qu'il acceptait, il ponctua ses paroles d'un petit salut ridicule à la mode du XVIIIe siècle.

— Parfait, déclara Eloik. Je vais profiter de votre absence pour aller faire un tour dans la Chambre des rêves et tenter de contacter les Caméléommes.

La Cité-forteresse des Ukkthas, ainsi que les environs, avait été durement touchée par la pluie de météorites qui s'était principalement abattue sur le Quadrant Nord juste après la destruction de Kyrr, la lune sanglante du Rêve.

Les Ukkthas avaient tout d'abord soigné leurs blessés, enterré leurs morts, puis pleuré un grand coup pour ensuite faire front commun devant l'immense tâche de reconstruction qui les attendait. Petits et grands, tous mirent l'épaule à la roue. Des alliés oniriques provenant des plus lointaines contrées du Quadrant Nord vinrent même participer à cet effort colossal. Bien sûr, certains le faisaient en nourrissant l'espoir que l'aide qu'ils apportaient dans l'immédiat serait ultérieurement prise en considération lorsque l'ennemi commun frapperait à leur porte. Ils savaient que la technologie militaire ukkthas, réputée pour sa fiabilité, pouvait offrir un avantage décisif durant une bataille : mieux valait l'avoir de son côté que contre soi. Néanmoins, la plupart de ceux et celles qui venaient leur prêter main-forte proposaient leur aide sans arrière-pensées. Seul l'altruisme et les règles du bon voisinage les guidaient.

Dylan venait d'arriver sur l'immense chantier à ciel ouvert qu'était devenu le quartier sud. Lui et son équipe venaient relever les ouvriers qui avaient travaillé toute la nuit durant le Cycle aérien. Les membres de l'équipe nocturne étaient visiblement épuisés, mais on pouvait lire dans leurs regards déterminés qu'ils étaient fiers du travail accompli. Les deux groupes se saluèrent et s'échangèrent quelques blagues à la volée pour détendre l'atmosphère. Dylan songea qu'ils en auraient bien besoin, car le Cycle du Feu venait de débuter et promettait une journée cuisante couronnée par l'impitoyable éclat des trois soleils du Rêve.

Tout en se dirigeant vers la cabine de son boulonneur, il leva la tête en direction des étages supérieurs de la tour d'observation sur laquelle il allait, une fois de plus, grimper comme une araignée. Lors du cataclysme, l'armature métallique du bâtiment avait subi de graves dégâts. Tout ce qui se trouvait au-dessus du quarante et unième étage avait été arraché. Son boulot, ainsi que celui de ses coéquipiers, était de reconstruire les trente-neuf étages manquants. Cette tour de guet était d'une importance cruciale pour la surveillance des territoires méridionaux qui s'étendaient à perte de vue et qui abritaient, entre autres, les redoutables Hyanis. Plus vite elle serait reconstruite et mise en service, et mieux s'en porterait le système d'alerte avancée de la Cité-forteresse.

Dylan posa le pied dans l'un des étriers du boulonneur pour se hisser à bord de la cabine capitonnée. Il ferma l'habitacle, ajusta les sangles de sécurité, appuya son front contre le rembourrage, saisit les commandes et activa les compresseurs d'hydrazine. La machine prit vie. Une constellation de voyants lumineux et de jauges diverses apparut autour de la tête de Dylan. Tous les systèmes étaient fonctionnels.

Le véhicule que l'on nommait boulonneur ressemblait à une grosse araignée jaune dont le corps faisait office de cabine de pilotage. Elle était montée sur quatre pattes principales munies de puissants électro-aimants servant à assurer une poigne ferme sur les structures de métal et tout particulièrement les poutres

d'assemblage. Quatre autres bras plus courts étaient dédiés au travail de précision, soit le positionnement des pièces, la mise en place des rivets et l'assemblage des écrous sur les vis. Finalement, sous la cabine, montés côte à côte, deux appendices faisant étrangement penser à des mandibules étaient exclusivement utilisés pour les travaux de soudure à l'arc submergé.

Dylan et trois de ses coéquipiers se lancèrent à l'assaut de la tour tandis que les grutiers acheminaient le matériel de construction vers le dernier étage. L'acier provenait des fonderies enfouies au pied des Monts Gris. Il était d'une qualité hors du commun. À la fois résistant et plus léger que l'acier usiné partout ailleurs dans le reste du Rêve, son secret de fabrication était jalousement gardé par les ingénieurs ukkthas.

– Doucement… doucement. Ça y est ! Je la tiens, lança Dylan sur les ondes radio à l'intention de son équipier placé à l'autre extrémité de la poutre.

– Moi aussi, confirma Isaac. Prêt pour le positionnement.

Les deux boulonneurs travaillèrent de concert jusqu'à ce que la longue pièce de métal s'ajuste avec précision devant les trous de fixation.

– OK. C'est parti pour les premiers boulons de la journée. Isaac, à toi l'honneur !

– Excellent !

Un boulon jaillit d'un des quatre bras mécaniques et fut inséré dans le premier trou en un clin d'œil par pression pneumatique. Le second bras fit de même en éjectant un écrou qui s'aligna sur l'extrémité filetée du boulon. Les pinces métalliques qui tenaient fermement l'écrou se mirent à tourner rapidement et serrèrent la pièce au maximum en prenant soin de ne pas excéder la pression mécanique optimale. L'ensemble de l'opération n'avait pas pris plus de quatre secondes. Dylan fit la même chose de son côté, puis communiqua avec le grutier afin qu'il détache le treuil magnétique de la poutre, à présent solidement fixée au reste de la structure.

— On passe à l'autre. Allez, hop !

Les deux machines arachnéennes se déplacèrent vers la face adjacente de l'édifice tandis que les deux autres boulonneurs, qui étaient situés à cent quatre-vingts degrés de leur position précédente, faisaient de même. Le manège se répéta ainsi durant tout le Cycle : agripper, positionner, boulonner. Les seuls travaux de soudure n'avaient lieu qu'à tous les cinq étages lorsque des poutres de soutènement étaient placées en croix à l'intérieur de la tour afin d'en renforcer la structure.

Les heures passèrent. La monotonie commença tranquillement à s'installer malgré les efforts que les travailleurs déployaient pour l'éviter en badinant de temps à autre sur les ondes radio. Dans le ciel, le premier des trois soleils du Rêve approchait le zénith, et la chaleur, encore plus pénible lorsque le Cycle igné était traversé, rendait l'intérieur de la cabine inconfortable malgré les échangeurs d'air qui fonctionnaient à plein régime. Dylan devait redoubler de concentration pour maintenir la cadence initiale.

— On termine celle-ci et on prend une pause. J'ai besoin de m'aérer le cerveau, lança Dylan sur le canal radio commun.

— Bonne idée, répondit son coéquipier. Tu retournes au sol ?

— Oui, pourquoi ? T'es limité côté carburant toi aussi ?

— Les gars de l'autre équipe n'ont pas fait le plein des machines avant de quitter ce matin. C'est la deuxième fois en deux Cycles. Va falloir que quelqu'un leur en glisse un mot.

— Ils vont seulement nous dire de faire nous-mêmes le plein au début de notre quart. Inutile de commencer une dispute pour un détail pareil. Allez ! On termine nos soudures et on redescend.

Ils se remirent au travail ; soudain, quelque chose dans la vision périphérique de Dylan l'obligea à quitter momentanément des yeux le métal en fusion qu'il était en train de déposer sur l'acier. Une tache noire traversait le ciel et paraissait se diriger tout droit vers la Cité-forteresse. Elle approchait à grande vitesse.

— Hé ! Champion. Jette un coup d'œil sur ta droite. Il y a quelque chose dans le ciel qui se dirige vers nous.

Isaac tourna la tête et scruta le firmament.

– Où ça?

– Regarde en direction de Séboïm. Environ soixante degrés de déclinaison. Tu l'as repéré?

– Oui, je l'ai. C'est probablement encore un de ces dormeurs en plein trip de vol. S'ils savaient ce qui rôde par ici, ils se tireraient en vitesse.

Isaac faisait référence, à mots couverts, aux Vulturians qui pullulaient dans la région.

– Je me demande qu'est-ce qu'il..., commença Dylan, mais la réponse à sa question lui fut donnée avant qu'il n'ait eu fini de la poser.

Il venait de reconnaître la silhouette et l'attirail de combat d'Eloik. Dylan se dit que son ami venait certainement pour lui et qu'il devait lui faire un signe quelconque pour capter son attention. Il agita deux des bras hydrauliques en une parodie de salut sans toutefois espérer grand-chose de cette manœuvre.

– Bon Dieu, Dylan! Reste concentré. Tu fais vibrer la structure avec tes simagrées.

– Pardon. J'essayais d'attirer l'attention de notre visiteur.

– Pourquoi? Tu le connais?

– Oui. C'est Eloik. Je te l'ai déjà présenté.

– Je ne m'en rappelle pas. Désolé.

Dylan n'insista pas.

– Bon! Ça y est, déclara fièrement Isaac. C'est terminé de mon côté. Je redescends.

– OK. Je te rejoins dans quelques minutes.

Tandis que son coéquipier retournait vers le sol du chantier, Dylan ouvrit l'habitacle du boulonneur et sortit en prenant appui sur une poutre verticale. Sa longue chevelure noire se déploya aussitôt dans le vent sec et chaud du midi.

— Eloik ! Eloik ! cria-t-il en balançant dans les airs son bras libre.

Le jeune combattant des cauchemars le vit aussitôt et rectifia légèrement sa course pour finalement venir se poser à côté de lui.

— Dylan ! Qu'est-ce que tu fous à une hauteur pareille ? Tu prends des risques inutiles.

— Pas de morale, s'il te plaît. Je côtoie le danger depuis le jour où j'ai appris à marcher. Dis-moi plutôt qu'est-ce qui t'amène ?

— Tu sais bien… la routine : chasser le Vulturian, pêcher le Phenphakhod. Non, sérieusement, j'ai décidé de faire un détour par ici avant de partir en mission. Je ne sais pas quand je pourrai revenir, alors j'ai pensé venir t'apporter les dernières nouvelles. Tu sais que Janika n'a pas perdu espoir de te ramener parmi nous…

Le regard de Dylan se perdit vers l'horizon.

— Elle s'accroche à une chimère. Je sais qu'elle soulèverait des montagnes pour moi et ce serait mal de ma part de vouloir la décourager, mais tôt ou tard elle devra se rendre à l'évidence. Rien ni personne ne peut changer mon sort. Je suis un ukkthas, un banni.

Eloik frémit en entendant la manière dont son ami avait prononcé les deux derniers mots. Il savait que Ukkthas en langage onirique signifiait « hommes bannis », mais de l'entendre de la propre bouche de Dylan avec un ton si glacial, si dur, le bouleversa. Malgré toute sa compassion, il réalisait qu'il ne pouvait tout à fait comprendre la douleur ni ressentir la détresse psychologique auxquelles Dylan avait été soumis après avoir traversé le Capteur d'âme des Sorloks. L'événement fatal était encore récent et son ami en était encore à faire le deuil de sa vie passée.

– Écoute, Dylan, je ne veux pas tourner le fer dans la plaie. Je viens ici en tant que messager. Elle croit qu'une solution est possible en utilisant l'okhrom.

– L'okhrom ? s'exclama Dylan visiblement surpris. En voilà une bonne ! On peut au moins dire que cela a le mérite d'être original. Je n'ai pourtant jamais entendu affirmer que l'on pouvait s'en servir pour faire autre chose que des *burgers* pour les Narkhys ou du carburant pour alimenter les installations des Sorloks. Qu'est-ce que Janika t'a dit de plus ?

Son intérêt était éveillé. Eloik était sur la bonne voie.

– Elle n'en est encore qu'au stade de l'hypothèse. Son idée me paraît plausible, mais il reste encore à la mettre en pratique. Te souviens-tu de Laura Coylton ? La petite qui se prétendait la représentante de la Source ?

– Oui. Tu m'as expliqué lors de ta première visite après la bataille du Mur de Foudre qu'elle n'était qu'un déguisement que Küwürsha avait revêtu pour mieux nous tromper.

Eloik regarda son ami droit dans les yeux.

— Réfléchis un peu à ce que cela signifie. Ne vois-tu pas à quel point c'est exceptionnel ? Une créature onirique qui se matérialise sur le plan physique !

— Continue…

— On a découvert de l'okhrom dans la voûte secrète de l'Institut, Dylan. On pense que Raymond Hill a réussi à relier directement notre monde au Cauchemar grâce à cette substance. Imagine que l'on découvre le moyen qu'il a utilisé pour le stabiliser sur Terre… on pourrait, en théorie, s'en servir pour vous ramener tous.

— « En théorie ». Voilà où votre plan achoppe. En plus, si vous croyez pouvoir tirer les vers du nez de Raymond Hill, je vous souhaite bonne chance.

— Écoute, ce n'est pas moi le cerveau derrière cette idée. Tu en discuteras autant que tu voudras avec Janika quand elle te rendra visite. Elle saura sûrement mieux te convaincre que moi. Je ne suis venu ici que pour t'avertir de ce qui se trame et te prouver que l'on ne t'a pas abandonné.

Dylan fit mine de remonter à bord de son véhicule.

— J'apprécie le geste. Je dois retourner au sol. Tu viens avec moi ? Je vais te montrer les progrès que nous avons accomplis depuis la dernière fois où tu es passé par ici.

À l'évidence, remarqua Eloik, la réaction abrupte de Dylan prouvait qu'il n'avait pas du tout envie de s'appesantir sur le sujet d'un possible sauvetage.

– Non… désolé. Je n'étais venu que pour t'annoncer la nouvelle. Il faut que je profite de mon temps ici au maximum.

Dylan comprit à demi-mot ce que voulait dire Eloik.

– C'est une mission importante, n'est-ce pas ?

– Je dois accéder aux archives des Caméléommes. C'est notre meilleure chance de retrouver la Source. Je me suis dit que tu pourrais peut-être me donner un conseil ou deux sur la manière de les contacter…

L'Ukkthas laissa échapper un grand éclat de rire avant de se sangler sur le siège de son véhicule.

– Je savais bien que tu étais venu ici pour quelque chose d'autre qu'une simple livraison de courrier. Tu veux que je te donne un bon conseil pour mettre la main sur les Caméléommes ?

Eloik attendait la réponse avec impatience.

– Ouvre grand tes oreilles et réfléchis bien à ce que je vais te dire. *L'abysse le plus profond, qui semble le plus insondable, se trouve toujours en toi.* Quand tu auras atteint Thera'Vhäd et que tu entameras ton voyage dans les profondeurs du grand océan du Quadrant Est, souviens-toi de ça. Les Caméléommes se sont volontairement exilés au-delà de notre peur de l'inconnu. La grande noirceur qui règne dans les abysses inexplorés recèle une parcelle de lumière que seuls les plus courageux, les plus honnêtes face à eux-mêmes, sont capables de trouver. Si tu trouves cette lumière, alors tu rencontreras les Caméléommes. Te sens-tu assez confiant pour relever ce défi ?

— Je crois que oui. Il faut seulement que je surmonte mes peurs irrationnelles et je sais que j'en suis capable à présent.

Dylan sourit. Eloik n'était plus le même adolescent qu'il avait connu sur les quais d'Aberdeen. Il prenait de l'assurance à mesure qu'il gagnait en expérience. Bien que ce fût un processus tout à fait normal, il était réjouissant de le voir à l'œuvre chez son jeune ami. Il appuya sur la commande qui activait la fermeture de l'habitacle.

— C'est très bien, Eloik. Tes chances de trouver ce que tu cherches viennent d'être multipliées par dix.

— Tu sais quoi ? Quand les Caméléommes m'ont donné les boomlights, ils m'ont promis que nous nous reverrions. Il est temps pour moi de voir s'ils tiennent leurs promesses.

— Exactement. C'est à toi de prendre l'initiative. Allez ! Bonne chance. J'espère que mes paroles t'aideront dans ta quête. À présent, file !

Le jeune combattant des cauchemars salua son ami et le regarda dévaler l'immense structure d'acier à bord de son étrange machine. Eloik n'avait plus rien à faire ici. Ses bras se placèrent naturellement au-dessus de sa tête et il s'élança dans le vide. La chute dura presque cinq secondes entières puis, au dernier moment, il frôla le sol et remonta brusquement vers le ciel. Le coup du décollage hyperbolique augmentait considérablement la vitesse d'ascension par effet catapulte, mais on ne s'en servait qu'en des cas bien précis. Cette fois, Eloik ne l'avait employé que pour épater les Ukkthas rassemblés sur le chantier. Les pauvres avaient dû croire pendant un moment qu'un des leurs venait de faire une chute mortelle.

Il grimpa si haut qu'il put repérer le Phare du Rêve. Les distances étaient fabuleusement grandes entre chaque cité du Rêve : il ne pourrait franchir celle qui le séparait de la capitale aquatique de Thera'Vhäd en n'employant que le vol onirique. Trois secteurs complets devaient être traversés et il aurait le temps de se réveiller au moins dix fois avant d'atteindre son objectif. Il devait utiliser un portail de translation. Eloik ferma les paupières et se concentra sur la création du point d'énergie qu'il visualisa à plusieurs mètres devant lui, puis il s'efforça de le façonner mentalement comme un anneau. Il l'étira jusqu'à ce que sa dimension soit acceptable. Quand l'image fut bien fixée dans son imagination, il ouvrit les yeux et constata que le portail était bien là où il l'avait imaginé. « Quelle merveille que cet éther onirique ! » pensa-t-il.

Il accéléra et s'engouffra dans l'ouverture béante qui disparut dès le moment où les dernières particules de son corps onirique en eurent franchi le seuil.

Dylan avait terminé son quart de travail et, pour l'une des rares fois depuis son intégration à la communauté ukkthas, il avait décliné l'offre de ses compagnons qui voulaient aller au Stade d'Aster-Leeds regarder le match de rugby tout en se désaltérant la glotte de pintes d'ale au collet mousseux. Le Cycle du Feu tirait à sa fin et il voulait profiter des dernières heures d'enso-leillement pour aller se délasser dans les jardins des quartiers historiques. Sa brève rencontre avec Eloik avait fait surgir en lui un train de réflexions qu'il voulait poursuivre loin de l'agi-tation de la foule.

Les communautés religieuses enclavées dans l'enceinte d'origine de la Cité, qui portait main-tenant le nom de *Quartiers historiques*, étaient des apôtres de la paix, mais aussi des paysagistes et des horticulteurs hors du commun. Avec une infinie patience combinée à l'amour de la beauté, ils prenaient discrètement soin de ces grands espaces verdoyants. Ces hommes et ces femmes exprimaient leurs valeurs spirituelles à travers de simples gestes qui n'avaient d'autre but que de faire éclore et foisonner la vie dans cette vaste oasis paisible. Il y avait des leçons à tirer de ce comportement exemplaire. Bien que Dylan ne se sentît pas prêt à participer aux activités de dévotion qui se déroulaient dans les petits monastères ou les temples des différentes confessions dispersées ici et là, il aimait beaucoup l'ambiance de recueillement général, de sérénité et d'harmonie qui imprégnait cet endroit magique.

Il s'approcha d'une cascade qui poursuivait sa course sous forme de ruisseau et allait alimenter une roue à aubes située en aval. De belles pierres rondes couvertes de mousse humide formaient une sorte d'escalier naturel qui menait au sommet de la cascade. Dylan entreprit de les gravir, car là-haut, il le savait pour y être déjà venu, se trouvait un endroit qu'il affectionnait tout particulièrement. Il s'agissait d'une clairière en demi-cercle qui n'avait rien de particulier mis à part qu'elle était traversée par le ruisseau et ressemblait à s'y méprendre au lopin de terre néo-zélandais sur lequel avait été construite la maison familiale où il avait grandi.

Il s'étendit dans l'herbe et regarda décroître la lumière du dernier des trois soleils. Les étoiles n'étaient pas encore visibles, mais le seraient bientôt et donneraient au ciel l'apparence d'un écrin de velours bleu royal sur lequel des milliers de gemmes scintillantes seraient répandues. Il avait absolument besoin d'assister à ce spectacle fait de beauté et de silence, car son âme était tourmentée et ses pensées, qui n'avaient cessé de s'agiter depuis la courte visite d'Eloik en milieu de journée, lui ramenaient encore et encore la même question : « Voulait-il revenir sur Terre ou demeurer ici ? »

Lorsque Eloik lui avait fait miroiter un éventuel moyen de le ramener dans son corps physique, il avait eu une réaction mitigée qui, après coup, lui fit prendre conscience qu'il ne savait plus où il en était vraiment avec ses désirs. Une part importante de lui était en train de prendre goût à sa nouvelle condition. L'autre part, celle qui était demeurée attachée à son existence passée, entrait en conflit direct avec le sentiment d'appartenance naissant qu'il sentait se tisser entre lui et les membres de la société ukkthas. Le seul fait qu'une hésitation existe dans son esprit à ce sujet montrait à quel point il avait changé. Jamais, dans les temps qui avaient suivi sa traversée du Capteur d'âmes, n'aurait-il tergiversé de la sorte. Peut-être était-ce une conséquence de la perte de son rayonnement onirique que le prêtre Sorlok lui avait arraché pour le transférer dans un hybride mi-reptile, mi-panthère ? Peut-être cette opération thaumaturgique l'avait-elle aussi dépouillé de son attachement naturel à la Terre ? Il n'y avait pas moyen de le savoir. La rationalité ne lui était d'aucune utilité. Il ne pouvait se fier qu'à ses émotions, et celles-ci lui murmuraient des avis contraires.

Dylan poussa un long soupir, puis leva les yeux à nouveau vers le firmament. À sa grande surprise, il aperçut un escadron composé de trois Sans-Visages qui passait au-dessus de la clairière, mais qui perdait rapidement de l'altitude. Ils étaient sur le point de se poser. Dylan évalua qu'ils toucheraient le sol tout près de l'enceinte des quartiers historiques… dans la direction où se trouvait l'entrée principale du bunker de l'état-major. Voilà qui était intéressant.

Il patienta. Quelque chose, une intuition, lui dit qu'il ne demeurerait pas inactif bien longtemps. Il s'écoula environ dix minutes pour que celle-ci se confirme. Devant lui apparut un ectoplasme messager. Il fallut environ deux secondes pour que le simulacre de forme humaine transforme son apparence laiteuse en une imitation d'armure ukkthas et que ses traits faciaux indistincts se malléabilisent jusqu'à ressembler à ceux de la maréchal de camp Verna-Lynn Ryder. Dylan se redressa et salua respectueusement celle qui commandait l'ensemble des forces armées de la Cité. La voix de la femme retentit et mit brusquement fin à l'ambiance calme des lieux.

— Capitaine Clarke, rapportez-vous immédiatement au bunker.

— J'arrive. Je suis à moins de cinq cents mètres de l'entrée.

L'ectoplasme se volatilisa.

À coup sûr, les Sans-Visages étaient venus pour traiter d'affaires de la plus haute importance. Ils n'avaient pas l'habitude de se mêler de la politique interne des autres nations oniriques. Si leur présence sollicitait une réunion improvisée des hauts gradés de la Cité, cela signifiait que du grabuge se préparait.

Il redescendit en vitesse par l'escalier naturel et traversa les jardins au pas de course jusqu'à atteindre le mur séparant les quartiers historiques du reste de la Cité-forteresse. Il franchit l'arche de pierre qui tenait lieu d'entrée et repéra, de l'autre côté du boulevard, les deux gardiens qui défendaient l'accès extérieur du labyrinthe souterrain menant au bunker. Dylan s'engagea sur la voie de circulation fortement achalandée et se faufila aisément entre les véhicules blindés qui, malgré le fait qu'ils se déplaçaient sur deux files allant en sens inverse, conservaient une vitesse relativement lente. Le vacarme associé habituellement au trafic routier était proscrit à proximité des quartiers historiques. Tout le monde réduisait donc sa vitesse en conséquence.

– Capitaine Dylan Clarke. Matricule 090873298, récita-t-il à l'intention des deux gardiens, tout en leur dévoilant ses tatouages d'identification placés à la base du maxillaire, là où pulsait sa carotide.

Les deux soldats ukkthas, dont les casques étaient reliés par lien éthérique à la base de données militaire de la Cité, vérifièrent ces informations et, l'instant suivant, libérèrent le passage.

– Bienvenue, capitaine, dit le soldat qui se tenait à gauche de l'entrée. Vous êtes attendu dans l'atrium.

Dylan connaissait assez bien le dédale de coursives qui s'enfonçaient dans les entrailles de la

Cité-forteresse. Il les avait visitées bien avant de devenir un Ukkthas. Lorsqu'il avait atteint le grade d'agent de l'Orpheus et qu'il était devenu membre à part entière de l'Élite des rêveurs, sa première véritable mission avait été de prendre contact avec l'état-major ukkthas pour être intégré à une équipe d'agents provocateurs. Il avait dû être instruit dans le bunker et c'est en passant par cet entrelacement de corridors qu'il avait été conduit à la salle où l'attendait son instructeur. À présent, comme il faisait partie des officiers supérieurs et qu'il devait arpenter régulièrement ces couloirs taillés dans le roc, il avait fini par les connaître aussi bien que les lignes de ses mains.

L'atrium était une grande cour intérieure de forme circulaire, creusée dans la pierre, au-dessus de laquelle se déployait un camouflage ectoplasmique. Du haut des airs, on ne voyait que des taches bigarrées de terre et de végétation, alors qu'en dessous on pouvait facilement admirer le ciel et surtout la batterie de tourelles à effet de champ qui avaient été disposées sur le pourtour supérieur de la salle afin d'en défendre férocement l'accès. Les Ukkthas avaient excavé et aménagé l'atrium pour recevoir facilement les dignitaires appartenant aux innombrables nations oniriques aériennes disséminées à travers tout le Quadrant Nord.

Dylan se dirigea vers le centre de l'atrium, là où Verna-Lynn Ryder, accompagnée du général Larochelle, de deux gardes du corps et d'un interprète, échangeait à voix basse des formules diplomatiques avec les trois Sans-Visages qu'il avait aperçus quelques instants auparavant.

— Madame, fit Dylan en saluant sa supérieure. Cette fois-ci, il avait affaire à l'originale et non pas à une copie de service.

— Approchez, capitaine. Je vous présente Issyassis, Dassyanassiat et Syalsession.

Elle avait prononcé les noms des Sans-Visages en prenant soin de les articuler lentement. Ses efforts étaient louables, mais Dylan doutait que la prononciation soit tout à fait exacte.

Les trois créatures inclinèrent simultanément la tête en guise de salut. Dylan leur répondit en imitant leur geste.

C'était la première fois de sa carrière d'onironaute qu'il approchait des Sans-Visages d'aussi près. Il put enfin constater la véracité de certaines rumeurs qu'il avait entendu colporter à leur sujet. Primo : ils dégageaient une forte odeur de camphre ; secundo : ils possédaient un rayonnement onirique qui formait d'incessants tourbillons sur la surface écailleuse de leur corps ; et, tertio : ils étaient visiblement apparentés aux Narkhys. Bien qu'ils ne partageassent pas leur nature belliqueuse, on pouvait immédiatement sentir qu'une force incroyable sommeillait en eux. De plus, l'absence de visage et leur corps entièrement composé d'écailles noires ajoutaient à leur mystère. En fait, songea Dylan, les Sans-Visages étaient l'incarnation la plus pure du Mystère absolu et du sentiment de danger qui accompagnait un tel concept.

Verna-Lynn reprit la parole :

– Nos trois hôtes viennent de nous apporter des nouvelles troublantes. Je leur épargne l'obligation de passer à nouveau par notre interprète pour vous répéter ce qu'ils viennent de nous apprendre et me permets de vous en faire un résumé.

L'interprète, un adolescent longiligne aux yeux globuleux, traduisit les paroles de la maréchal de camp pour le bénéfice des Sans-Visages. Ceux-ci hochèrent la tête en signe d'assentiment.

– Ils ont été témoins de ce qui s'est récemment déroulé chez les Vulturians peu après la fin de la bataille du Mur de Foudre. Il semblerait que nos voisins à plumes soient au bord de la guerre civile. Les espions Sans-Visages rapportent que Supremacis est retourné au Nid de cime pour confronter ses supérieurs...

– Les Cols noirs..., murmura Dylan.

– Oui, les Cols noirs. Les informations recueillies font mention que le nom d'Eloik serait revenu à plusieurs reprises lors de cette dispute. D'après Supremacis, les Cols noirs étaient devenus faibles et incapables de gérer les crises et, par leur faute, Eloik avait réussi à mettre en pièces des Cycles de labeur. Il a appelé à la vengeance sur votre ami, mais ses supérieurs lui ont intimé l'ordre de se calmer et d'attendre de nouvelles instructions.

– Je suppose qu'il n'a pas très bien pris cette remarque.

Verna-Lynn se permit un sourire en coin.

– Non, en effet. Il serait subitement devenu la proie d'une rage meurtrière et aurait voulu s'en prendre directement à la vie des membres du Triumvirat. Il a été rapidement maîtrisé et jugé. Selon leurs lois, un tel acte mérite la peine capitale, mais il semble qu'aucun des Cols noirs n'ait pu se résigner à tuer un si formidable Vulturian. Ils ont plutôt décidé de le punir en lui coupant les ailes et en le bannissant du Nid de cime. Des sentinelles Sans-Visages affirment que le corps de Supremacis a été transporté par la voie des airs et abandonné dans les régions désertiques du Sud profond.

Dylan haussa les épaules.

– Alors, où est le problème ? Il est mort...

– Justement, capitaine, il n'est pas mort. Les dernières informations que nous rapportent nos amis ici présents font mention qu'il serait en train de se diriger vers l'enclave de D'zyän.

– La cité des Hyanis ? À quoi joue-t-il ? À moins qu'il ait envie d'en finir, je ne vois pas ce qui pourrait le pousser à rendre visite à ses ennemis les plus féroces.

– Ce n'est pas tout, ajouta Verna-Lynn. Une dissension est en train de prendre forme dans les rangs inférieurs des guerriers vulturians. Nous pensons qu'ils ont pris comme un affront personnel le traitement qu'a subi Supremacis et il est fort possible qu'ils se soulèvent si jamais la nouvelle de sa survie leur parvenait ou, pis encore, s'il se présentait lui-même à la tête d'une rébellion.

– Je vois. Une guerre civile mettrait tout le Quadrant Nord à feu et à sang.

– Exact ! Et nous ne pouvons courir ce risque. Nous avons subi trop de pertes humaines et matérielles récemment. Nous commençons à peine à nous relever de la dernière épreuve. La pire chose qui pourrait s'abattre sur nous en ce moment serait une guerre chez nos voisins des Monts Gris. Je n'ai pas besoin de vous faire un dessin pour que vous compreniez qu'elle risquerait de s'étendre jusqu'ici.

– Sauf le respect que je vous dois, madame, si Supremacis se dirige vers D'zyän, il est à peu près certain qu'il n'en ressortira pas vivant. De ce fait, une grande partie de vos conjectures tombe à l'eau.

Le général Larochelle intervint.

– Avez-vous déjà approché D'zyän à pied, capitaine Clarke ?

– Vous rigolez ? Aucun onironaute sain d'esprit ne s'aventurerait aux abords de cette ville.

Larochelle ignora le sarcasme et poursuivit.

– Saviez-vous que les Hyanis l'ont bâtie en des temps très reculés exactement à l'endroit où la topographie du terrain formait un goulot d'étranglement entre la pointe sud du grand désert d'Asaïss et l'entrée nord des Terres maudites. Savez-vous ce qui se trouve à l'intérieur de ces fameuses Terres maudites ?

– Non, je l'ignore.

– Les vestiges du Nid d'origine. Quelque part à l'intérieur de ces Terres se trouvent les reliques les plus sacrées de la culture vulturian. Commencez-vous à comprendre ?

Cette fois-ci, Dylan n'avait plus envie de faire le malin.

— Vous pensez qu'il est à la recherche de ce nid ou de ce qu'il pourrait renfermer ?

Le Sans-Visage dénommé Dassyanassiat se rapprocha des Ukkthas. Une étrange série de claquements ressemblant à de faibles grognements se fit entendre autour de sa tête avant qu'il ne prononce une remarque sifflante.

— *Assyassisayadyet nemyasyatidyess !*

Heureusement, l'interprète veillait au grain.

— Il dit que ce qui dort dans ces ruines ne devrait pas être réveillé.

Verna-Lynn reprit le contrôle de la conversation.

— Vous voyez ? Nous sommes assis sur une bombe à retardement et elle va nous exploser en plein visage si nous n'agissons pas maintenant. Capitaine, c'est vous que nous avons choisi pour commander une expédition en territoire ennemi qui aura pour mandat de désamorcer la situation avant qu'elle ne dégénère hors de tout contrôle. Nous allons vous fournir un blindé d'infiltration furtif de classe 800 ainsi qu'une équipe de soldats pour vous appuyer. Nous voulons que vous retrouviez Supremacis et que vous l'éliminiez. Des questions ?

Dylan secoua la tête.

— Alors, rendez-vous au hangar seize.

Chapitre VI
Le rêveur mutilé

E LGIN est une petite ville charmante située à environ quatre-vingt-dix kilomètres au nord-ouest d'Aberdeen. Le dramaturge William Shakespeare s'est inspiré des événements réels qui s'y étaient déroulés en 1040 pour écrire l'une de ses pièces les plus célèbres : *Macbeth*. En effet, c'est en ces lieux que l'armée du roi Duncan a subi une défaite cuisante aux mains des troupes de Macbeth Macfindlaech, qui, lui-même, devint plus tard roi d'Écosse. Aujourd'hui, Elgin abrite d'innombrables trésors historiques qui attirent des autobus entiers de touristes. Les agences de voyages leur vendent avec succès l'idée, tout à fait justifiée d'ailleurs, que cette ville est incontournable et mérite une visite avant de poursuivre la route vers Inverness.

Ned et Janika n'avaient malheureusement pas le temps d'y flâner et d'en découvrir tout le côté pittoresque. Ils devaient se rendre à l'établissement psychiatrique de la ville pour tenter de rencontrer un interné qui, à bien des égards, détenait à l'intérieur de sa mémoire la clé d'un trésor autrement plus précieux que tout ce que pouvaient contenir les murs de la ville.

Ils n'avaient pas revu le docteur Raymond Hill depuis le jour où on l'avait retrouvé accroupi au milieu de la Sphère, en plein délire, criant des insanités à des tortionnaires invisibles. Le psychiatre, qui avait assumé dans le Cauchemar l'identité trompeuse de Mastymion – un espion Sans-Visage – avait subi un violent traumatisme psychique provoqué par le soudain retournement de Küwürsha contre lui. L'étendue des dégâts provoqués dans son esprit par cette trahison n'avait pu être quantifiée précisément par les spécialistes de l'Orpheus mandatés pour prendre soin de lui, car peu de temps après son internement à l'hôpital psychiatrique d'Elgin, il s'était refermé comme une huître : plus un son n'était sorti de sa bouche. Ces mêmes spécialistes, responsables de son dossier, avaient été forcés de communiquer avec Eloik afin de l'interroger sur les derniers instants de lucidité du médecin, car lui seul avait été témoin de l'ensemble des événements qui avaient précédé le moment fatidique où la raison du docteur Hill avait décidé de prendre des vacances prolongées. Ses explications, quoique précises, ne les avaient malheureusement pas aidés à découvrir le moyen de sortir leur patient de son mutisme.

– Bonjour, dit Janika à l'intention de l'infirmière qui était assise derrière le comptoir de la réception. Nous venons visiter un patient.

– Quel nom ? répondit-elle d'une voix nasillarde sans prendre le soin de lever les yeux de sa grille de *sudoku*.

– Hill. Raymond Hill.

L'infirmière consulta sa liste et daigna finalement jeter un bref regard vers Janika.

– M. Hill est en isolement. Vous ne pouvez pas lui rendre visite. Seul son médecin traitant y est autorisé.

– Quoi ? s'étonna la jeune fille. On nous avait pourtant assuré qu'il était possible de le voir !

La femme posa tranquillement son crayon au centre du cahier de jeux en se retenant d'élever le ton comme elle avait follement envie de le faire. Cette petite idiote lui avait fait perdre sa concentration.

– Vos informations sont erronées. M. Hill se trouve dans l'aile est, là où sont isolés nos patients les plus dangereux. À moins que vous ayez une permission spéciale du docteur Drake, vous ne pourrez pas entrer en contact avec lui. Désolée.

Janika pouvait presque palper du bout des doigts le mur qui venait de s'ériger entre elle et l'infirmière. Il était inutile d'insister : le résultat demeurerait absolument le même.

Sans le moindre mot de remerciement à l'égard de celle qui l'avait rembarrée de façon aussi froide, la jeune fille tourna les talons et entraîna Ned dans son sillage. Ils se dérobèrent à la vue de l'infirmière en bifurquant vers une minuscule aire de repos qui comptait trois banquettes recouvertes de similicuir vert dégueulis, une table basse jonchée de vieux magazines ainsi qu'un téléviseur noir et blanc, posé sur une étagère, qui débitait en silence un épisode de *Coronation Street*.

Ned obéit à Janika quand elle lui fit signe de s'asseoir à côté d'elle.

– Nous savons au moins qu'il se trouve dans l'aile est, fit-elle en prenant un ton de conspiratrice. Étant donné que nous ne pouvons le rencontrer directement, il nous faudrait quelque chose avec lequel il a été en contact prolongé pour que nous puissions nous approcher de lui à l'intérieur du Rêve. L'idéal serait de diminuer au maximum la distance qui nous sépare de sa cellule, mais, à mon avis, la zone d'isolement doit être aussi étanche qu'une prison à sécurité maximale.

Les deux amis se regardèrent en se demandant s'ils n'avaient pas effectué ce trajet pour rien. C'eût été dommage d'être venu jusqu'ici pour se fracasser le nez contre une porte close.

– Il y a sûrement un moyen, pensa Ned à voix haute.

Janika l'attrapa par la manche de son manteau.

– Évidemment ! J'aurais dû y songer plus tôt.

– Quoi ? demanda le grand gaillard.

– Ce n'est pas vraiment nécessaire de détenir un objet personnel de notre cible pour la localiser dans le Rêve. Bien sûr, ça aide, mais on peut s'en passer. Au lieu de se casser la tête à essayer de tomber directement sur celui que nous voulons rencontrer, nous n'avons qu'à nous servir de l'hôpital entier. Raymond Hill est en contact permanent avec les murs de cet endroit depuis plusieurs semaines. Ce devrait être facile de le localiser à l'intérieur de la réplique onirique de ce bâtiment. Nous n'avons qu'à nous concentrer sur l'hôpital lui-même au lieu d'un des patients qu'il renferme. Ce sera un peu plus long pour arriver jusqu'à notre cible, mais le résultat sera le même.

— Je vois. Tu veux effectuer un saut dans le Rêve à l'intérieur d'un asile d'aliénés ?

Il se racla la gorge à deux reprises.

— Tu es sûre que tu n'es pas tombée sur la tête ? ajouta-t-il, pour bien lui signifier qu'il n'avait pas très envie de tenter ce genre d'expérience.

Elle ignora la remarque et se remit debout. Ned ne put faire autrement que constater à quel point son amie était perdue dans ses pensées. Janika était au beau milieu d'une quête et rien ni personne ne viendrait s'interposer entre elle et ce qui l'obsédait.

— Amène-toi, Ned. Il faut trouver un endroit tranquille et sécuritaire qui nous permettra de rêver sans être dérangés. J'ai vu un plan du bâtiment dans le hall d'entrée qui pourrait nous être utile.

Il l'accompagna en se questionnant intérieurement sur le bien-fondé de cette expédition qui, à son avis, n'avait pas vraiment sa raison d'être. Il le faisait surtout parce que Janika semblait à bout de nerfs et qu'elle avait besoin de croire en la possibilité, aussi mince soit-elle, de renverser une situation qui, à toute fins utiles, était irréversible. Il le faisait aussi parce que secrètement, au fond de son cœur, il y avait une part de lui-même qui désirait la voir subir un échec retentissant qui lui ouvrirait finalement les yeux. Parfois, chez certaines gens, la voix de la raison ne suffit pas ; il faut faire en sorte qu'ils se brûlent littéralement le bout des doigts pour qu'ils comprennent enfin le danger de jouer avec le feu.

Ils étudièrent le plan qui se trouvait là où Janika l'avait aperçu en entrant. Il se déployait sur les trois panneaux lumineux d'un kiosque triangulaire placé en plein centre du hall.

— Regarde ça, dit-elle en lui montrant du doigt une salle rectangulaire située au rez-de-chaussée. Il y a une chapelle au bout de l'aile nord. Ce sera parfait !

— Pourvu que le chapelain ne vienne pas nous sermonner en plein rêve.

— Viens. On y va.

La chapelle privée était plongée dans la pénombre. Situés de part et d'autre de l'autel, légèrement en contrebas, deux présentoirs remplis de lampions allumés diffusaient une faible lumière orangée qui dansait sur les murs et le plâtre coloré de deux statues représentant la Vierge et saint Joseph. Au fond du temple, là où se trouvait normalement l'officiant, un énorme Christ en croix d'une blancheur immaculée dominait la pièce. Ned indiqua à son amie un banc de la rangée arrière qui se confondait avec l'ombre. Ils convinrent en silence de s'y installer.

— J'espère que ton plan va fonctionner, lui murmura-t-il à l'oreille. Avoue que c'est quand même un peu n'importe quoi.

— Fais-moi donc confiance pour une fois.

— Oh ! Je te fais confiance. Je me demande seulement si tu sais dans quoi tu t'embarques ?

Janika se permit enfin un petit sourire malicieux qui toucha Ned droit au cœur. Elle les distribuait au compte-gouttes ces derniers temps.

— Tu seras là pour me sortir du pétrin si jamais ça tourne au vinaigre.

Il lui rendit son sourire.

— Regarde-moi. Est-ce que j'ai l'air d'une police d'assurance ?

— Tu feras l'affaire. Allez, on ferme les yeux et on se retrouve de l'autre côté.

La technique de modification de la conscience n'avait plus de secret pour eux. Ils glissèrent aisément vers la phase de transe initiale puis s'endormirent quelques instants plus tard. Leurs deux esprits furent projetés avec force vers les espaces inexplorés dans lesquels s'agitait le chaos primordial. Ils ne s'y attardèrent pas et se laissèrent emporter vers la frontière de l'Océan de lumière, là où le Rêve avait élu domicile. Pourtant, cette fois-ci, les deux onironautes remarquèrent que le rayonnement périphérique de l'Océan, d'habitude si étincelant, était rongé de toute part. La Lèpre noire se portait à l'assaut de la frontière lumineuse en une multitude de points et non plus seulement par la Déchirure. Ils eurent à peine le temps de graver ces images dans leur mémoire qu'ils traversèrent la frontière du Rêve et se réveillèrent à l'intérieur de leurs corps oniriques respectifs. Ce fut Janika qui reprit conscience la première. Ned suivit quelques secondes plus tard sans qu'elle ait eu besoin de le secouer.

La translation avait fonctionné à merveille. Ils s'étaient retrouvés assis côte à côte dans la version onirique de la chapelle. Comme il fallait s'y attendre, l'allure générale des lieux avait sensiblement changé. Ce qui n'était qu'un modeste lieu de culte était maintenant de la taille d'une cathédrale. Les lampions, à présent gros comme des cierges pascals, brillaient d'une sinistre lueur verdâtre et leur flamme tremblotante modifiait considérablement la physionomie des trois statues. Celle de la Madone se trouvait pieds nus parmi les anneaux écailleux de plusieurs dizaines de vipères qui sifflaient en s'enroulant autour de son socle tout en essayant d'éviter du mieux qu'elles le pouvaient les rayons de lumière blanche qui sortaient de ses paumes ouvertes. Les traits du visage de la Vierge semblaient s'animer, mais peut-être n'était-ce qu'une illusion d'optique provoquée par les flammes orangées qui crépitaient à présent à la place de ses yeux. Pour ce qui était de la statue de Joseph, elle disparaissait sous un amoncellement grotesque de toiles d'araignée flottant librement dans le vent surnaturel qui s'engouffrait dans le temple. Ces toiles flirtaient dangereusement avec les lampions disposés devant le socle de la statue et menaçaient à tout instant de prendre feu.

– Sortons d'ici, proposa Ned. Je crois que le petit Jésus vient de me faire un clin d'œil.

En effet, l'énorme figure blanche du Christ, complètement maculée par le sang qui suintait de ses multiples blessures au front et au cuir chevelu, venait de prendre vie. Une aura immaculée brillait autour de son corps torturé et clignotait de façon régulière comme un phare dans la nuit. La statue avait ouvert les yeux et ses lèvres remuaient en silence en donnant la nette impression d'implorer une aide quelconque. Son regard fatigué se posa sur Ned et Janika qui sentirent immédiatement un malaise les envahir. Ils n'étaient pas à l'intérieur d'une chapelle ordinaire. Malgré les apparences pieuses de cet endroit au plan matériel, il était évident qu'il en allait autrement au plan onirique.

Un vacarme provenant de l'arrière attira leur attention.

Janika pointa le menton en direction de la porte à deux battants de la chapelle. De lourdes chaînes munies d'un cadenas en fer forgé les obstruaient. À voir la façon dont le bois de ces portes vibrait sous les assauts répétés de plusieurs dizaines de coups martelés sans relâche, il était évident que ces chaînes étaient là non pas pour retenir les fidèles à l'intérieur de la chapelle, mais plutôt pour empêcher quelque chose d'y entrer.

– Tout compte fait, remarqua Janika, je crois que cet hôpital psychiatrique baigne dans le Cauchemar…

– Tu m'en diras tant. Je te l'avais bien dit que c'était un plan foireux. À présent, il faut trouver un moyen de sortir d'ici.

Ned empoigna le pommeau de Bath'Raada, la Vierge de guerre, la sortit de son fourreau en un long crissement métallique et la souleva par-dessus sa tête en se précipitant vers la porte du sanctuaire. Il abattit un coup d'une force incroyable sur l'arceau du cadenas. Il dut se reprendre par deux fois avant d'en venir à bout. La tension dans les chaînes se relâcha.

– Janika, viens m'aider ! Déroule cette chaîne, mais laisses-en assez pour maintenir une certaine tension sur les deux portes. Je vais écrabouiller la gueule de quiconque se trouve derrière.

Elle se dirigea au milieu de l'allée en activant le bouclier d'Uhlan et la lame rétractable qui se déploya à partir des jointures de son gant de pierre. Elle défit partièllement l'enroulement de la chaîne comme Ned le lui avait demandé, puis elle alla rapidement se placer sur sa droite en adoptant une position de combat.

– Paré ? demanda-t-elle.

– Paré. Trois… deux… un ! cria Ned en défonçant les deux portes battantes d'un grand coup de pied appliqué en plein centre.

Comme il l'avait prévu, les lourdes portes de chêne, en s'ouvrant violemment, percutèrent les créatures qui se trouvaient derrière. Cela fut suffisant pour dégager un chemin et permettre à Janika de passer le seuil sans encombre. Ned la suivit dans le corridor parallèle à l'entrée de la chapelle et jeta un coup d'œil vers la foule compacte qui se ruait à présent dans l'entrée. C'étaient des créatures chétives, recouvertes de loques. Elles rampaient sur le sol sans le moindre égard pour leurs membres qui se détachaient pitoyablement de leurs corps et qu'elles abandonnaient un peu partout. Elles s'empilaient les unes sur les autres en une sorte de masse grouillante et chaotique. Chacune essayait avec l'énergie du désespoir de passer par-dessus ses semblables dans l'unique but de pénétrer la première à l'intérieur de la chapelle.

– Des lépreux, s'étonna Ned. Il y a quelque chose qui les attire à l'intérieur en ce lieu…

– Ne restons pas ici. Il faut trouver Raymond.

La jeune fille commença à s'éloigner prudemment de toute cette agitation en prenant soin de vérifier que rien d'autre ne les menaçait dans le dédale de coursives dans lequel elle et son partenaire étaient sur le point de s'engager. Malgré le fait que ces pauvres diables ne semblaient pas leur accorder la moindre attention, il était plus sage de ne pas traîner dans les environs. D'ailleurs, le temps était une denrée précieuse et il eût été idiot de le gaspiller en voulant enquêter sur chaque nouvelle créature onirique qui se présentait sur leur chemin.

Janika fit signe à son coéquipier de se rapprocher. Celui-ci finit par s'arracher au spectacle fascinant de la foule de lépreux en transe religieuse et vint se poster à côté d'elle.

– Je me souviens d'avoir repéré sur le plan du hall un embranchement qui dessert l'aile où se trouve Raymond, commença-t-elle. J'espère seulement que cette version onirique du bâtiment ne diffère pas trop de l'original. On pourrait facilement se perdre.

– Tu oublies que je suis pisteur. Peu m'importe que les murs de cet asile se mettent à danser la gigue ou que toute l'architecture se modifie de fond en comble : tous mes sens sont verrouillés sur la signature onirique de la cible. Ça m'est d'autant plus facile qu'elle est celle de mon ancien maître. Je pourrais la reconnaître parmi des milliers.

– Alors qu'est-ce que tu proposes ? On continue vers l'est ? Pour être bien franche avec toi, je ne me rappelle pas avoir vu ce couloir sur le plan.

Ned pointa la lame de son arme en direction du corridor en l'inclinant légèrement vers le haut.

– Raymond se trouve dans cette direction sur l'un des étages.

Ils avancèrent côte à côte dans le corridor mal éclairé. Les tubes au néon constellés de chiures de mouches et de saletés diverses répandaient une lumière glauque, presque maladive, sur les surfaces défraîchies. La peinture des murs, écaillée presque au grand complet, laissait entrevoir des couches plus anciennes qui témoignaient d'un passé remontant au début du vingtième siècle. Derrière eux, la rumeur de la foule de lépreux s'atténua graduellement au fur et à mesure qu'ils s'enfonçaient dans la pénombre artificielle. Les derniers échos moururent, et bientôt les deux adolescents n'entendirent plus que le bruit de leurs pas sur le sol humide jonché d'immondices.

– Tu parles d'un cloaque, maugréa Ned. Cauchemar ou pas, ces empaffés de Narkhys et tous leurs petits amis pourraient se cotiser et se payer quelques balais. Comment arrivent-ils à vivre dans un foutoir pareil ?

– C'est dans leur nature, Ned. Le chaos les a enfantés : c'est un peu normal que le désordre et la saleté les attirent.

– Ça me lève le cœur quand même.

Ce cabotinage n'était qu'une façon de repousser l'ambiance étouffante chargée de folie qui fondait sur eux. L'un comme l'autre savait qu'ils étaient sur le point de basculer dans un des recoins les plus sombres du Cauchemar. Ici, toute la démence des patients internés dans le monde de l'Éveil prenait librement son essor. Aucune barrière ne pouvait la contenir. Les pires horreurs nichées au sein de l'esprit tordu des psychopathes ou les spectres blafards nés de l'imagination débridée des schizophrènes en manque de médication allaient bientôt déferler sur eux au fur et à mesure qu'ils allaient s'approcher des patients isolés dans l'aile à sécurité maximale. Il ne pouvait en être autrement, car dans le monde onirique, tout ce qui dormait dans l'inconscient acquérait substance et temporalité. L'esprit humain pouvait générer des décors et des créatures d'un incroyable réalisme.

Ils arrivèrent au bout du corridor, là où se dressait une vieille grille de fer forgé rongée par la rouille. De l'autre côté : le noir absolu. Seul le coin d'une table couverte de papiers et de notes éparses apparaissait selon les caprices d'une lampe à néon en train de rendre l'âme. Pour les rares instants où elle fournissait un semblant de clarté, il était possible de constater que le sol au-delà de la grille disparaissait sous une brume d'aspect poisseux sur une épaisseur de vingt centimètres. Les gouttes qui suintaient du plafond craquelé tombaient à l'intérieur de celle-ci en formant de minuscules tourbillons vaporeux.

Ned appuya la pointe de son arme sur la serrure de la grille et poussa. Mis à part un long grincement provoqué par le manque de lubrification des pentures, cette dernière n'offrit aucune résistance. Il alla tapoter du bout des doigts l'abat-jour métallique de la lampe au néon dans l'espoir de la stabiliser, mais il ne réussit qu'à l'éteindre.

— Et merde!

À présent, la seule lumière qui restait provenait de l'extrémité opposée du corridor. Le reste avait été englouti dans les ténèbres.

— Attends, fit Janika. J'ai une solution.

Elle désactiva le bouclier d'Uhlan et dériva l'énergie onirique ainsi économisée vers la lame télescopique. Les rubis qui y étaient incrustés se mirent tout à coup à briller d'une lueur rouge suffisamment puissante pour créer un cocon de lumière de taille modeste. Même si cette lumière ne possédait pas l'intensité nécessaire pour percer les ténèbres éloignées, elle leur permettrait au moins de continuer d'avancer. Le seul gros désavantage était qu'ils ne verraient le danger qu'une fois le nez presque collé dessus. Le mot d'ordre était donc de garder les armes dégainées et l'esprit aux aguets.

Ils dépassèrent le bureau en désordre, puis bifurquèrent vers la gauche. Après quelques minutes de marche dans ce qui semblait être un immense tombeau silencieux, Janika fronça les sourcils.

— Tu entends ce bruit? murmura-t-elle.

— Quel bruit?

— Écoute.

C'étaient des cliquetis métalliques semblables à ceux que produiraient des baguettes
ou de fines aiguilles frappant une surface dure.

– Nous ne sommes pas seuls ici, constata la
jeune fille.

Elle avait raison. Des centaines de minuscules points rouges venaient d'apparaître au ras
du sol.

Le silence s'abattit tout à coup sur les lieux.
On aurait dit que, pendant un bref instant, ce
qui se trouvait dissimulé sous la brume s'était
figé de stupeur en apercevant le jeune couple.
Soudain, des remous apparurent dans les
volutes de brume qui flottaient juste au-dessus
du sol : les points étaient en train de se déplacer
dans tous les sens.

– Des Xhargs ! vociféra Janika en reconnais-
sant la silhouette caractéristique des gros
insectes hybrides qui fonçaient vers eux.

Ces créatures, de la taille d'un melon, ressemblaient à des araignées montées sur trois
paires de longues pattes noires effilées. Leur dos
n'en était pas vraiment un. Au lieu d'une cara-
pace chitineuse ou poilue comme on en retrouvait souvent chez les araignées, celui des Xhargs
était formé par un visage démoniaque arborant
un rictus cruel. Le tout donnait l'impression
d'être en présence d'une tête affublée de pattes.
Quand la bouche de ces démons s'ouvrait, on
pouvait apercevoir des crocs noirs et luisants
ainsi que les exhalaisons vaporeuses qui sortaient de leurs entrailles. Ces émanations étaient

à l'origine de l'étrange brume qui couvrait le sol. Quiconque avait le malheur d'y plonger la tête en chutant ou par n'importe quel autre moyen devenait la proie d'une profonde léthargie et se faisait alors vampiriser toute son énergie onirique sans pouvoir offrir la moindre résistance.

Ned réagit en se campant solidement dans une position de combat.

— J'en compte au moins quarante. Prépare-toi à battre en retraite, Oni. On ne pourra jamais en venir à bout à nous deux !

Il n'avait pas l'habitude de l'appeler par son surnom. La perspective du combat à venir devait le tracasser plus qu'il ne le laissait paraître.

Janika fit comme si elle ne l'avait pas entendu et prit l'initiative de foncer droit sur la meute d'ennemis. Elle n'avait pas l'intention de revenir sur ses pas, alors mieux valait en finir le plus rapidement possible en tentant de se frayer un passage rudimentaire et en se croisant les doigts pendant qu'elle tenterait de semer les survivants en courant.

— Je constate que mon avis est pris en considération, ironisa Ned en voyant son amie se ruer à l'assaut.

Évidemment, elle n'avait pas entendu cette dernière remarque et lui-même s'en fichait un peu. Elle n'en faisait qu'à sa tête. Bien qu'il l'appréciât à plusieurs égards, il avait parfois envie de l'étriper quand elle agissait de la sorte.

Il la regarda s'éloigner et comprit soudain qu'il n'était plus dans le rayonnement rougeâtre qui émanait de la lame de son amie. À contrecœur, il se décida à se lancer à sa poursuite.

Les Xhargs ne semblaient pas vouloir s'écarter du chemin. Pire encore, leurs rangs grossissaient à vue d'œil. Bientôt, ce qui n'était au début qu'un léger cliquettement devint un vacarme effroyable. Les créatures arrivaient par dizaines… de tous les côtés. Le plancher, les murs et le plafond en étaient recouverts !

– On est tombés dans un piège ! Tu es contente à présent ? On est complètement cernés ! hurla Ned à l'intention de Janika.

Il avait parlé sous l'emprise de la colère, mais il ne pouvait nier qu'au fond de lui-même c'était en fait la peur qui l'incitait à se défouler de la sorte sur sa partenaire. Elle lui lança un regard courroucé, mais ne prit pas la peine de lui répondre. Elle se battait avec l'énergie du désespoir en faisant virevolter sa lame dans tous les sens. Les Xhargs tombaient un peu partout autour d'elle, mais ils étaient rapidement remplacés par de nouveaux arrivants tout aussi féroces.

Ned, de son côté, faisait de même et ne se privait pas d'en écrabouiller quelques-uns avec ses lourdes bottes en évitant tant bien que mal de se faire mordre les mollets. Le liquide onirique translucide giclait de toute part, rendant la progression dans le corridor encore plus difficile. La substance vitale des Xhargs répandue au

sol était en train de le rendre glissant et menaçait de les faire tomber tous les deux. S'il y avait
une chose qu'ils ne pouvaient se permettre,
c'était bien une chute.

– Continue à avancer, Janika. On va bien
finir par trouver un endroit pour se mettre à
l'abri.

– Je viens d'apercevoir un escalier. Suis-
moi !

Ils continuèrent de se battre à l'aveuglette.
De toute façon, il y avait tant d'adversaires que
chaque coup porté faisait immanquablement
mouche.

Les Xhargs poussaient des grognements
rauques et même parfois des exclamations qui
ressemblaient à s'y méprendre à des cris
humains. Ce qui n'était pas tout à fait improbable puisque les traités d'onirologie classaient
cette espèce parmi les émanations mentales
humaines, c'est-à-dire qu'ils n'appartenaient
que particellement au monde des rêves. Une part
de leur substance tirait son origine directement
de l'esprit humain… en particulier, de celui des
gens souffrant de désordres mentaux majeurs.

Le combat se déplaçait inexorablement vers
le fond du corridor, là où Janika avait repéré du
coin de l'œil un escalier. Les deux onironautes
redoublèrent d'ardeur et finirent par imposer
un certain respect aux centaines de créatures qui
commençaient à prendre leurs précautions
avant de se porter à l'attaque. Néanmoins,
celles-ci finirent par saisir que la faiblesse du duo

de combattants se trouvait dans la difficulté à parer les attaques provenant du plafond. Les Xhargs ne tardèrent pas à exploiter cette faille en réduisant leur nombre au sol.

– Allez ! On fonce ! hurla Janika en voyant le plancher se dégager.

Les deux adolescents se précipitèrent à toute vitesse vers l'escalier qui menait aux étages supérieurs. À peine eurent-ils touché les premières marches et commencé leur ascension que des dizaines d'assaillants se mirent à leur pleuvoir sur le dos. Ils réussirent à atteindre le premier palier, là où l'escalier changeait de direction pour rallier le second étage, mais le poids de leurs adversaires devenait de plus en plus lourd et ils devaient fournir des efforts titanesques pour continuer leur progression.

Les pattes crochues des Xhargs ainsi que les pointes acérées de leurs crocs commencèrent à se frayer un chemin sous leurs armures. Ned, malgré son gabarit et son courage, poussa un hurlement de pure terreur lorsqu'il sentit le contact froid et rugueux d'un de ces crochets contre ses côtes. Janika, quant à elle, était presque arrivée sur le palier du second étage. Toute la volonté et les efforts qu'elle déployait ne furent pas suffisants : elle finit par s'effondrer elle aussi sous la masse grouillante des monstres. En désespoir de cause, elle dériva une large portion de son énergie onirique vers les condensateurs d'éther de son gant de pierre et la força brutalement vers le réseau cristallin qui courait tout le long de sa lame. Une violente décharge lumineuse doublée d'une déflagration sonore prit son essor à partir du centre de la lame et envoya valser bon nombre de Xhargs dans toutes les directions.

Elle se releva péniblement en prenant appui sur la rampe de l'escalier et se dépêcha d'aller secourir son ami. Cette dernière attaque l'avait passablement affaiblie, mais le coup en avait valu la peine. Les quelques monstres qui s'accrochaient encore à son compagnon étaient tellement sonnés que ce fut un jeu d'enfant de le dépêtrer.

— On y est presque, Ned. Ce n'est pas le temps d'abandonner !

Le combattant se remit debout, se retourna et envoya un coup de pied rageur dans le tas de Xhargs amoncelés dans l'escalier. Les monstres se tordirent de douleur, mais ils étaient trop désorientés pour pouvoir contre-attaquer de façon efficace.

— Saloperies ! Ça vous apprendra à avoir des gueules de ballon de foot !

— Amène-toi, fit-elle, en l'entraînant de force dans le corridor menant aux cellules. On n'a pas de temps à perdre. Je viens de nous faire gagner quelques secondes de répit.

— D'accord ! De toute façon, Raymond Hill n'est plus très loin. Je perçois clairement sa présence.

Tout en pressant le pas, Janika s'adressa à Ned sans le regarder.

– Sommes-nous sur le bon…

Sa phrase s'étrangla dans sa gorge. Devant elle, à moins de deux mètres, une forme oblongue était en train de sortir littéralement du plancher. Elle émergeait en se dépliant dans le sens de la longueur comme le ferait un humain recroque-villé depuis longtemps. C'était un Berger. D'habitude, on ne les rencontrait qu'à l'intérieur du Cauchemar, à la tête de meutes de Pulvikhans – les chiens de poussière – dans les lieux ayant subi de grandes pertes de vie. Or, à moins que l'his-toire de l'Institut psychiatrique d'Elgin ne recelât de sombres secrets, la présence de cet être téné-breux dans ce bâtiment était hors du commun.

Les Xhargs, restés dans l'escalier, avaient fini par reprendre leurs sens et s'étaient mis à conver-ger vers le nouvel arrivant en prenant soin de ne pas toucher Ned et Janika. Ils les contournèrent avec prudence et allèrent tous se placer docile-ment derrière leur maître en poussant des coui-nements pathétiques. À les entendre gémir de la sorte, on pouvait presque ressentir de la pitié pour eux. Ce ne fut qu'au moment où l'être couvert d'un linceul noir ensanglanté tapa le sol avec sa crosse de berger que les prédateurs oni-riques se calmèrent.

Ned s'approcha de Janika et attrapa sa main libre.

– Foutons le camp d'ici pendant qu'il en est encore temps.

Elle secoua la tête et retira brusquement sa main de la sienne.

– Non ! Attend. Il va parler.

Les orbites creuses du Berger devinrent tout à coup deux foyers ardents, brûlant d'une flamme bleue. À n'en pas douter, ce spécimen était différent des autres membres de son espèce.

Il ouvrit la bouche et une voix sépulcrale résonna dans le long corridor.

– *Que cherchez-vous ? Il n'y a rien pour vous ici que folie et mort.*

Il parlait en utilisant un débit si lent et un timbre si grave qu'il était difficile de le comprendre.

– Libère le passage, mon vieux. Tout allait très bien avant que tu te pointes avec tes bestioles. Ma compagne et moi avons du travail à faire, alors si ça ne te fait rien… dégage le plancher !

Janika se serait esclaffée en des circonstances moins périlleuses, mais l'heure n'était pas aux fanfaronnades. Le Berger lui confirma qu'il n'entendait pas à rire en portant un coup de crosse fulgurant dans la poitrine de Ned. Ce dernier perdit le souffle et alla choir dans les corps démembrés des Xhargs qui jonchaient le sommet de l'escalier.

– *Que cherchez-vous ?*

Cette fois, le sinistre personnage avait répété sa question avec davantage d'autorité. Janika jeta un coup d'œil vers Ned qui grimaçait de douleur, mais résista à la tentation de se porter à son aide. Elle devait tenir tête au Berger et surtout ne pas le perdre de vue. Qui sait ce dont il pouvait être capable ? Une chose était pourtant sûre, ce spectre allait peut-être leur fournir un accès inespéré à la cellule de Raymond. Tout dépendait de la façon dont elle s'y prendrait pour lui faire sentir qu'ils ne représentaient pas une menace et que cette petite escarmouche avec les Xhargs n'était que le résultat d'un réflexe d'autodéfense.

— Nous cherchons un patient nommé Raymond Hill.

Sa question produisit l'effet escompté. Le Berger demeura coi assez longtemps pour qu'elle comprenne qu'il considérait sa question avec intérêt.

— *Mastymion...*

Janika releva les sourcils en signe de surprise, mais conserva le silence.

— *Il est ici. Je peux même vous conduire jusqu'à lui, mais je n'en ferai rien.*

— Pourquoi?

— *Vous avez massacré mon cheptel.*

Elle ne pouvait le nier. Néanmoins, ce Berger, contrairement à tout ce qu'elle avait entendu colporter à leur sujet, semblait ouvert à la négociation.

— Qu'accepteriez-vous en guise de réparation?

Le spectre vêtu de noir s'approcha de la jeune fille et se pencha afin de porter son visage blafard à sa hauteur. Il dégageait une odeur putride.

— *Je pourrais exiger votre vie.*

Ned, enfin remis du coup qu'il avait reçu, prit Janika par les épaules et colla son visage pratiquement sur celui du Berger.

– Tu pourrais aussi te prendre mon poing dans la gueule, tant qu'à y être !

– *Insolent. Je devrais te frapper à nouveau pour t'apprendre à tenir ta langue.*

– Ned ! Reste en dehors de ça, s'exclama Janika en foudroyant du regard son coéquipier.

– *Voici ce que nous allons faire. Donnez-moi une partie de votre rayonnement onirique et je vous conduirai jusqu'à Mastymion... celui qui se fait appeler Raymond Hill dans votre monde.*

Ned secoua la tête.

– Ne fais pas ça, Janika. On ne peut pas lui faire confiance.

Il aurait parlé à un mur qu'il n'aurait pas éveillé davantage de réaction. Janika n'en faisait encore qu'à sa tête.

Elle se dégagea de l'étreinte de Ned et tendit le bas droit en direction du Berger. Il fit un mouvement circulaire de la main gauche et une partie du linceul vint s'enrouler autour de l'avant-bras de la jeune fille.

– Vous pouvez en prendre la moitié. Il ne me reste pas suffisamment d'énergie pour vous accommoder davantage.

– *Ce sera suffisant*, lui répondit son interlocuteur d'une voix d'outre-tombe.

Le morceau de tissu resserra son étreinte sur l'avant-bras de Janika comme s'il se fût agi d'un serpent. Un picotement brûlant envahit bientôt son épiderme. Le fluide onirique était en train de la quitter à toute vitesse.

– Pas si vite, je vous en prie.

Elle avait la tête qui tournait et Ned dut la soutenir pour qu'elle ne s'effondre pas.

– Vas-y doucement, l'ami ! Tu ne vois pas qu'elle s'affaiblit ?

– *Il n'y en a plus pour longtemps...*

Dix longues secondes s'écoulèrent encore avant que le linceul se retire.

– *Voilà ! C'est terminé. Nos comptes sont réglés.*

– Maintenant, respecte ta parole et mène-nous à la cellule de Raymond Hill.

Le jeune homme, qui tenait Janika à bras-le-corps, s'adressa à elle en murmurant :

– Tu aurais pu me laisser faire. C'aurait été plus long, mais nous y serions arrivés quand même.

Elle lui sourit en secouant légèrement la tête.

– Tu sais aussi bien que moi que ce n'est pas vrai... trop d'obstacles.

Le Berger se détourna d'eux et allongea ses bras décharnés. Le linceul qui recouvrait son corps squelettique s'étendit comme une voile et fut bientôt secoué par la bousculade de la centaine de Xhargs qui accouraient vers lui afin de se fondre dans sa masse corporelle. Lorsque la cohue prit fin, l'être ténébreux replia les bras, empoigna sa crosse à deux mains pour la placer devant lui et frappa le sol à deux reprises.

– *Êtes-vous prêts ?*

– Oui, firent les deux onironautes en chœur.

– *Restez près de moi.*

Le décor se modifia de façon radicale. Ils n'eurent pas la sensation de se déplacer, mais plutôt qu'un nouvel environnement se portait à leur rencontre. La première chose que remarquèrent les deux onironautes fut la pluie.

– C'est quoi ce bordel ? grommela Ned en relâchant son étreinte autour de la taille de Janika.

C'était la nuit. Ils étaient en plein milieu d'une clairière sise au cœur d'une large crique en forme de demi-cercle. Sur leur droite et à l'arrière, ils virent une épaisse végétation de type tropical qu'éclairaient faiblement les deux lunes Vynn et Synn.

Le Berger s'éloigna d'eux en donnant l'impression qu'il flottait sur le tapis d'herbe qui recouvrait la clairière. Il se dirigea vers un cercle de pierres qui ceinturait les restes d'un feu éteint depuis longtemps. Une fois qu'il l'eut franchi, il se retourna en direction des adolescents.

– *Vous vouliez que je vous mène jusqu'à Mastymion ? Le voici.*

Du bout du doigt, il désigna une forme luisante et sombre gisant à ses pieds. Non loin d'eux, un objet de grande taille était renversé. Ned considéra la scène et interpella celui qui les avait guidés.

– Nous ne sommes pas dans sa cellule…

– *Je vous offre mieux. Je vous ai mené là où réside désormais son esprit.*

Sur ces mots, le spectre se recroquevilla sur lui-même et rentra dans le sol.

— Il a raison, déclara le jeune homme à l'intention de sa compagne. C'est bien Raymond Hill qui se trouve là-bas. Sa signature onirique ne peut pas mentir. Allons voir ça de plus près.

Janika l'accompagna en silence jusqu'au cercle formé par les roches. Elle reprenait peu à peu ses forces en puisant directement dans l'éther onirique environnant. Même s'ils se trouvaient à l'intérieur du Cauchemar et que l'éther était en quelque sorte pollué, il y en avait suffisamment de sain pour qu'elle puisse se remettre d'aplomb.

Ils se placèrent de part et d'autre de la forme sombre que le Berger leur avait montrée. C'était une statue de pierre noire représentant un homme nu en position fœtale. Ned s'accroupit afin de pouvoir mieux distinguer les traits du visage de l'homme.

— Je suppose que tu le reconnais toi aussi, dit-il en s'adressant à sa compagne par-dessus son épaule.

— Oui. C'est notre homme. Ce doit être l'endroit que nous a décrit Eloik lorsque Küwür-sha s'est retourné contre Raymond Hill et l'a foudroyé. Cet objet, à côté de lui, ressemble au capteur d'âmes qui a failli piéger la mère d'Eloik.

— Qu'est-ce que l'on fait à présent ? Il est catatonique et s'est changé en pierre à l'intérieur du Rêve. Tu proposes quoi pour l'interroger et lui tirer les vers du nez au sujet de son tour de passe-passe avec l'okhrom ? Ne me dis pas que tu n'as rien prévu.

Elle s'accroupit à son tour et posa ses deux paumes à l'endroit où se trouvait normalement le cœur.

– Médecine onirique 101. Les méthodes de travail de Nilianna, à l'opposé de celles de Raymond, sont pourtant les seules qui puissent le réanimer. Ironique, n'est-ce pas ?

– En supposant qu'elles fonctionnent, ce sera en effet un drôle de tour du destin.

– La technique de réanimation est encore expérimentale, mais j'en maîtrise assez bien les rudiments pour l'appliquer correctement.

– Fais de ton mieux, c'est tout ce…

Tout à coup, le sol se mit à trembler sous l'effet d'une violente déflagration qui semblait provenir de partout à la fois. Les ondes telluriques étaient accompagnées d'un fracas effroyable. On aurait dit que la note claire et aiguë produite par la trompette du Jugement dernier chevauchait les roulements de tambour des hordes infernales. C'était un son qui transperçait et noyait les sens tout à la fois. Les onironautes tentèrent de s'agripper à la statue de Raymond Hill pour n'être pas soulevés par la puissante onde de choc, mais rien n'y fit : ils furent emportés comme des fétus de paille soufflés par la tempête.

La dernière chose que vit Janika avant d'être arrachée au monde onirique fut l'image stupéfiante de la statue de pierre en train de se

morceler et de laisser apparaître le corps onirique intact de Raymond Hill. Les paupières de
l'homme s'ouvrirent et son regard plongea
directement dans le sien. Le contact ne dura
qu'une fraction de seconde, mais cela fut suffisant pour convaincre Janika que le thérapeute
venait d'être enfin libéré de son état catatonique.

À six mille mètres d'altitude sur le vol 0038
de la British Airways à destination de Londres,
Nilianna ressentit en plein centre de son plexus
solaire la deuxième onde de choc qui balaya le
Monde des rêves. Elle enfonça les ongles dans le
rembourrage des accoudoirs par pur réflexe. Un
bref instant, elle eut la sensation désagréable
d'être en chute libre. Quelque chose de terrible
était en train de se produire sur le plan onirique.
Quelque chose qui aurait des conséquences
néfastes pour les habitants de la Terre. En son
for intérieur, elle savait que des forces malé-
fiques, emprisonnées depuis des millénaires,
déliaient en ce moment même les lourdes
chaînes de leur condamnation.

Sous près de quatre cents mètres de glace,
dans le sanctuaire central d'une immense base
secrète alimentée en énergie par une veine de

magma dérivée du mont Erebus, Küwürsha exultait. La troisième onde de choc venait de frapper le plan onirique. Toujours enchâssée dans le Pilier des Mondes comme un insecte prisonnier d'un cristal d'ambre, la reine du Cauchemar se remémorait Khéômon, son père. Il aurait tant voulu assister à ce moment historique qui était le fruit de son dur labeur. En effet, ces vagues d'une incommensurable force, qui s'étendaient à travers la trame du monde onirique, tiraient leur origine de la désactivation des défenses à replis qu'il avait assemblées dans un passé lointain.

La quatrième et ultime onde de choc prit naissance sur Terre avant de se propager dans les espaces infinis du Rêve. Le point d'origine exact se trouvait à l'intérieur d'une crypte blindée enfouie au sommet d'une montagne qui, aujourd'hui, n'était plus qu'une île minuscule perdue au milieu de l'océan Pacifique.

Cette crypte avait été construite pour résister aux assauts des siècles et de la nature. En fait, tout ce qui se trouvait à l'intérieur était demeuré hors du temps pendant une période qui couvrait deux grandes ères glaciaires. Khéômon, le Grand Ensorceleur, avait pris soin d'isoler la salle en la munissant du plus formidable générateur de défenses à replis jamais conçu. C'était une machine élégante, mais dotée d'un pouvoir absolument terrifiant. Elle pouvait déformer l'espace-temps et générer des tores dimensionnels concentriques décalés l'un par rapport à l'autre selon un axe de 19,5 degrés sur l'axe temporel. Il en résultait un bouclier dynamique tournant en permanence autour de l'objet que l'on voulait protéger… en l'occurrence les quatre sarcophages des empereurs maudits, qui avaient autrefois tenté d'annihiler l'humanité.

À présent, l'ingénieux dispositif venait de rendre l'âme. Le quatrième tore dimensionnel, celui qui possédait le plus petit rayon mais aussi le plus d'énergie potentielle, venait de se rompre et de provoquer la dernière onde de choc. Cette désactivation, initialement programmée par Khéômon, s'était faite progressivement depuis la réapparition du Pilier des Mondes sur Terre. Il avait fallu près de soixante jours avant que le signal émis par le Pilier vienne à bout de la cohésion du système. Ce n'était qu'aujourd'hui que l'équilibre avait été rompu.

Des verrous thaumaturgiques, constellés de symboles appartenant à une langue parlée par une civilisation humaine qui remontait à la nuit des temps, glissèrent dans leurs charnières respectives. Les sarcophages, coulés dans l'or pur et ornés d'une pléthore de pierres précieuses, laissèrent échapper des sifflements au moment de la dépressurisation. Tout au fond de ces tombeaux finement ouvragés reposaient quatre individus chétifs, de grande taille, qui recommençaient lentement à respirer.

Abiataryani, Apallanitraal, Vûranahid et Hösheunsheh : les quatre empereurs fous de la Première Conflagration, quoique encore très faibles, étaient sur le point d'amorcer leur reconquête du pouvoir absolu et, cette fois, leur vengeance ne se bornerait pas aux humains.

Chapitre VII
Thera'Vhäd

Thera'Vhäd, l'ancienne capitale cosmopo-
lite du Quadrant Est, brillait de mille feux.
L'imposante cité, que les Caméléommes
avaient autrefois taillée dans la nacre blanche
d'une perle unique, était demeurée longtemps
un lieu privilégié où se côtoyaient des dizaines
de cultures différentes issues de nations oniriques tout aussi diverses afin de faire le commerce de leurs victuailles et d'échanger leur
savoir.

À présent, les Caméléommes avaient déserté
la ville. Les sages et les philosophes qui formaient la majeure partie de leur société s'étaient
exilés dans les profondeurs de l'océan, là où ils
pourraient se faire oublier de tous et vivre en
paix. D'autres, plus hédonistes, avaient choisi
d'émigrer vers les mers clémentes du quatrième
secteur, tandis qu'une portion modeste composée exclusivement de guerriers avait fui vers les
mers glacées du douzième secteur. C'était ces
derniers qu'Eloik avait rencontrés lors de son
voyage vers les îles Thorghaliq et qui lui avaient
remis les boomlights.

Eloik tâta le cerceau terne formé par les deux croissants fusionnés. Les armes s'appuyaient contre la partie médiane de son dos à l'intérieur d'un nouvel étui spécial ouvert sur les côtés qui lui donnait la liberté de les attraper et les séparer en un seul mouvement rapide. Le contact tiède des boomlights accompagné par les ondes de sympathie qui se tissaient entre son esprit et celui de ces armes vivantes le rassura. Il en avait bien besoin, car les événements surprenants qui s'étaient produits peu de temps après qu'il eut atteint le point de chute en fin de translation n'avaient rien fait pour le mettre à son aise. Quatre puissantes ondes de choc s'étaient propagées dans l'éther onirique en balayant tout sur leur passage et en emportant bon nombre de dormeurs inexpérimentés vers le seuil de l'éveil. Par chance, il avait réagi au quart de tour dès l'instant où ses sens avaient senti le danger approcher. Ses boomlights bien en mains, il les avait solidement fichés dans le rocher le plus proche et n'avait eu qu'à s'accrocher de toutes ses forces. Une fois la menace passée, il avait récupéré ses armes et était parti à pied vers la capitale. Il aurait pu voler, bien qu'au prix d'efforts supplémentaires, mais comme le Cycle terrestre était en train de transiter au-dessus de ce secteur, il jugea qu'il était préférable de voyager selon la « loi » en cours et ne pas chercher à attirer inutilement l'attention.

Le terrain qui séparait la capitale du ravin circulaire entourant le grand désert de Dudaël était relativement plat. Toutefois, à partir de Thera'Vhäd, le relief s'inclinait en une pente peu prononcée. Les bâtiments chatoyants aux tourelles surmontées de drapeaux vert et bleu à l'effigie de Therakiel, l'ancien souverain caméléomme, s'étiraient en grappes harmonieuses sur toute la longueur de cette pente jusqu'à toucher le magnifique sable vermillon de la plage et plonger dans la mer. Il n'y avait aucun rocher pour que s'y brisent les vagues turquoise, seulement une large et splendide bande de sable blanc mêlée de fines inclusions rouge vif en forme d'arabesques. Celles-ci se modifiaient doucement au gré du va-et-vient des vagues et donnaient la nette impression qu'un étrange animal rampait sur la surface granuleuse.

La brise marine qui remontait du large vers la ville éveilla des souvenirs agréables chez Eloik. Était-ce l'odeur des algues ou le bruit lointain du ressac ? Quoi qu'il en soit, il se remémora un matin de juin sur la plage de Santa Monica en Californie. Il était en vacances avec sa mère et ne devait pas avoir plus de sept ou huit ans. Ils s'étaient levés tôt afin de ne pas être confrontés aux hordes de baigneurs qui prenaient les lieux d'assaut aux environs de dix heures. Marchant pieds nus dans le sable humide aux côtés de Sophia, Eloik s'était affairé à ramasser des agates polies par le mouvement incessant des vagues. Avec précaution, il les avait déposées une à une dans un seau de plastique rouge en entretenant le secret espoir de dénicher une perle ou un joyau tombé d'un coffre au trésor débordant de richesses. Il y en avait de toutes les formes et de toutes les couleurs. L'une d'entre elles, à peine plus grosse qu'un œuf de caille, attira son attention et fit battre son cœur : « Une pierre précieuse ! » avait-il pensé. Sa mère avait éclaté d'un rire sincère et lui avait caressé tendrement les cheveux lorsqu'il lui avait présenté le bout de verre poli qu'il croyait être une émeraude. Le bonheur qu'il avait ressenti à ce moment en entendant rire sa mère s'était mélangé à la lumière chaude de cette matinée paradisiaque qui appartenait au passé. Eloik eut un sourire nostalgique. Voilà que pour sa plus grande joie, l'ambiance estivale qui régnait aux abords de la glorieuse cité des Caméléommes venait de raviver ce souvenir précieux.

Il repéra un sentier sinueux descendant à travers l'herbe humide qui poussait dans la zone marécageuse entourant la portion sud de la cité. Tout en marchant en direction de l'entrée principale, Eloik observa les environs. Il se souvenait de ce que l'Andreval lui avait raconté au sujet de Thera'Vhäd, à savoir qu'elle était déserte. Ce qu'il avait sous les yeux pourtant ne correspondait pas du tout à ce que l'être céleste lui avait décrit. Des caravanes convergeaient vers la capitale. Était-il dans les rêves du passé ? Il consulta son Modèle de base, mais l'instrument lui confirma qu'il se trouvait bel et bien dans le présent.

« Les choses ont bien changé ou alors l'Andreval ne m'a pas dit toute la vérité », songea Eloik. Ses yeux ne lui mentaient pas : il y avait un véritable flot de créatures oniriques qui se dirigeait vers Thera'Vhäd, pas seulement quelques vagabonds ou dormeurs en mal de découvertes archéologiques. Des centaines d'individus se pressaient sur la route principale qui menait au grand portail sud de la ville. À cette distance, il était difficile de distinguer à quelles races appartenaient ces habitants du Rêve. Tout ce qu'Eloik pouvait constater, c'était que les tailles respectives de ces gens variaient beaucoup, que leurs vêtements étaient bigarrés et qu'une grande clameur les accompagnait. Sans aucun doute, la capitale des Caméléommes avait retrouvé son train de vie florissant... si, bien évidemment, elle l'avait perdu au cours de son histoire. Eloik en doutait de plus en plus. Se pouvait-il que l'Andreval, au cours de la visite guidée qu'il lui avait offerte au-dessus des douze Quadrants du Rêve, lui ait sciemment menti ? Si cela était le cas, quel but recherchait-il en agissant de la sorte ? Voulait-il le protéger en lui cachant ce qui s'y déroulait réellement ? La question le tourmenta, mais pas autant que la perspective qu'un être céleste, en l'occurrence le gardien du Premier Seuil, ait pu faire usage du mensonge. Voilà un mystère qu'il devrait éclaircir dès qu'il en aurait le temps. Pour l'instant, il devait trouver le moyen d'accéder aux archives des Caméléommes, et ce n'est qu'à l'intérieur des murs opalescents de l'imposante capitale qu'il pourrait commencer à glaner des indices qui l'aiguilleraient vers son objectif.

Prenant son courage à deux mains, Eloik coupa à travers les broussailles et les hautes herbes afin de rejoindre la foule. Il n'avait jamais eu l'occasion de se mêler aux gens du Rêve. Bien sûr, il avait brièvement côtoyé les Ukkthas peu de temps avant la bataille du Mur de Foudre, mais ceux-ci n'étaient en fin de compte que des humains prisonniers de l'univers onirique. Cette fois, il avait envie de se fondre aux « indigènes » ou du moins tenter de se glisser parmi eux de la manière la plus naturelle possible. Sur Terre, il avait fait quelques progrès dans ses interactions sociales, mais il était conscient qu'il n'avait pas encore acquis la confiance nécessaire pour s'intégrer en toute aise au sein d'une masse humaine. Même si certaines de ses phobies s'étaient estompées, sa vie sur Terre était loin d'être rentrée dans l'ordre après ses premières expériences oniriques. Il y avait tant de peurs stupides qui le harcelaient encore ! Par chance, ici, sur le plan onirique, il pouvait expérimenter en toute sécurité et explorer ses craintes sans avoir à se soucier outre mesure du jugement des autres.

Une volée de globuleurs s'éparpilla dans le ciel lorsque Eloik fut rendu à mi-chemin entre le sentier qu'il venait de quitter et la route qu'il tentait de rejoindre. Les minuscules créatures, semblables à des bulles de savon rose, se détachèrent par milliers des brins d'herbe. Sur le coup, Eloik crut qu'il était retombé dans un tas d'ectoplasmes. Il n'y avait pourtant rien à craindre des globuleurs. Ceux-ci, mis à part le fait de chatouiller la peau en cours d'ascension et de produire des gazouillis qui faisaient penser à des rires de bambins, ne présentaient aucune menace. Évidemment, si vous étiez allergique aux transports de joie, les globuleurs n'étaient pas recommandés, car ils possédaient la singulière faculté de libérer autour d'eux des bouffées de jovialité. En fait, ils étaient attirés par les rayonnements oniriques teintés de tristesse. Cette émotion lourde et composée en majeure partie de basses fréquences leur offrait le type de vibrations nécessaires pour enclencher leur cycle de reproduction. Les globuleurs phagocytaient les idées noires et la morosité de leurs proies, emmagasinaient les basses fréquences dans leurs gonades et relâchaient dans l'éther onirique les hautes fréquences inutilisables par leur organisme. Il en résultait que leur proie se voyait libérée de sa tristesse pour être soudainement plongée dans un état euphorique.

Eloik, sans rien comprendre à ce qui était en train de se passer en lui et autour de lui, regarda s'envoler les minuscules sphères en riant aux éclats. Leurs piaillements combinés aux caresses sur sa peau eurent raison de son sérieux. Il continua néanmoins d'avancer vers la route bondée de gens tout en essayant de calmer le fou rire qui s'était emparé de lui.

La route menant au portail méridional était pavée de tuiles blanches qui s'entrecroisaient avec des carreaux de verre transparents sous lesquels on pouvait apercevoir un torrent qui coulait en direction de la ville. Une source devait émerger du sol non loin de là et alimenter un système d'irrigation urbain. Eloik, qui avait finalement cessé de rire, s'intégra le plus naturellement du monde dans le convoi de chariots et, par réflexe, évita de marcher sur les carreaux transparents. À première vue, on aurait cru qu'il n'y en avait pas. Ce n'est qu'en observant les autres passants qu'il comprit qu'il ne courait aucun danger. Sur sa gauche, un énorme chariot recouvert d'étoffes chamarrées d'or et de perles avançait lentement. Il était tiré par deux gros ruminants gris rappelant vaguement des rhinocéros. Les pauvres bêtes aux flancs bardés de plaques d'acier luisant avançaient avec peine. En plus du lourd fardeau que leurs propriétaires – des hommes-cendres du Sud – les obligeaient à tirer, elles étaient décorées de mille et une clochettes, grelots et enfilades de pièces de monnaie sans compter l'amas de guirlandes fleuries sous lequel ployait leur cou musculeux. Eloik se porta à la hauteur de l'homme-cendre qui tenait la bride des bêtes de somme. Il marchait d'un pas solennel, le menton relevé et faisant preuve d'une grande économie de mouvements. Tout autour de lui s'agitait un tourbillon de cendre mêlé de bandelettes rouges et noires. Malgré l'absence de vent violent, les bandelettes tournoyaient vigoureusement parmi les minuscules particules grises et blanches qui se détachaient et se rassemblaient continuellement dans la masse corporelle du conducteur.

– Bonjour ! fit Eloik en essayant de croiser le regard de l'homme-cendre.

Il ne fut qu'à moitié surpris de remarquer que son interlocuteur ne possédait pas d'organes apparents de vision. Le visage enrubanné de lanières de tissu ne se dévoilait que derrière deux minces fentes au niveau de la bouche et des yeux, mais tout ce que l'on pouvait voir au travers n'était qu'un amas de cendres emporté par le tourbillon.

– Bonjour, répondit le conducteur d'une voix chuintante.

Même s'il n'était qu'à un mètre de distance, sa voix couvrait à peine les chants folkloriques que venait d'entonner le groupe de pèlerins vanyars qui les précédait. Eloik dut élever la voix pour être sûr d'être entendu.

– Y a-t-il une fête en ville ? Tous ces gens et ces marchandises qui entrent dans la cité…

– Grand Bazar de Thera'Vhäd. Beaucoup de possibilités.

Eloik hocha la tête pour signifier qu'il comprenait.

– Le Grand Bazar, vous dites ? Je croyais que Thera'Vhäd état une ville déserte. C'est du moins ce que l'on m'a raconté.

L'homme-cendre se retourna vers son imposant chariot et un long jet de poussière sortit de la fente située à la hauteur de sa bouche.

Les particules se mêlèrent aux tourbillons qui entouraient deux autres hommes-cendres. Eloik supposa qu'ils étaient en train de communiquer dans leur langue dépourvue de paroles audibles. Un second jet de cendres jaillit de la tête de l'un des deux passagers et frappa le conducteur sur la fente supérieure de son visage.

– Nokoa dit : « Thera'Vhäd déserte sauf un Cycle par Révolution. »

– Je vois, répondit le jeune homme, qui venait de comprendre son interprétation erronée des paroles de l'Andreval. Et, pardonnez-moi d'insister, mais savez-vous si les Caméléommes sont présents à ces quatre occasions ?

– Pas Caméléommes. Disparus.

Eloik remercia son interlocuteur de lui avoir fourni si aimablement les renseignements qu'il désirait, puis il accéléra le pas jusqu'à dépasser les pèlerins vanyars. En moins de temps qu'il n'en faut pour dire « ouf ! », il se retrouva parmi une foule de créatures hirsutes qui transportaient de lourds paquets sur leurs têtes plates. Il ne leur prêta guère attention et se contenta de marcher à leur rythme. Bientôt, il arriva au seuil de la grande porte. Des mendiants accroupis flanquaient les deux côtés de l'entrée et tendaient la main à ceux et celles qui pénétraient dans la ville. Les gardes, des Kinrods semblables en tout point à des minotaures en armure, les laissaient faire, mais n'hésitaient pas à frapper ceux qui se montraient trop insistants. Eloik eut l'intuition que les mendiants devaient verser une partie de leurs oboles aux gardes afin de conserver leurs places et leur droit de demander la charité. Il observa quelques passants déposer ce qui semblait être du sable dans le creux des paumes tendues. Les miséreux jetaient celui-ci dans une sorte de besace en cuir et s'égosillaient en remerciements envers les âmes charitables qui daignaient leur accorder un peu d'attention. Eloik aurait bien voulu donner quelque chose, mais mis à part ses boomlights et les pièces protectrices de son uniforme de combat, il ne possédait rien de valeur. Une main se dressa dans sa direction.

— La charité… *bröjadie*… la charité s'il vous plaît… *bröjadie kama !*

Un vieillard aux longs cheveux blancs, couvert de guenilles pourpres, la bouche à moitié édentée, lui souriait en plissant les yeux dans la lumière implacable des trois astres solaires. Son visage et son bras plus brûlés que bronzés étaient à ce point ridés qu'ils paraissaient faits de papier de soie.

— Désolé, je n'ai rien à vous offrir.

— Bien sûr que si, fils. Donne-moi ta main.

Eloik hésita une fraction de seconde, mais quelque chose dans les traits du vieil homme éveilla la compassion chez lui. Il lui présenta la main droite. Le mendiant l'attrapa d'un geste étonnamment rapide et aussitôt le temps se figea. Autour d'eux, le mouvement de la foule devint presque imperceptible. La cohue et les chants s'assourdirent comme par enchantement jusqu'à ne plus être qu'un vrombissement étouffé. Un transfert d'énergie onirique s'effectuait et Eloik en était le donneur. Pourtant, le jeune combattant des cauchemars sentait que quelque chose de plus important qu'un simple don de son énergie avait lieu. Un lien unique était en train de naître… ou de renaître. Il voulut parler, mais sa langue ne put suivre le rythme de ses pensées. Il eut soudainement l'étrange impression qu'un souvenir crucial se tenait à l'orée de son esprit et tentait de refaire surface. Au même moment, les paupières plissées du mendiant s'ouvrirent sur des iris bleu azur. Une voix au timbre charismatique se fit entendre dans la tête d'Eloik :

« Trouve Danahée. »

Un coup de sabot dans les côtes du vieillard mit abruptement fin au transfert. L'énorme Kinrod grogna des invectives aussi coléreuses qu'incompréhensibles et fit signe de la tête à Eloik de circuler. Celui-ci, encore étourdi par ce qui venait de se passer, pénétra finalement dans la cité en ne sachant trop où se diriger. Derrière lui, le mendiant continuait de demander la charité comme si rien ne s'était produit. L'instant suivant, les pèlerins vanyars, qui l'avaient rattrapé, lui bloquèrent la vue, et le reste de la foule fit en sorte qu'il dut s'enfoncer davantage à l'intérieur de la ville. Des étals multicolores, des notes de musique, des éclats de voix l'assaillirent et ne firent qu'ajouter à la confusion qu'il ressentait. Peut-être n'était-il pas aussi bien préparé qu'il le croyait à affronter le tumulte de la foule et toute l'effervescence qui accompagnait les transactions qui se déroulaient un peu partout autour de lui. Il devait impérativement retrouver son calme et faire le point sur sa situation.

Il était entré dans le Rêve avec l'objectif de trouver les archives des Caméléommes et voilà qu'on lui demandait d'entrer en contact avec une inconnue. Il ne pouvait pas se permettre le luxe de s'engager dans une quête parallèle ; son temps devait être exclusivement consacré à la recherche d'indices. D'ailleurs, même si les optimiseurs de sommeil de la Chambre des rêves pouvaient en théorie le maintenir endormi pour une période de seize heures d'affilée, il n'avait pas l'intention de se rendre jusque-là. Il fallait donc être efficace et ne pas se laisser détourner de l'essentiel. Danahée, peu importe qui elle était, devrait patienter.

Les habitants du Rêve se souciaient à peine de sa présence. Ce n'était pas la première fois qu'ils côtoyaient un humain. D'ailleurs, Eloik remarqua que d'autres dormeurs se mêlaient aux créatures oniriques. Des reflets moirés autour de la silhouette de quidams entrevus parmi les centaines de créatures qui se bousculaient sur la grande place centrale du marché lui confirmèrent la présence d'êtres humains disposant d'enveloppes oniriques saines. Ils vaquaient à leurs affaires comme n'importe quel autre dormeur en train de rêver, en s'émerveillant de ce lieu étrange et des habitants encore plus inusités qui s'y étaient rassemblés. Eloik, contrairement à eux, possédait l'avantage d'être conscient qu'il était en plein rêve. Au lieu d'y déambuler comme un touriste ne sachant trop d'où il arrivait et où il se dirigeait, il pouvait prendre part directement à l'action.

De forme ronde, la place principale du marché couvrait une superficie équivalente à deux terrains de football. Les kiosques des marchands s'étendaient sur tout le périmètre intérieur en deux rangées face à face et une fontaine gigantesque s'élevait au milieu de l'îlot central. C'est à cet endroit que la plupart des éleveurs de bétail avaient monté leurs tentes et leurs enclos. Eloik ne connaissait pas les espèces mises en vente, mais il reconnut les montures de certaines gens venus commercer. Cinq magnifiques Ksirâphas en configuration terrestre, bridés et sellés à la manière des Northmen, s'abreuvaient à même le bassin de la fontaine. Les bêtes, parquées l'une à côté de l'autre derrière la tente de leurs maîtres, avaient fière allure. Trois d'entre elles étaient de couleur baie avec des motifs noirs sur le front et l'encolure, une quatrième était albinos et la cinquième possédait une splendide robe alezane. Eloik se dit que ces animaux que l'on ne retrouvait que dans le Nofolhost n'étaient certainement pas à vendre. Leurs propriétaires devaient y tenir comme à la prunelle de leurs yeux. Étant donné qu'il ne connaissait personne dans cet immense bazar à ciel ouvert, il prit la décision de se porter à la rencontre des Northmen. Il avait déjà fait la connaissance de Malden, l'un de leurs plus vaillants guerriers, peu de temps avant son expédition chez les Vulturians pour mettre la main sur l'Indice du Mur de Foudre. Peut-être que Malden avait glissé quelques bons mots sur son compte à ses camarades de clan et que ces marchands northmen avaient entendu parler de lui. Mieux valait commencer ses recherches en terrain connu avec des gens qui avaient peut-être eu vent de ses hauts faits et qui pourraient lui témoigner un certain respect, plutôt que de se lancer à l'aveuglette sur des pistes fournies par des inconnus.

Sous l'auvent de la tente constituée d'un assemblage de peaux, trois Northmen plaçaient des marchandises sur une grande table de bois et suspendaient des quartiers de viande exotique à des crochets. Eloik s'approcha d'eux en faisant mine de s'intéresser aux objets qui s'entassaient en rangs serrés sur la table. La plupart étaient des ustensiles ouvragés typiques des régions du nord, mais il y avait aussi des articles de joaillerie d'une facture assez étonnante qui ne manquèrent pas de capter l'attention du jeune homme. Ils lui fournirent un prétexte pour engager la conversation avec le Northmen devant lui qui surveillait son langage corporel afin de déceler quel genre d'acheteur il pouvait bien être.

— Je ne savais pas que les Northmen avaient d'aussi remarquables talents d'artistes. Ces bijoux ne ressemblent à rien de ce que j'ai pu voir auparavant.

— C'est normal et vous n'êtes pas le seul à le constater. Personne n'avait jamais vu ces pierres avant la bataille du Mur de Foudre. Vous avez entendu parler de cette bataille ?

— Bien sûr que oui. J'y ai même participé, répondit Eloik en affichant une certaine fierté.

Une brève expression de surprise s'afficha sur le visage hâlé du marchand northmen, puis, de la main, il fit signe à Eloik de s'approcher en se penchant au-dessus de la table. Il plaça sa paume en paravent comme s'il s'apprêtait à lui confier un secret de la plus haute importance.

— Alors vous devez savoir ce qui est advenu de Kyrr, la lune sanglante ?

Eloik adopta le même ton de conspirateur.

— Elle a explosé.

— Oui… en pleine éclipse. La plupart des débris se sont dispersés dans le Grand Abîme, mais certains se sont écrasés dans les régions du Quadrant Nord. Plusieurs de ces météorites étaient de simples cailloux carbonisés et sans valeur. Mais nous en avons découvert qui sortaient de l'ordinaire. Ces pierres et ces cristaux, que nous avons sertis dans les bijoux que vous voyez ici, sont des fragments du cœur de Kyrr.

— Vous êtes sérieux ? demanda Eloik.

— Tout à fait. Vous ne trouverez aucune gemme semblable dans toutes les autres régions du Rêve. Regardez-les ! Vous voyez cette couleur écarlate pareille à du sang ? Elle était à l'origine de la teinte particulière que l'on associait à Kyrr.

Eloik tendit la main vers un pendentif muni d'une chaîne d'argent. Un cristal rouge sang taillé de plusieurs dizaines de facettes lui donnant la forme d'un œuf reposait dans une sorte de gangue faite d'un entrelacs de fils argentés.

– Je peux ? demanda-t-il en levant les yeux vers le marchand.

– Bien sûr.

Tandis que le jeune combattant soulevait le pendentif pour mieux l'examiner, il ne vit pas que l'un des deux autres Northmen le surveillait attentivement du coin de l'œil.

– Il est beaucoup plus lourd que je ne l'aurais imaginé.

– Il le serait encore plus si nous n'avions pas serti ce cristal dans un filet de zéphyrium.

– Je ne comprends pas…

– Ce métal argenté autour de la pierre est du zéphyrium de la plus haute qualité. C'est un alliage qui a la propriété de neutraliser partiellement le champ de gravité à sa surface.

Tout à coup, une lueur blanche prit naissance au centre du cristal et se mit à battre au même rythme que le pouls d'Eloik. Une chaleur étrange, indolore, commençait à s'insinuer graduellement sous son épiderme.

– Que se passe-t-il ? demanda Eloik alarmé. On dirait qu'il vient de prendre vie !

Il déposa l'objet sur la table et recula. Les marchands northmen se dévisagèrent l'un et l'autre avec incrédulité, puis, celui qui se tenait devant Eloik, lui fit signe d'approcher à nouveau.

– Vraiment étrange. C'est la première fois que je vois l'un de ces cristaux réagir de cette manière. Vous m'avez bien dit que vous avez participé à la bataille du Mur de Foudre ? Qu'est-ce que vous y avait fait au juste ?

Le jeune homme ne saisissait pas le rapport entre cette question et ce qui venait de se produire, mais il se dit que son interlocuteur devait avoir une bonne raison de la poser.

– Je devais porter secours à la Source du Rêve, mais je me suis retrouvé en combat singulier contre Küwürsha.

– Mais il fallait le dire plus tôt ! s'exclama le marchand. Vous êtes Eloik ? Eloik MacMillan ? Vrad ! Gled ! Venez par ici !

Les deux autres Northmen délaissèrent leur besogne et vinrent se placer aux côtés de celui qui venait de les interpeller. Ce dernier posa ses bras puissants autour des épaules de ses deux compagnons.

– Je suis Karcher et voici mes fils Vrad et Gled. Ils m'accompagnent au grand bazar depuis qu'ils ont l'âge de marcher. Mes enfants, je vous présente Eloik MacMillan. C'est lui qui a détruit Küwürsha.

Vrad le salua et prit la parole :

– Notre oncle Malden nous a parlé de vous à plusieurs reprises. Il vous a en très haute estime.

– Malden est votre oncle ?

– Oui. Cela vous surprend ?

Eloik fit rouler ses yeux comme si Vrad venait de prononcer une lapalissade.

– On peut le dire ainsi. Avant de vous rencontrer tous les trois, j'espérais justement que vous ayez entendu parler de moi par le biais de Malden. Je n'aurais jamais pensé avoir la chance de tomber sur des membres de sa famille.

Karcher reprit la parole :

– Nous sommes une famille de voyageurs. Mon frère m'a raconté comment vous avez enfoncé l'Indice du Mur de Foudre dans le cœur de cette maudite Küwürsha au moment exact où l'éclipse atteignait son point culminant. C'est un peu grâce à vous si nous possédons ces gemmes, fit-il en esquissant un geste vers l'étalage de bijoux.

Eloik sentit l'embarras le gagner. Il n'était pas à l'aise avec les éloges.

– J'aurais préféré que Kyrr demeure intacte et que je puisse sauver la Source.

– Allons donc. Pas de fausse modestie. Vous devriez être fier de ce que vous avez accompli. La Source sera secourue d'une manière ou d'une autre. Tout ce que nous ont appris nos ancêtres nous assure que la Source est éternelle. En nous débarrassant de Küwürsha, vous n'avez fait que confirmer ce que nos prédécesseurs nous ont enseigné. Tenez, prenez ce bijou. Vous le méritez.

– Voyons, c'est trop, protesta-t-il. Je ne peux accepter.

– Bien sûr que vous le pouvez, lui répondit Karcher en lui déposant l'objet au creux de la main.

– J'espère qu'il n'est pas dangereux. On dirait que cette pierre réagit à ma présence.

– Justement. Peut-être qu'elle vous est destinée. Prenez-la. Je vous en fais cadeau.

Eloik attrapa le bijou par la chaînette argentée et le plaça dans l'une des poches latérales de son pourpoint.

– Merci, Karcher. Je n'oublierai pas.

Un courant de sympathie passa entre eux. Eloik chercha ses mots puis enchaîna :

– Il faut que je vous avoue que j'étais tout d'abord venu vous voir dans le but de vous poser une question. Peut-être pourrez-vous m'aider ?

– Qu'est-ce que ce vieux bougre de Karcher peut faire pour vous, mon cher ami ? demanda le marchand avec bonhomie.

– Je dois retrouver la Source. On m'a dit que le meilleur moyen serait de chercher sa trace dans les archives des Caméléommes, mais j'ai bien peur que personne ne sache où elles se trouvent. Je me demandais si vous auriez une petite idée pour m'aider à commencer mes recherches.

Karcher gratta le sommet de sa tête dégarnie en arborant une expression préoccupée.

– Hummm ! Si je me rappelle les histoires que l'on m'a racontées à leur sujet, les Caméléommes ont emporté toutes leurs archives et leurs secrets avec eux. Il ne suffit pas de plonger dans l'océan et de s'y enfoncer pour les retrouver : il faut qu'ils vous laissent approcher. Vous pourriez passer des milliers de Révolutions à tenter de les retrouver s'ils croient que vous n'êtes pas digne de leur savoir. J'aimerais vraiment pouvoir vous aider en vous donnant des renseignements plus précis, mais nous savons si peu de choses sur ces créatures.

La déception se lisait sur le visage d'Eloik.

– Je comprends. Peu importe. Je saurai bien me débrouiller en me fiant à mon intuition. Merci pour tout, Karcher. J'espère...

Gled, le fils cadet, intervint.

– Attendez ! Ne partez pas si vite. Il y a peut-être une solution.

Eloik était tout ouïe.

– J'ai déjà entendu dire qu'il y avait un temple secret dans les hauteurs de la ville. À ce qu'il paraît, il sert de repaire à des monstres de feu qui dévorent quiconque en approche, mais ce n'est probablement pas vrai. Je me souviens pourtant d'une rumeur qui circulait quand j'étais enfant et qui racontait qu'une prêtresse caméléomme s'y était volontairement enfermée pour des motifs religieux. Personne ne l'a jamais vue à ce que je sache, mais on raconte que des gens ont disparu en allant là-haut. Ce n'est peut-être pas l'idéal pour commencer vos recherches, mais vous vouliez une piste... alors...

— Qui t'a raconté ces balivernes ? s'esclaffa le père du garçon en lui assénant une petite tape à l'arrière de la tête.

— C'est seulement une rumeur, père. Les Vanyars racontaient cette histoire autour du feu il y a plusieurs Révolutions. Peut-être n'est-ce qu'une de leurs légendes ? Pourtant, j'ai entendu parler de cette prêtresse mystérieuse à plus d'une reprise. Il y a sûrement un fond de vérité.

Karcher s'apprêtait à répliquer, mais Eloik fut plus rapide.

— Vous savez, Karcher, toute piste, aussi improbable soit-elle, mérite d'être explorée. Comme je n'ai rien d'autre pour commencer mes recherches, qu'est-ce que j'ai à perdre d'essayer de trouver ce temple ?

— À mon avis, ce que vous avez à perdre c'est votre temps en écoutant les histoires invraisemblables de mon fils. Enfin ! C'est vous le patron. Puisque je n'ai rien de mieux à vous proposer, je suppose que vous n'avez pas vraiment le choix d'explorer cette possibilité.

Eloik leur sourit et leur tendit la main tour à tour.

— Encore une fois merci. Peut-être nous reverrons-nous ?

— Probablement dans le Nofolhost, répondit Karcher.

Ils se quittèrent sans plus de cérémonies et Eloik retourna se fondre dans la foule bruyante.

L'affluence n'avait pas diminué. En fait, elle s'était considérablement accrue. Il dut jouer du coude pour se frayer un passage jusqu'à l'esplanade qui donnait accès aux multiples étages de la cité.

Des dizaines d'allées aux reflets opalescents se déployaient en spirale à partir de l'immense espace dégagé. Certaines partaient en courbes ascendantes vers les tours argentées tandis qu'un nombre égal s'élançaient en sens inverse vers les profondeurs des quartiers submergés ayant un accès direct à la mer. Eloik chercha du regard les tours scintillantes qui coiffaient les niveaux supérieurs de Thera'Vhäd en s'efforçant de voir au-dessus des têtes de toutes ces créatures plus grandes les unes que les autres qui l'entouraient. Il finit par repérer l'allée montante qui s'enroulait en larges circonvolutions autour de la tour principale et se dépêcha d'en atteindre les premiers pavés. Il y avait six autres routes qui montaient vers le sommet de tours plus petites, toutes reliées entre elles par des entrelacements de routes secondaires supportées par des ponts en arche. Eloik soupira en pensant qu'il allait probablement se perdre là-haut s'il devait un tant soit peu se mettre à explorer les moindres recoins de ce labyrinthe aérien à la recherche du temple secret. La logique lui soufflait tout de même à l'oreille de prendre la route lovée autour de la construction la plus massive puisque c'était dans ses entrailles qu'il y avait le plus de probabilités d'y trouver un temple.

Il commença l'ascension. Déjà, à cet endroit, le nombre de badauds était beaucoup moins considérable que sur l'esplanade. On aurait dit que la majorité des gens du Rêve préféraient éviter de flâner dans les endroits qui n'étaient pas directement consacrés aux échanges commerciaux.

Le chemin était large et la pente peu prononcée. C'était parfait, pensa-t-il. Rien de trop escarpé qui l'aurait épuisé avant d'atteindre la première série de passerelles situées à près de soixante mètres au-dessus du sol. Dès les premières enjambées, Eloik découvrit sur sa gauche, nichée dans la structure opaline de la tour, une longue série de petits bâtiments coquets mais vieillots qui s'entassaient les uns sur les autres à la manière de livres dont l'endos aurait été percé de fenêtres rondes. Chacun de ces logis ne faisait pas plus de trois mètres de largeur. Les Caméléommes, qui avaient probablement vécu dans ces habitations, ne devaient pas faire grand cas de leur étroitesse.

Sa curiosité attisée, Eloik se colla le nez contre l'un des hublots derrière lequel brillait une faible lueur orangée. À son grand étonnement, il constata que de minuscules créatures aquatiques semblables à des rotifères translucides et des daphnies d'eau douce flottaient librement dans une pièce verticale totalement submergée. Il n'y avait pas de plancher ni de plafond, seulement une grande chambre percée de part et d'autre par des coursives cylindriques qui, selon ce qu'il pouvait constater dans l'immédiat, donnaient accès aux autres habitations adjacentes. La tour, se rendit compte Eloik, était bâtie à la manière d'une ruche remplie d'eau de mer. Il ne pouvait encore savoir si elle comportait des sections internes asséchées, mais il était permis d'en douter puisque les Caméléommes qu'il avait rencontrés jusqu'à présent ne supportaient pas de longues expositions à l'air libre. D'autre part, le fait d'avoir construit des rampes d'accès externes enroulées à la surface des tours prouvait qu'une certaine portion de Thera'Vhäd avait été aménagée pour le confort de créatures oniriques incapables de se déplacer dans un milieu aquatique.

Eloik reprit son chemin. Sur sa droite, il pouvait contempler le vaste océan bleu saphir du huitième secteur qui s'étendait aussi loin que pouvait porter son regard. Deux des six autres tours secondaires qui entouraient la tour centrale s'élevaient dans cette direction, à une centaine de mètres de distance, comme les doigts gigantesques d'une divinité marine crevant la surface des flots. Le panorama absolument magnifique qui s'offrait à lui ne manqua pas de l'impressionner. Cela n'avait rien à voir avec la mer déchaînée qu'il avait affrontée lors de sa mission de sauvetage dans l'île d'Arkonia. Ici, tout était d'une beauté limpide. Il eut tout à coup une pensée pour le petit Vincent qu'il avait secouru et se demanda s'il allait mieux.

Les piétons se faisaient de plus en plus rares à mesure qu'il poursuivait son ascension. Bientôt, il se retrouva complètement seul. Il approchait de la première série de ponts : encore un tour et il les aurait atteints. Tout en marchant, il constata que des allées perpendiculaires à celle sur laquelle il marchait avaient commencé à faire leur apparition. Elles s'enfonçaient directement vers le cœur de la tour et, même s'il n'avait pas osé les explorer à fond, il paraissait évident qu'elles devaient se ramifier en un réseau interne assez complexe.

Dans sa poche droite, il sentit une pulsation. Le pendentif que lui avait donné Karcher s'activait de nouveau. Eloik le sortit de sa cachette en prenant soin de le tenir par la chaîne afin de ne pas ressentir la vibration dans son corps onirique. Il le tint à bout de bras et le regarda longuement. Pourquoi ses pulsations avaient-elles repris ? Tandis qu'il réfléchissait, un miaulement attira son attention. Un chat venait d'apparaître au coin d'une allée transversale et le fixait de ses magnifiques yeux verts. Il miaula une seconde fois et traversa l'espace qui les séparait en quelques bonds gracieux. Le petit animal au pelage gris argenté possédait une unique tache blanche sur le sommet de la tête ainsi qu'un rayonnement onirique semblable à celui d'un être humain. Surpris, Eloik le regarda approcher sans dire un mot, mais ne put manquer d'être attendri lorsque l'animal se mit à se frotter langoureusement contre sa cheville gauche tout en ronronnant. Il s'accroupit et, de sa main libre, le caressa.

— Que fais-tu ici ? Tu es perdu ?

Le chat miaula de nouveau. C'était la première fois qu'Eloik rencontrait un animal
terrestre dans le Rêve. Étrangement, bien qu'il
eût déjà vaguement entendu dire que toutes les
créatures vivantes rêvaient, il ne s'était jamais
vraiment arrêté à l'idée qu'il puisse rencontrer
des créatures terrestres autres qu'humaines au
cours de ses pérégrinations oniriques. Il continua de caresser le dos du chat. Celui-ci se laissa
faire en ronronnant de plus belle.

– On dirait bien que tu aimes ça, petite
fripouille. Tu veux m'accompagner ? dit-il en
désignant du menton le reste du tronçon de
route qui poursuivait sa trajectoire en spirale.

C'est le moment que choisit l'animal pour
bondir sur le pendentif et l'arracher de la main
droite d'Eloik. Il l'attrapa dans sa gueule et
détala à la vitesse de l'éclair dans la direction que
venait de lui indiquer Eloik. La célérité à
laquelle s'était produite l'attaque laissa le jeune
homme complètement pétrifié de stupeur
pendant presque deux secondes.

– Espèce de voleur ! Reviens ici !

Évidemment, le chat n'en fit rien et Eloik
dut se lancer à ses trousses. Il n'allait pas se laisser dérober aussi facilement le bijou qu'on
venait à peine de lui offrir.

Le deuxième soleil du Rêve, au point culminant de sa course, faisait face au combattant des
cauchemars. Il était escorté par les deux autres
astres de feu. Dans cette position, leur lumière
intense, presque insupportable, offrait une

couverture non négligeable pour masquer la fuite du petit malandrin. Eloik courut aussi vite qu'il le put sur le chemin spiralé et réussit enfin à se soustraire à l'angle de vision défavorable. Le chat avait presque atteint le premier palier où deux ponts partaient en éventail vers les sections médianes des tours secondaires situées à l'est et au nord. À cette allure, Eloik n'avait aucune chance de le rattraper. Il continua néanmoins de courir dans l'espoir que l'animal échappe son butin ou se lasse tout simplement de fuir.

Le premier palier était bien plus qu'un simple promontoire surplombant le centre de Thera'Vhäd. C'était une construction en forme d'atrium de facture sobre dont l'esthétisme raffiné s'harmonisait à la perfection avec le reste de l'architecture environnante. Mis à part les tabliers respectifs des deux ponts qui suppor-taient des chaussées en damier comme il en avait vu avant de pénétrer dans la ville, l'endroit était entouré de colonnes torsadées qui s'arc-boutaient en forme de dôme pour se rejoindre au sommet autour d'une magnifique rosace en pierre blanche. À la base de ces colonnes, des braseros de métal, sculptés pour ressembler à des coquilles Saint-Jacques, laissaient échapper des flammes orangées qui se reflétaient sur les feuilles luisantes des nombreux *pittosporums*.

Le chat cessa sa course folle et alla se placer au centre de l'atrium. Il ouvrit la gueule, déposa le pendentif devant lui et attendit sagement qu'Eloik daigne enfin se pointer au tournant du chemin. Ce dernier ne tarda pas. Il avait le souffle court et les sourcils froncés. Lorsqu'il aperçut le félin couché de manière désinvolte au milieu de l'enceinte à ciel ouvert, Eloik sut que cette petite boule de poil était en train de se payer sa tête.

— Ça t'amuse de détrousser les gens ? lança-t-il à bout de souffle.

Le chat demeura immobile. Il affichait un air suffisant et semblait tout à fait maître de la situation. Eloik s'approcha lentement pour ne pas l'effrayer. L'animal continua de le toiser sans broncher. Il n'avait pas l'air de s'en faire le moins du monde. Entre ses pattes antérieures reposait le pendentif qui produisait encore des pulsations lumineuses rythmiques. Eloik calcula qu'il avait une chance de le récupérer s'il évitait les mouvements brusques.

— Je ne vais pas te faire de mal, dit-il en conti-nuant d'avancer doucement. Laisse-moi repren-dre mon médaillon et tu ne me reverras plus.

Il essayait de donner à sa voix un ton mono-corde et doux pour tromper la vigilance du chat. Il parvint à moins de deux mètres de la bête, confiant de réussir. Il s'accroupit et tendit la main vers le pendentif.

— Voilà, murmura-t-il. Ce n'était pas si compliqué que cela…

Comme il prononçait ces paroles, une lame effilée comme un couperet de boucher vint se glisser juste sous sa gorge.

— Pas si vite, mon ami ! Retire ta main.

Une pression sur son pharynx le força à se relever avec précaution. Il voulut se retourner pour dévisager son assaillant, mais une main appuyée entre ses omoplates l'en dissuada.

— Tout doux. On reste calme et tout va bien se passer.

C'était une voix masculine à travers laquelle transparaissait une bonne dose de malice. Il ne faisait aucun doute pour Eloik qu'il venait de se faire allégrement rouler dans la farine.

— Qui êtes-vous ? Qu'est-ce que vous me voulez ?

— Boucle-la et recule !

Eloik fulminait intérieurement. Si l'homme derrière lui n'avait pas eu son arme appuyée contre sa gorge, il lui aurait décoché un coup de pied en plein dans les rotules. Puisque, pour le moment, les choses n'étaient pas à son avantage, il décida de maîtriser ses pulsions.

Tandis que l'homme le forçait à s'éloigner, Eloik vit cinq chats sortir de sous les *pittosporums* et converger vers celui qui les attendait au centre. Tour à tour, ils vinrent se frotter contre lui avec cette façon bien particulière qu'ont les chats d'exprimer leur affection. Vu de loin, le spectacle faisait immanquablement penser à des courtisans rendant hommage à leur souverain... ou à leur souveraine.

Quelque chose d'étonnant se produisit alors. Le rayonnement onirique du chat assis au milieu de l'atrium, ainsi que celui des autres qui venaient de se frôler contre lui, commença à s'agiter. Leur aura légèrement turquoise, ordinairement stable, vibrait maintenant à un point tel qu'Eloik crut qu'elle était en ébullition. Sa couleur se modifia rapidement jusqu'à prendre l'aspect du feu.

– Regarde bien ce qui se passe, dit celui qui le maintenait toujours sous son emprise.

Une métamorphose collective était en train de s'opérer à quelques mètres de lui. Le bouillonnement d'énergie atteignit son apogée jusqu'à masquer complètement la forme physique des chats. Par un mécanisme inconnu, ils siphonnèrent l'éther onirique environnant pour faire augmenter leur masse et compléter la phase de mutation. En quelques secondes, ces boules enflammées, parcourues de spasmes et de remous d'énergie, s'étirèrent à la verticale et adoptèrent des silhouettes familières. Leur rayonnement reprit son aspect normal et Eloik put enfin voir à qui il avait affaire. Devant lui, passant autour de son cou le cristal de Kyrr, une jeune fille blonde à la beauté sauvage le dévisagea d'un air moqueur. Elle portait un attirail de combat empruntant des éléments disparates : lunettes d'aviateur sur le sommet du front, chandail noir moulant s'arrêtant juste sous la poitrine, ceinture utilitaire remplie de gadgets pendant de biais sur ses hanches, pantalon cargo serré à mi-cuisse par les harnais de deux étuis à couteaux et des plaques de blindage ergonomiques sur les tibias et les avant-bras.

— Relâche-le, Mafdet, prononça-t-elle d'une voix autoritaire.

La lame quitta aussitôt son cou. Le jeune homme se retourna brièvement pour regarder celui qui l'avait tenu à sa merci. Il était armé de deux longues faucilles de combat intégrées aux avant-bras de son équipement de protection. Leur forme étirée ainsi que leur courbure faisaient penser à des boomlights primitifs. Un capuchon noir recouvrait la tête de l'individu et dissimulait son visage tout comme les autres onironautes qui entouraient celle qui venait de parler. Ils faisaient penser à des membres d'un ordre monastique guerrier. Une chose était pourtant sûre, ce n'étaient pas des onironautes de l'Orpheus.

— Vous possédez quelque chose qui m'appartient, déclara Eloik à l'intention de celle qui paraissait commander au groupe.

Le dénommé Mafdet, toujours derrière lui, crut avoir une bonne idée en venant ajouter son grain de sel dans la conversation qui s'amorçait :

— Je t'ai dit de la boucler...

Le sang d'Eloik ne fit qu'un tour. Il transféra son poids vers l'avant sur sa jambe gauche et projeta violemment son pied droit dans le ventre de l'importun. Mafdet, trop sûr de lui, n'avait pas prévu le coup et partit en vol plané. Il n'avait pas encore touché les dalles du chemin que la fille bondit sur Eloik et le cloua au sol. La rapidité du mouvement était presque irréelle. Ses genoux étaient appuyés contre ses épaules, sa main gauche l'empoignait par le cou et la droite, équipée de griffes métalliques acérées, était placée à deux centimètres de ses yeux, prête à frapper.

— Si tu veux te battre, beau blond, tu vas vite comprendre que tu ne feras pas le poids très longtemps contre nous tous. Je te conseille de surveiller ton impulsivité.

Elle relâcha lentement la pression sur son cou en prenant soin de le surveiller attentivement. D'un seul regard, Eloik passa un accord tacite avec la belle guerrière. Le message fut bien compris et elle le libéra avec précaution.

— Relève-toi, dit-elle en lui tendant la main qui n'était pas armée.

Le jeune homme lui obéit. Son physique de pin-up, son assurance, sa voix légèrement rauque et l'extrême sensualité qui se dégageait de chacun de ses mouvements lui conféraient un indéniable pouvoir de persuasion. Eloik ne put ignorer le fait qu'elle savait très bien s'en servir et qu'il était en train de tomber sous son charme. Une petite voix dans sa tête lui conseilla tout de même de rester prudent : ce genre d'élan romantique pouvait lui embrouiller l'esprit et se révéler dangereux.

— Pourquoi m'avez-vous volé ? Ce médaillon ne vous appartient pas. Rendez-le-moi et nous pourrons mettre fin à cette querelle ridicule.

— Ce n'est pas aussi simple. Disons que j'en ai beaucoup plus besoin que toi. Crois-moi, il est préférable qu'il soit entre mes mains qu'entre les tiennes. Tes amis Northmen sont bien intentionnés, mais ils ignorent bien des choses sur les gemmes tombées du ciel… surtout lorsqu'elles proviennent du cœur de Kyrr comme celle-ci. En passant, je m'appelle Arlène. Arlène Jazz. Et toi ?

Elle le regardait d'une drôle de manière. Un regard qui laissait peu de doute sur le fait qu'elle le trouvait séduisant.

— Eloik… et ne changez pas le sujet. Si vous voulez un médaillon, pourquoi n'allez-vous pas en acheter un chez les Northmen ? Ils en ont plein d'autres.

— Parce que c'est celui-ci que je veux, lui répondit-elle du tac au tac.

— Je devrais vous l'arracher.

— Tsk ! Tsk ! susurra-t-elle. Tu n'oserais pas me faire du mal ? D'ailleurs, un vrai gentleman sait qu'il ne faut pas séparer une femme de ses bijoux.

— N'importe quoi, railla-t-il. Gardez-le si vous y tenez tant !

— Merci. Ne t'en fais pas, je n'ai pas l'intention de te voler. J'ai même quelque chose à t'offrir en échange.

— Quoi ?

— Mon aide.

— Oh ! Et je suis censé être content ?

Arlène ignora sa remarque sarcastique et regarda vers l'horizon.

— Tu sais à quel point c'est génial d'être une chatte et de se faufiler où l'on veut dans cette ville ?

Il haussa les épaules pour indiquer qu'il n'en savait rien. Elle continua :

— Je t'ai repéré dès ton arrivée dans la ville, dit-elle en riant doucement. Quand ce vieillard, assis aux portes de la cité, t'a empoigné le bras, j'ai capté ce qu'il t'a dit et j'ai tout de suite su que tu étais quelqu'un de spécial. Quand, plus loin, tu es allé raconter aux Northmen que tu étais à la recherche des archives des Caméléommes, alors je me suis dit que l'on pourrait trouver une façon de s'entraider, toi et moi.

— Vous avez entendu ce que ce vieil homme m'a dit ?

— Oui. Il y a des avantages à être des onironautes mercenaires. Tu sais, ton Orpheus n'a pas le monopole des pouvoirs dans le Rêve. Approche, je vais te présenter mes frères et sœurs avant que nous allions plus loin.

Arlène passa le bras autour des épaules d'Eloik et le présenta au reste du groupe.

— Ton pied a déjà fait la connaissance de Mafdet.

Elle jeta un bref coup d'œil derrière en esquissant un sourire espiègle. Le type était affalé contre un brasero et commençait à peine de se relever.

— Voici, dans l'ordre, Sekhmet, Samsarah, Xyleph, Tsarion et Klara.

Les cinq onironautes abaissèrent leurs capuchons sur leurs épaules pour dévoiler des visages aux traits durs. Eloik sentit immédiatement qu'ils ne le portaient pas dans leur cœur.

Sans aucun doute, le coup de pied qu'il avait asséné à leur copain Mafdet n'avait pas fait grimper sa cote de popularité en flèche. Ils ne le saluèrent même pas, et se contentèrent de le fixer avec froideur. Arlène l'entraîna à l'écart, vers l'arche qui formait l'entrée du pont menant vers la tour nord.

— Ne t'en fais pas. Ils ne te feront rien. Disons qu'ils n'ont pas le sens de l'humour très développé.

— Votre ami, Mafdet, il l'a bien cherché. Je n'ai pas l'habitude de taper sur les gens, mais...

— Mais on s'en balance. Et arrête de me vouvoyer ! On n'est pas dans un de ces films des années quarante. Tu dois te décontracter un peu.

Elle avait raison.

— Je suppose que tu te demandes qui nous sommes et ce que nous te voulons ?

— En effet. Et, désolé pour le jeu de mots, mais j'ai d'autres chats à fouetter que de perdre mon temps ici. Il y a un temple que je dois retrouver.

Elle lui sourit. La beauté de son visage, à ce moment précis, était à ce point éblouissante qu'il faillit en avoir une crise cardiaque.

— Je sais. Je peux même te montrer le moyen d'y entrer.

— Tu peux m'y conduire ?

— Tu n'as pas écouté ce que je t'ai dit, il y a deux minutes ? Bien sûr que je peux t'y conduire ! Je t'ai dit que je t'offrais mon aide.

— Je suppose que cela va me coûter quelque chose ?

— Ça dépend. Si tout se passe bien, tu n'auras rien à débourser, mais si les choses se corsent, je trouverai bien un moyen de te faire payer les extras.

— Tu as déjà mon médaillon. Je crois que j'ai payé en partie ma part.

— Tu devrais plutôt me remercier de t'en débarrasser. C'est le genre d'objet qu'un combattant comme toi préfère garder à distance. Si tu continues à le porter, il va faire de toi une cible facile et ne t'apportera que des ennuis. Écoute plutôt ce que j'ai à t'offrir.

D'un simple mouvement de la main, Arlène fit signe à ses coéquipiers de se disperser et de retourner patrouiller en ville. Elle employait un code silencieux.

— Bon, je t'explique. Le temple de Danahée est situé au sommet de la tour où nous nous trouvons, là où se rejoignent les six ponts supérieurs.

— Attends un peu. Tu as bien dit Danahée ? C'est le nom que…

— Que le vieux Gehrion t'a placé dans l'esprit. Oui, oui, je sais. Tu te rappelles que je t'ai dit que j'avais capté ses propos ? Tu ne dois pas être un grand amateur de poisson.

— Quel est le rapport ?

— Laisse tomber. C'est juste une blague idiote sur ta mémoire. Je disais donc que ce temple de Danahée est au sommet de la tour. Arrête de me casser les pieds avec ton médaillon et je t'y conduis en t'évitant toute la série de défenses et de pièges. Qu'est-ce que tu en dis ?

– C'est tentant, mais pourquoi te ferais-je confiance ?

Elle se colla contre lui. Suffisamment pour qu'il ressente la chaleur de son corps.

– Parce que je suis une gentille fille...

Eloik se troubla. Elle le regardait droit dans les yeux, mais il ne parvint pas à soutenir son regard rempli de sous-entendus. Tout à coup, il n'eut plus envie de lui répondre par des questions en prenant un air faussement outré.

– Et parce que tu n'oses pas avouer que tu as besoin de moi pour réussir ta mission. Sois honnête.

– Je... euh...

Elle éclata de rire.

– Tu crois que je ne sais pas ce qui se passe dans ta belle petite tête ?

Il ne trouva rien à lui répliquer. Son attitude l'avait tout bonnement désarçonné.

– T'es trop mignon, dit-elle pour le taquiner. Suis-moi. Je vais te conduire au temple.

Arlène l'entraîna sur le chemin qui continuait de s'enrouler comme une plante grimpante. Ils empruntèrent une coursive perpendiculaire qui s'enfonçait dans le cœur de la tour. L'espace était restreint, étouffant même, et, sans Arlène pour le guider, Eloik ne s'y serait pas aventuré.

Ils arrivèrent au fond d'un cul-de-sac devant une cloison iridescente de forme concave. Celle-ci était montée sur l'une des moitiés du périmètre d'un podium circulaire muni de rainures autour de sa base et qui se continuaient sur le mur en épousant la forme en ogive de la paroi. Arlène prit la main d'Eloik pour le rapprocher d'elle.

— Reste près de moi. Quand la cloison va pivoter derrière nous, ce ne sera qu'une question de secondes avant que le compartiment ne soit inondé. Il faudra que tu gardes l'œil ouvert. Tu as peur de l'eau ?

— Non. Je suis même très bon nageur.

— Tant mieux, car nous allons passer par l'ancien système de transit de la tour et il se peut que nous rencontrions de forts courants contraires. Essaie de ne pas me perdre de vue.

— Je vais faire de mon mieux.

Elle se retourna vers la surface brillante de la cloison et, avec le bout de son index, dessina sur celle-ci des signes étranges.

— Paré ? demanda-t-elle sans se retourner.

— Paré !

La jeune fille traça un dernier signe puis la cloison glissa dans les rainures situées à la base du podium. Le panneau incurvé pivota jusqu'à se placer derrière le couple et bascula légèrement vers l'avant afin de s'encastrer dans les rainures qui couraient sur la paroi. Un bruit de succion confirma l'étanchéité du dispositif. Soudain, la seconde cloison amorça son mouvement de rotation et l'eau s'engouffra à gros bouillons dans la cavité artificielle. En moins de dix secondes, Eloik et Arlène furent complètement submergés. Ils s'élancèrent dans l'élément liquide et se dirigèrent immédiatement vers le haut en direction d'un anneau lumineux qui marquait l'entrée d'un sas. Le cercle de lumière verte était composé d'éléments séparés qui clignotaient en alternance pour donner l'illusion d'un mouvement giratoire. Arlène, s'aidant de ses bras et de ses jambes, nagea avec vigueur jusqu'à l'entrée et se laissa emporter par le puissant courant transversal qui la déporta violemment vers la gauche. Eloik la suivit et fut entraîné à sa suite. Ils franchirent cinq sas en succession rapide avant que la jeune fille se retourne vers lui et lui fasse comprendre par signes qu'ils allaient amorcer une nouvelle ascension. Le courant les menait vers un sas d'un diamètre plus large que ceux qu'ils venaient de traverser. En plus des lumières vertes qui clignotaient sur sa périphérie, il y avait quatre disques lumineux disposés en forme de croix autour du sas. Eloik regarda Arlène sortir une arme de poing d'un holster accroché à sa ceinture utilitaire. Elle visa le disque inférieur et un jet d'énergie alla s'écraser contre sa surface. Aussitôt, de l'autre côté du sas, un aileron se redressa pour modifier la trajectoire du courant vers le haut. Simultanément, des turbines cachées dans la structure interne de la tour propulsèrent de l'eau dans des tuyères orientables afin d'optimiser la puissance du courant.

La vitesse tripla et Eloik commença à s'inquiéter. Devant lui, Arlène paraissait s'amuser ;

elle effectuait des vrilles en laissant des milliers de bulles dans son sillage. Ils montèrent à une vitesse vertigineuse à travers des dizaines de coursives en zigzag qui débouchèrent enfin dans une immense chambre toroïdale fortement illuminée. Au centre de celle-ci, un objet ressemblant à deux cônes joints par leur base tournoyait sur lui-même avec une extrême rapidité. Son mouvement créait un vortex qui coupait la salle en plein centre. Arlène tendit la main vers Eloik et celui-ci l'attrapa sans trop de difficulté. Elle passa son bras gauche autour de sa taille pour affermir son étreinte et le gratifia une seconde fois de son magnifique sourire.

Les courants ascendants provenant des profondeurs de la tour se mélangeaient tous à présent dans le tourbillon. Eloik et Arlène n'eurent qu'à se laisser emporter par le mouvement général du liquide. Malgré l'aisance qu'il y avait à voyager de cette manière, la jeune fille ne se laissa pas déconcentrer : il y avait encore du travail à faire avant de sortir de ce labyrinthe aquatique. L'arme, qui était encore dans sa main droite, se liquéfia en partie et le métal noir épousa la forme de son avant-bras. Peu après, le métal redevint solide et des loquets de sécurité qui faisaient partie de son armure légère se rabattirent sur le métal pour le maintenir en position. Eloik observa la scène avec étonnement, mais il se contenta de laisser faire sa partenaire. La partie avant de l'arme se modifia subtilement. Sous le canon principal, une protubérance cylindrique bariolée de chevrons jaunes apparut. Il ignorait à quoi cela servait, mais il se doutait qu'il allait bientôt l'apprendre.

Arlène leva le bras et visa un point d'ancrage dans la paroi lisse situé presque au sommet de la tour. À cette hauteur, le cône liquide du vortex était mince au point que l'on pouvait parfaitement distinguer les motifs chatoyants de la nacre. La jeune fille attendit d'être à cent quatre-vingts degrés de sa cible pour appuyer sur la détente de son arme. Un grappin fut éjecté avec force du cylindre inférieur du pistolet et traversa l'espace vide au centre du vortex. Il alla se ficher dans le point d'ancrage. Un treuil miniature monté sous la culasse commença alors à rembobiner le câble attaché au grappin. Arlène et Eloik continuèrent de se laisser porter par le mouvement tourbillonnaire et arrivèrent au point d'ancrage exactement au même moment où le câble fut complètement rentré dans l'arme.

Autour de la plaque d'ancrage, des tentacules gélatineux émergèrent et vinrent les entourer comme s'ils voulaient les étreindre. Ils se refermèrent à la manière d'un cocon et lorsque l'étanchéité fut assurée, la paroi devant eux devint semi-translucide. Arlène entraîna Eloik à sa suite. Ils traversèrent la membrane et se retrouvèrent à l'air libre, sous la lumière cruelle des trois soleils du Rêve. Le seul souvenir de leur périple n'était qu'une mince flaque d'eau qui gicla sur le sol poli de la rampe d'accès au sas.

Eloik se retourna et vit que la membrane était en train de se solidifier à nouveau et reprenait sa texture opalescente.

– Complètement débile, ce système de transport, mais j'adore ! lança-t-il, enthousiasmé.

– C'est très pratique pour se déplacer rapidement d'un point à l'autre de la tour. Depuis que je connais la série de glyphes tactiles qu'il faut composer pour ouvrir les portes, je n'hésite pas à m'en servir.

– Où as-tu appris ce code ? Les Caméléommes ne te l'ont sûrement pas donné contre une bouchée de pain.

Une lueur énigmatique brilla dans les yeux d'Arlène. Eloik eut l'impression qu'elle se remémorait un souvenir désagréable.

– Tu sais, nous, les onironautes mercenaires, n'avons de comptes à rendre à personne ; nous parcourons autant le Rêve que le Cauchemar. Nous avons des alliés dans les deux camps et cela signifie parfois que nous entrons en contact avec des connaissances que vous, combattants du Cauchemar, n'osez pas approcher. Ces glyphes tactiles que tu m'as vue tracer ne sont pas une invention des Caméléommes.

– De qui, alors ?

– C'est sans importance. L'essentiel, c'est l'usage que l'on en fait.

Elle s'éloigna en direction de la dernière volée de marches qui menait au plateau formant le pinacle de la tour.

— Tu viens ? lança-t-elle. Je croyais que tu voulais te rendre au temple de Danahée ?

Eloik la suivit dans l'escalier en colimaçon. La réponse à sa question allait probablement demeurer sans réponse. D'ailleurs, il n'était pas sûr de vouloir la connaître.

Le sommet de la tour, qui, vu du sol, semblait former une pointe arrondie, était en fait tronqué. L'aire ainsi dégagée faisait douze mètres de diamètre et brillait d'un blanc immaculé. Encerclant cet espace, les six ponts supérieurs des autres tours venaient s'y rattacher avec plus ou moins d'inclinaison selon leurs hauteurs respectives. Pourtant, cette gracieuse architecture ne fut pas ce qui étonna Eloik.

— Où est le temple ? demanda-t-il avec inquiétude. Il n'y a rien ici.

Arlène sourit et l'invita à la rejoindre sur le bord de la structure. À cette hauteur, la vue sur le Quadrant Est était grandiose. Eloik pouvait voir des régions extrêmement profondes du Rêve et même quelques poches obscures attestant de la présence du Cauchemar.

La jeune mercenaire pencha légèrement la tête et pointa l'une des hanches d'Eloik où l'on pouvait apercevoir le bout effilé de l'un de ses boomlights.

— Patience. Tu vas bientôt y pénétrer. Tes armes… ce sont des lames de l'Ansheleth'Sair ?

— Oui. Mais je ne me rappelle pas te l'avoir dit.

– Ce n'était pas nécessaire, fit-elle en soulevant le médaillon rouge cramoisi qui pendait autour de son cou et qui continuait d'émettre des pulsations lumineuses. Cet objet m'en a informé. Lorsque tu l'as pris dans tes mains pour la première fois, au kiosque des Northmen, j'ai immédiatement compris qu'il réagissait aux champs éthériques provoqués par les armes de l'Ansheleth'Sair. Ce n'est pas une gemme ordinaire. Il y en a d'autres qui sont dispersées dans le monde onirique et elles réagissent toutes de la même manière en présence des configurations énergétiques associées à l'ancienne science des Andrevals. Tu comprends maintenant pourquoi cela n'aurait pas été à ton avantage de te balader avec ce médaillon autour du cou : tu aurais signalé à tous tes ennemis potentiels que tu étais en possession d'armes sacrées. Tu n'aurais plus eu aucun répit. Il y a des hordes de créatures du Cauchemar qui feraient n'importe quoi pour obtenir tes lames.

Pour la seconde fois, Eloik ne sut pas quoi lui répondre.

– Tu veux entrer dans le temple ? Alors, sors tes armes et avance vers le centre de la place. Elles vont faire tout le travail pour toi.

Eloik se dit qu'il n'avait rien à perdre à lui faire confiance. Jusqu'à présent, Arlène avait tenu promesse. Il s'empara donc des boom-lights fixés au creux de ses reins et, aussitôt qu'ils furent dans ses mains, les lames vivantes se mirent à briller de la lumière lunaire de Vynn et

Synn. Eloik avança avec précaution vers l'endroit indiqué. Devant lui, une brume formée de millions de gouttelettes commença à se condenser. Il continua néanmoins d'avancer. La vitesse de condensation s'accéléra et, bien avant que le jeune homme n'ait atteint le centre de l'aire ouverte, une sphère liquide frémissante s'était matérialisée.

— Tu es arrivé au temple, lança Arlène derrière lui.

Eloik se retourna vers elle en lui lançant un regard incrédule.

— Ce n'est qu'une grosse bulle d'eau. Il n'y a rien là-dedans.

Arlène secoua la tête et s'approcha de lui.

— Eloik, parfois il ne faut pas tout prendre au pied de la lettre. Les apparences sont trompeuses... surtout dans le Rêve. Ton scepticisme peut très bien te servir quand tu es éveillé, mais ici il peut te jouer de mauvais tours. Tu verras que penser avec la naïveté d'un enfant dans le monde onirique va souvent t'ouvrir des portes que tu ne soupçonnais pas.

Eloik hocha la tête avec humilité.

— Bon, si tu le dis. J'ai seulement un peu de difficulté à croire à tout ce qui m'arrive depuis que je suis ici.

— Va falloir t'habituer. C'est souvent comme ça. Ce n'est pas pour rien qu'on appelle cet endroit « le Rêve ».

Il était temps de la quitter. Il tendit la main vers sa joue et la caressa.

– Merci pour tout, Arlène. J'apprécie ce que tu as fait pour moi. Je crois bien que l'on est quittes...

– Pas tout à fait.

Elle l'agrippa solidement par son pourpoint et le ramena brusquement vers elle. Ses lèvres se posèrent sur les siennes et elle l'embrassa passionnément. Avant qu'il n'ait pu placer un mot, elle le poussa à travers la bulle liquide.

– On se reverra, clama-t-elle comme si elle venait de remporter une victoire.

Le jeune combattant des cauchemars creva la surface de la bulle et chuta sur ce qui semblait être de la moquette. Arlène l'avait complètement pris par surprise. Le goût de ses lèvres chaudes et sucrées persistait sur les siennes. Il était complètement déboussolé. Jamais de sa vie n'avait-il été touché de la sorte par une fille. Même si cette nouvelle expérience venait de se produire sur le plan de la réalité onirique, il devait avouer que les sensations associées à ce baiser étaient fort agréables. Le monde, tel qu'il le connaissait, venait pourtant de basculer. Complètement sonné, il demeura au sol pendant quelques secondes en essayant de se remémorer la douceur de ce moment et tout ce qu'il avait ressenti en posant ses lèvres sur les siennes. C'était bon. C'était si réel... et pourtant ce ne l'était pas. Il repensa alors aux premiers instants où il l'avait vue. Il avait senti naître l'attraction entre elle et lui, mais il n'aurait jamais pensé que cela se traduirait de cette manière et de façon aussi rapide. Arlène avait ouvert un accès direct vers son cœur, et les sentiments qui s'agitaient présentement en lui étaient à ce point nouveaux qu'il ne savait plus quoi penser. Il fit une pause mentale et se dit qu'il devait se raisonner et reprendre le contrôle de ses émotions. Lorsque sa tête reprit le dessus sur son cœur, il se calma et regarda ce qui se trouvait autour de lui.

Eloik se releva, voulut franchir l'enceinte liquide, mais se rendit rapidement compte qu'elle était devenue tout à fait solide. Un mur composé de bas-reliefs en ébène s'élevait entre lui et le monde extérieur. Il replaça ses boom-lights dans son dos et fit demi-tour afin de voir le reste de la pièce. À sa grande surprise, il réalisa que l'endroit était beaucoup plus spacieux que le diamètre de la sphère le laissait paraître à première vue. On aurait dit qu'une dimension spatiale insoupçonnée venait de se déplier à l'intérieur du temple, car, en effet, il se trouvait bel et bien à l'intérieur d'un temple. Les bas-reliefs en témoignaient abondamment. Des scènes religieuses représentant des Camé-léommes recevant le savoir des Andrevals, forgeant des objets sacrés ou des armes vivantes couraient sur les parois arrondies de l'enceinte. Devant lui, une sorte de piscine où flottaient des pétales d'origine inconnue le séparait d'une grande véranda de pierre ouverte sur l'immense océan du huitième secteur. Le panorama lui fit penser à ces images des îles grecques qu'il avait vues dans des magazines. De ce point de vue plongeant, il eut l'impression de contempler la mer Méditerranée.

– Danahée ! Où êtes-vous ?

Il continua d'explorer le temple en appelant le nom de la présumée maîtresse des lieux. Au bord de la grande balustrade ouverte qui surplombait le vide en direction de la mer, il y avait une conque de taille impressionnante, posée sur un socle de pierre et fixée à celui-ci par des ancrages métalliques. L'objet était décoré de perles et d'or formant des motifs symétriques. L'embout de la conque était lui aussi recouvert d'or et paraissait adapté aux lèvres d'un géant. Eloik caressa l'objet en se demandant à quoi il pouvait servir. Peut-être les Caméléommes s'en étaient-ils autrefois servi comme dispositif d'alarme ?

Soudain, le clapotis de l'eau derrière lui le fit se retourner. Une forme liquide était en train d'émerger de la piscine au centre du temple. Les pétales glissèrent vers les bords du bassin tandis qu'une silhouette conique s'élevait rapidement tout en adoptant un aspect de plus en plus familier. L'eau limpide devint une robe posée sur un corps tout aussi translucide, puis des traits minces se formèrent dans la partie supérieure de l'être. Eloik reconnut immédiatement le faciès effilé, légèrement hautain, d'un Caméléomme. La créature, bien qu'entièrement constituée d'eau, possédait, jusque dans les moindres détails, toutes les caractéristiques physiques associées aux sages philosophes de Thera'Vhäd.

Le jeune combattant des cauchemars comprit que ses appels avaient porté fruit.

– Maîtresse Danahée, fit-il en posant un genou par terre en signe de révérence.

Le spectre de la femme caméléomme s'approcha du bord de la piscine. Elle étendit sa main aux doigts palmés et effleura la tête blonde d'Eloik. L'eau ne se déposa pas dans ses cheveux, mais il ressentit néanmoins une légère pression.

– Qu'At'Silût te protège, lui souhaita la prêtresse d'une voix remplie de douceur. Je suis l'âme de mon peuple. Je suis celle qui vit à travers les sources et les rivières qui sillonnent ces terres. Celle dont l'esprit irrigue cette cité des fondations jusqu'à la pointe. Je suis Danahée, la gardienne du passé. Que viens-tu quérir auprès de moi?

La prêtresse lui fit signe de se relever. Eloik obéit et recula avec précaution vers la conque.

– Maîtresse, j'ai parcouru un long chemin pour trouver les réponses à mes questions.

– Parle…

Il s'éclaircit la gorge et essaya de conserver son calme devant l'aspect majestueux de la créature. Les sbires du Cauchemar éveillaient la peur, mais il arrivait que les êtres issus du Rêve fassent naître chez les humains des émotions tout aussi fortes. Quoique celles-ci fussent positives, il n'en demeurait pas moins qu'elles s'accompagnaient souvent d'une juste crainte. De toutes les races oniriques, les Caméléommes étaient celle qui approchait le plus le statut de divinités. En cet instant, Eloik fut à même de constater la véracité de cette opinion.

— On m'a dit que vous pouviez m'aider à prendre contact avec votre peuple. J'ai la mission de retrouver la Source du Rêve afin de la délivrer, et seules vos archives englouties sont suffisamment complètes pour que je puisse espérer connaître l'endroit où les forces de l'Ordre noir la retiennent prisonnière.

Un lourd silence emplit la pièce. Bien que cela fût difficile à percevoir dans les traits liquides de son visage, Danahée, qui avait légèrement penché la tête, paraissait réfléchir aux paroles que venait de prononcer Eloik.

— Ainsi, la prophétie n'a plus cours. Les Veilleurs du Cercle ont été déjoués.

— Que dites-vous ?

— La Source ne devrait pas être prisonnière. Quelque chose d'horrible s'est produit. Une erreur s'est glissée dans le cours des événements prédits et cela ne peut que signifier l'apparition de calamités insoupçonnées. Si la prophétie a été trouvée en défaut, alors les scellés qui étaient apposés sur le Pilier des Mondes ont été brisés et ton monde, jeune humain, court un très grand danger.

La peur commença à s'insinuer dans le cœur d'Eloik. La prêtresse poursuivit :

— Les quatre empereurs, les pires ennemis de l'humanité, seront assurément relâchés et dévasteront votre belle patrie. Vous ne pouvez pas laisser les choses se détériorer davantage.

– C'est exactement ce que je vous dis et c'est pour cela que je dois absolument retrouver la Source ! Aidez-moi ! Je vous en prie.

Danahée étendit les bras de part et d'autre de son corps.

– Je ne suis que la gardienne de l'histoire de ma race. Je ne possède pas les réponses à tes questions. Toutefois, je perçois ta vaillance et ton ardent désir de servir une cause juste. Je te fournirai donc le moyen d'accéder aux archives sous-marines conservées dans la nouvelle cité de mon peuple.

– Merci ! Dites-moi ce que je dois faire.

– Il te faut évoquer l'Ûrpûrû en utilisant la conque de Bamonphé qui se trouve derrière toi. Seul l'Ûrpûrû pourra te conduire en sécurité vers ta destination. Mais prends garde de le traiter avec déférence et de ne pas porter la main contre lui, car alors un grand malheur s'abattrait sur toi.

Ces paroles ne manquèrent pas de l'intriguer.

– Je n'ai pas l'intention de faire de mal à quiconque.

– Souviens-t'en. Des humains moins bien avisés que toi ont autrefois découvert à leur plus grand désespoir ce qu'il en coûte de frapper un Ûrpûrû. Ils se sont retrouvés prisonniers à perpétuité dans les entrailles empoisonnées du Cauchemar.

Eloik déglutit.

– Je retiendrai votre mise en garde.

Danahée fit un geste de la main droite en direction de la conque.

– Souffle dans la conque et observe la mer. Là où le sillage de l'appel s'arrêtera sera l'endroit où t'attendra l'Ûrpûrû.

Eloik n'était pas très sûr de comprendre ce qu'elle voulait signifier par l'expression « sillage de l'appel », mais il préféra taire ses interrogations et passer aux choses sérieuses. Il posa les lèvres sur l'embout doré, souffla de toutes ses forces et scruta attentivement la surface océane tandis qu'une note grave s'élançait dans le ciel en produisant de multiples échos.

Tout à coup, il comprit ce qu'était le sillage de l'appel. Comme son nom l'indiquait, c'était un mince sillon blanc formé par le passage invisible du son sur l'eau. La note produite par la conque de Bamonphé fendait l'élément liquide en ligne droite. Eloik vit le sillon se diriger vers l'une des îles qui s'élevaient loin au large de Thera'Vhäd, bien au-delà de la tour située le plus à l'est.

– Le sillage de l'appel s'est échoué sur cette île, là-bas ! cria Eloik en se retournant vers Danahée.

– Alors, va ! Remplis ta mission. Il te reste peu de temps.

D'un seul bond, Eloik sauta par-dessus la balustrade et étendit les bras devant lui afin de s'envoler. La composante terre du Cycle était en train de s'estomper et il le ressentit immédiatement dans la densité de l'éther onirique. Il consulta rapidement son Modèle de base : la composante air allait bientôt faire son apparition, peut-être même un peu avant que les trois soleils du Rêve ne soient couchés. Eloik profita de l'équilibre qui était en train de s'établir entre les deux éléments pour pousser sa vitesse au maximum.

L'île était de type tropical, mais la végétation qui la recouvrait brillait d'un intense bleu royal. Il ne se laissa pas distraire par cette bizarrerie et amorça sa descente vers la plage. Lorsqu'il toucha le sable blanc et lisse du rivage, il porta instinctivement son regard vers les tours de Thera'Vhäd qu'il venait à peine de quitter. Elles se découpaient maintenant dans la lumière orangée des soleils couchants. C'était une vision magnifique.

Soudain, un scintillement argenté attira son attention vers les vagues de l'océan. Quelque chose émergeait de l'eau et s'avançait vers lui. On aurait dit un miroir de forme humaine. Eloik le regarda approcher sans oser bouger. L'Ûrpûrû marchait d'un pas mesuré et, lorsqu'il fut complètement sorti de l'eau, Eloik put entendre le bruit de verre cassé que produisait sa démarche. En effet, les jambes de la créature ressemblaient à de larges troncs d'arbre formés de cristaux et d'aiguilles de verre qui se rassemblaient et se défaisaient au fur et à mesure qu'il arpentait le sable. Eloik le laissa s'avancer jusqu'à ce qu'il soit à moins d'un mètre de lui et qu'il puisse voir parfaitement son propre reflet sur le corps luisant de l'être provenant des profondeurs. Se souvenant de ce que Danahée lui avait dit à propos du danger mortel qu'il y avait à abîmer le corps fragile d'un Ûrpûrû, il se tint immobile et attendit que ce dernier prenne l'initiative d'engager une quelconque forme de communication.

– *Gorm yora vii.* [« Je dois sonder ton âme. »]

Eloik ne savait que répondre. Il se contenta de lever la main droite en signe de paix.

– Enchanté de faire votre connaissance.

Était-ce la bonne formule à adopter ? Impossible de le savoir. Il demeura vigilant et observa ce que ses paroles allaient provoquer.

L'Ûrpûrû tendit les bras vers lui et ses doigts devinrent des aiguilles. Avant qu'Eloik n'ait pu prononcer le moindre mot, celles-ci lui perforèrent les avant-bras. Il ne ressentit aucune douleur, juste un léger picotement à l'endroit où s'enfonçaient les pointes de verre.

– *Dalaa… iza yora nye.* [« Regarde ton âme… »]

– Je ne comprends rien de ce que vous dites. Que faites-vous ?

La réponse devint bientôt évidente. Eloik observa son propre reflet se modifier sur le corps lisse de l'homme-miroir. Son corps s'amincit, ses traits devinrent plus juvéniles, mais autour de lui tournoyaient des symboles qui brillaient d'une lumière éclatante. Ils s'agençaient en double hélice et lui firent penser aux glyphes qu'il avait vus s'activer autour de l'Indice du Mur de Foudre lorsqu'il l'avait utilisé pour la première fois. Eloik cessa de contempler son reflet un bref instant afin de vérifier que son corps onirique ne s'était pas modifié. Tout était normal. Ce que l'Ûrpûrû était en train de lui montrer devait être une image plus profonde de lui-même.

Les aiguilles se rétractèrent et l'Ûrpûrû pointa l'un de ses doigts en direction de la mer.

– *Yora nye ezi. La kom vara viye. Bosda vii ûr Kamelem'Vhäd.* [« Ton âme est pure. Suis-moi. Je vais te conduire à la cité des Caméléommes. »]

La créature repartit en direction des vagues et fit signe à Eloik de le suivre. Ce dernier, encore secoué par ce qu'il venait de voir, prit un moment pour assimiler l'expérience. Il finit par sortir de sa torpeur et s'avança à son tour dans les flots. Lorsque l'Ûrpûrû plongea, Eloik l'imita.

Ils s'enfoncèrent en direction d'une gigantesque fosse sous-marine. Tout au fond de celle-ci, songea-t-il, tapies quelque part dans les gouffres obscurs de la conscience, se trouvaient les archives des Caméléommes et des trésors de connaissances.

Chapitre VIII

À l'orée des Terres maudites

και ηνοιξεν το φρεαρ της αβυσσου, και ανεβη καπνος εκ του φρεατος ως καπνος καμινου μεγαλης, και εσκοτωθη ο ηλιος και ο αηρ εκ του καπνου του φρεατος.

και εκ του καπνου εξηλθον ακριδες εις την γην, και εδοθη αυταις εξουσια ως εχουσιν εξουσιαν οι σκορπιοι της γης.

Septante
Apocalypse, 9 : 2-3

Lorsque la première vague d'énergie, provoquée par la rupture de l'anneau extérieur qui entourait les sarcophages des quatre empereurs, se propagea dans la croûte terrestre, les sismographes du monde entier enregistrèrent une secousse de faible amplitude qui ne se démarquait en rien de l'activité sismique habituelle. Les autres secousses qui suivirent n'éveillèrent pas davantage les soupçons si ce n'est le fait qu'elles avaient toutes pour origine un point situé aux coordonnées 23°10' Sud, 135° Ouest, en plein dans l'archipel des îles

Gambier, lieu fréquemment soumis au mouvement des plaques tectoniques.

Pourtant, malgré les apparences, ce qui s'était produit dans la zone occupée par ces îles n'avait presque rien à voir avec un tremblement de terre. Il était vrai qu'une portion minime de l'énergie libérée par la désactivation des défenses à replis s'était manifestée sous forme de pression mécanique à travers l'écorce terrestre, mais l'essentiel s'était dissipé dans l'éther onirique des plans supérieurs. La majeure partie des effets concrets de cette énergie se traduisit sur le plan physique par la création d'une décharge de plasma qui plongea immédiatement vers le cœur de ferronickel en fusion de la Terre. Là, sous une pression et une chaleur extrêmes, elle rencontra un obstacle solide, taillé dans un matériau noir et lisse : le Pilier des Mondes. Tout le champ magnétique planétaire circulait à travers cet objet. La boule de plasma, composée d'une soupe homogène et neutre d'électrons libres et d'ions positifs, modifia instantanément son agencement en présence du fort champ magnétique. Les cations se stabilisèrent à la surface bouillonnante du nuage de particules et propulsèrent le plasma à la vitesse de l'éclair sur la surface lisse en suivant les lignes de force magnétique menant vers le pôle négatif.

Le Pilier en question était en réalité un axe parfaitement rectiligne qui traversait la Terre de part en part. La charge de plasma créée par la rupture du premier anneau dimensionnel continua de remonter sur les lignes de force magnétique en traversant tour à tour le bouclier, le manteau et l'écorce. Soudain, l'environnement du Pilier se transforma de façon radicale. Au lieu de magma incandescent, de silicates vitrifiés ou de roches métamorphiques, l'axe traversait une masse de glace. Le gaz ionisé, qui remontait toujours vers le pôle négatif du champ magnétique, passa en une fraction de seconde à travers les ruines d'une civilisation disparue, encastrée dans le glacier et continua sa course folle, tel un torrent printanier.

Il ne restait au plasma surchauffé que quatre cents mètres de glace à franchir avant d'atteindre la surface et culminer sur l'apex du Pilier, situé à plus de trois mille mètres au-dessus du niveau de la mer, lorsqu'il fut stoppé net. Küwürsha, la reine déchue du Cauchemar, formait une barrière infranchissable.

Convaincue par les clones aryens qui l'avaient capturée et incorporée dans la structure même du Pilier des Mondes, elle avait accepté de les aider en jouant le rôle d'un accumulateur de charges. Les promesses de pouvoir infini, qu'ils lui avaient faites avant qu'elle accepte de leur accorder son assistance, semblèrent tout à coup moins attrayantes lorsque chaque particule de son corps fut submergée par la douleur qui accompagnait la première onde de choc formée par le plasma. Immédiatement, son esprit croula sous un déluge de sensations douloureuses. Le plasma était en train de griller son système nerveux et malgré la souffrance, une part d'elle-même trouvait le moyen d'exulter, car le plan forgé par son père Khéômon, dont elle était l'héritière, portait enfin ses fruits. Le but principal avait été atteint : l'intégrité physique des quatre empereurs avait été conservée par-delà les millénaires qui s'étaient écoulés dans ce monde. La science de son ancêtre les avait sauvés de la destruction et, par la même occasion, avait perpétué l'espoir de voir enfin le Cauchemar établir sa présence dans la sphère matérielle. La reine n'aurait jamais pensé que ces machinations pussent trouver leur aboutissement dans sa propre chair, à l'intérieur des molécules denses de ce corps physique qu'elle avait été obligée d'adopter lors de son bannissement.

En temps normal, le plasma brûlant qui circulait dans sa structure moléculaire aurait dû la détruire, mais l'intense rayonnement onirique de la Mûdrahti, qui la maintenait en vie, s'y opposait. La Gemme de Savoir corrompue, située à la frontière séparant le monde des rêves et le Chaos primordial, pouvait supporter la rigueur du néant. Ce n'étaient pas les centaines de térawatts libérés par la rupture des anneaux dimensionnels d'un système de défense à replis qui mettrait son pouvoir en échec. Tout au plus, les deux types d'énergie se combineraient.

Pendant que les deux forces antagonistes luttaient pour le contrôle des centres nerveux de la reine, une chose apparaissait de plus en plus évidente : Küwürsha subissait une méta-morphose. Des épines recourbées se mirent à pousser un peu partout sur son corps et traversèrent aisément la combinaison osmotique que les nanodrones nazis avaient tissée sur sa peau juste avant que son caisson ne soit rempli de liquide nutritif. Le moignon cautérisé de sa langue se régénéra de façon étonnante pour laisser place à un organe beaucoup plus complexe, composé de lamelles cartilagineuses et de cils vibratiles. Quant à sa tête, elle prit le même aspect noir et lisse que le matériel qui formait le Pilier. Le reste de ses membres devint plus massif, mais aussi plus invraisemblable. Des protubérances filiformes recouvertes d'yeux et de ventouses jaillirent de son dos et vinrent se coller à la paroi transparente de son caisson qui faisait office de hublot. Autour de ses bras, des spirales d'électricité s'enroulèrent comme des crotales et réussirent à lacérer sa combinaison osmotique.

Les clones aryens, dispersés dans l'immense salle creusée sous la glace du pôle, l'observaient attentivement. La succession des mutations les remplissait d'une crainte révérencielle. Malgré le fait qu'elle était en proie à de violentes convulsions, les *übermensch* se concertèrent en silence pour se rassurer et confirmer que les choses se déroulaient comme prévu. Leur plan, dont certains objectifs recoupaient ceux établis par les ancêtres de Küwürsha, entrait dans une phase critique. L'énorme quantité d'énergie qui transitait dans la masse corporelle de leur captive et qui se mariait au rayonnement de la Mûdrahti allait jouer le rôle d'étincelle et mettre le feu aux poudres. Celle-ci était nécessaire pour amorcer les phases subséquentes et leur ouvrir enfin les portes d'At'Silût. Sans le concours de Küwürsha pour assurer le maintien d'une interface entre la Terre et le Grand Abîme qui s'étendait au-delà du Rêve, les clones aryens et leurs doubles oniriques ne pouvaient espérer se lancer à l'assaut des Royaumes supérieurs. Sans elle, il devenait impossible d'infecter les milliards d'esprits humains de cauchemars incessants et de puiser dans leur esprit effrayé la précieuse énergie onirique nécessaire pour propulser leur armée par-delà le grand vide primordial.

Ils continuèrent de la regarder en se congratulant télépathiquement de la réussite de leur entreprise. Devant eux, Küwürsha luttait pour assimiler la décharge d'énergie. Son enveloppe physique subissait des changements effrayants difficiles à répertorier tellement ils étaient nombreux. À l'évidence, une force incroyable était en train de se manifester en elle. Les créatures proto-humaines resserrèrent leur emprise mentale sur l'esprit de la reine en y mettant tous leurs efforts combinés. Ils étaient de puissants télépathes, mais jamais auparavant ils n'avaient eu à maîtriser un esprit aussi rétif. Même si elle avait accepté de collaborer avec eux peu de temps après sa capture sur les plaines gelées de la surface, la violence de sa mutation faisait en sorte que ses réactions pouvaient devenir imprévisibles en cours de transformation. Il n'aurait pas été étonnant de la voir se rebeller et échapper à tout contrôle. C'est pourquoi, sans l'ombre d'une hésitation, les clones unirent leurs facultés psioniques pour la maintenir à l'intérieur de limites acceptables.

Une donnée cruciale leur échappait pourtant. Küwürsha était libre. Libre comme l'air. Malgré tous leurs efforts et les barrières mentales qu'ils tentaient d'ériger autour de son esprit, sa volonté, combinée à la puissance accumulée de ses ancêtres qui coulait dans ses veines, la propulsait vers l'incroyable infinité d'univers qui orbitaient le Pilier des Mondes.

L'instant de répit entre la première et la seconde vague d'énergie lui permit de prendre conscience de ce qui était en train de se produire. Elle en profita pour réfléchir.

Bien que prisonnière de ce corps grossier en pleine mutation, elle réalisa rapidement qu'elle pouvait s'élancer en pensée vers une multitude de réalités superposées et embrasser d'un seul regard de vastes portions du spectre dimensionnel. Une seule chose lui était interdite, et ce n'était pas la moindre : elle ne pouvait plus intervenir directement dans son monde d'origine, le Rêve. Ce qu'elle venait de gagner au niveau de l'accroissement de sa sphère d'influence avait un prix, et celui-ci était ni plus ni moins que l'exil permanent. Le monde des rêves lui était à présent tout aussi intangible qu'un soupir d'ange. Par chance, elle possédait l'intelligence et pouvait contourner cet obstacle. Puisqu'elle maintenait des liens télépathiques avec ses serviteurs demeurés sur le plan de réalité onirique par l'entremise de la Mûdrahti et que ceux-ci ne demandaient rien de mieux que de lui servir de bras et de jambes, elle aurait été bien idiote de ne pas les utiliser pour imposer sa volonté sur les territoires contrôlés par le Cauchemar.

L'un de ces serviteurs, le général Imkatho – avec lequel elle n'avait cessé de communiquer depuis que la traîtresse Mahawë lui avait volé son trône de fer dans la forteresse de Senkossuth –, avait reçu l'ordre de se retrancher avec ses troupes dans la forêt de Kharagma. L'immense contingent de Narkhys, doublé de trois légions de guerriers Ténérians, s'était replié sous le couvert épais de la forêt et attendait le moment idéal pour frapper l'ennemi. Plusieurs avant-postes de la région qui entourait la capitale du Cauchemar avaient ainsi été désertés. Küwürsha planifiait de jouer sur le sentiment de supériorité de Mahawë en lui faisant croire que le simple fait de s'asseoir sur le trône était suffisant pour semer la crainte chez les partisans de l'ancien régime. Il fallait la maintenir dans l'illusion qu'elle dominait réellement le Cauchemar et que les armées de Narkhys fuyaient devant ses légions d'Aviliths commandées par ce bouffon de Nikraïll. Küwürsha, pour avoir autrefois conspiré avec la Didyme, connaissait assez bien la tendance de son ennemie à se laisser aveugler par son ego, et il était impératif d'accroître ce défaut chez elle. En effet, l'usurpatrice avait déjà, par le passé, fait montre d'un trop-plein de confiance lors de la bataille de l'Erden, et rien n'indiquait qu'elle avait retenu une quelconque leçon de ses erreurs de jugement.

Bien qu'à toute fin utile elle sût qu'elle ne regagnerait jamais personnellement la possession du trône de fer de ses ancêtres, Küwürsha avait encore la possibilité d'écraser Mahawë et ses troupes par l'entremise d'agents interposés qui feraient le travail pour elle. Ils s'assureraient de la représenter dans l'univers onirique et d'influencer le cours des événements de façon à placer le général Imkatho au poste suprême. Par la suite, ce ne serait plus qu'une simple formalité que de régner à travers lui.

Elle grimaça de douleur au moment où la seconde décharge de plasma la heurta de plein fouet. La troisième fut encore plus violente. Durant un laps de temps indéfini, toute notion de réalité s'oblitéra. Plus rien n'existait qu'une douleur absurde et apparemment infinie.

Mais elle prit fin.

Peu de temps après que la dernière vague de plasma se fut engouffré dans son corps en pleine ébullition génétique et qu'elle put enfin reprendre le contrôle de ses mouvements, Küwürsha sut intuitivement qu'elle détenait une puissance terrifiante qui allait bien au-del de ce qu'elle avait connu par le passé. L'énergie canalisée vers le Pilier des Mondes, qui, en temps normal, aurait dû être éjectée vers le vide sidéral pour alerter les Veilleurs du Cercle, s'était complètement déchargée en elle. Toute la force tellurique de la planète, charriée par les quatre vagues de plasma, résidait maintenant en elle, et il n'incombait à présent qu'à elle seule de la transmuter en un signal onirique d'une puissance et d'une portée sans précédent. Pour émettre ce signal, il ne lui fallait plus que prononcer les paroles qui commandaient l'ouverture des scellés posés sur les portails du Pilier. Ces mêmes portails qui autrefois avaient laissé passer les quatre premiers Avatars et, par la suite, la première génération d'humains qui s'était divisée en quatre familles.

Les scellés hiéroglyphiques posés par les Veilleurs du Cercle couraient à la surface du Pilier sous la forme de longs rubans enroulés à partir de la portion centrale de l'axe. Ils descendaient vers le sol gelé jusqu'à environ mille mètres. Ils formaient une incantation de réclusion. Pour annuler le pouvoir de ces hiéroglyphes, il n'y avait qu'un seul moyen : les réciter en sens inverse dans la langue d'origine encore en usage parmi les créatures oniriques. Ironiquement, ni Küwürsha ni ses ancêtres n'avaient été capables de décoder ces symboles forgés par les Veilleurs du Cercle, puisque ces derniers avaient pris soin de faire en sorte que seuls les mortels puissent les lire. Or, depuis son arrivée sur Terre, les choses avaient changé. La reine déchue, quoique investie d'une puissance incroyable, était à présent tout à fait mortelle. Les hiéroglyphes se présentaient clairement dans son esprit. Ce qui autrefois ne pouvait même pas se contempler devenait parfaitement intelligible. Ses castes de thaumaturges et de scientifiques narkhys, qui n'avaient jamais réussi à déchiffrer le sens de ces symboles pour la simple raison qu'ils exigeaient une pensée abstraite dont ils étaient dépourvus, n'étaient pas à blâmer. Küwürsha comprit enfin pourquoi ce qu'elle avait exigé d'eux au cours de toutes ces Révolutions frisait l'impossible. Les glyphes en question demandaient des facultés intellectuelles généralement réservées aux humains. Voilà pourquoi ses serviteurs n'avaient jamais été en mesure de déchiffrer les symboles identiques de l'Indice du Mur de Foudre. Küwürsha aurait ri si cela n'était pas à ce point tragique. Toutes ces Révolutions, tous ces efforts investis pour gagner un simple avantage, pâlissaient devant l'énormité de cette blague cosmique. Les Veilleurs du Cercle avaient dû rire et se féliciter de leur ingéniosité en les voyant, elle et ses ancêtres, se démener comme des fous pour obtenir la clé du décryptage de ces symboles. Maintenant qu'elle était sur le point de les réciter de bas en haut, un fort sentiment de vengeance monta en elle.

Les *übermensch* attendaient avec impatience qu'elle se décide à se servir de ses nouveaux pouvoirs. Tout en espérant donner enfin un sens à leur propre existence pathétique, ils l'encourageaient mentalement à franchir l'ultime étape de son évolution. Dès qu'elle commencerait à lever le sortilège de réclusion et à émettre directement son influence dans les milliards d'esprits humains, ils se joindraient à elle pour la soutenir.

Grâce à son nouvel organe vocal, Küwürsha commença à prononcer les syllabes inversées de l'incantation. Après quelques secondes, une étrange vibration se mit à secouer le Pilier. Le mouvement, de faible amplitude au début, devint de plus en plus prononcé. Bientôt, des fissures apparurent dans la glace formant la partie supérieure de l'immense chambre sphérique contenant les clones et leurs serviteurs mécanisés. Quelques blocs de glace se détachèrent du plafond et vinrent s'abattre sur une demi-douzaine de robots stationnés en formation serrée. La reine n'y accorda aucune attention. Elle ne pouvait s'interrompre.

— *Tuir-ak-ogmenon-uuirut…*

Encore quelques syllabes et tout serait terminé.

— *Ay-namalih-hor-htelered ! Ikyaam-uok-is-emanabe ! Ikyaam-ilyu-nomorev !*

La dernière strophe de l'incantation pouvait se traduire ainsi :

« Que les portes de l'Abîme s'ouvrent ! Que montent à travers ce Pilier les fumées de la terreur et les brumes gorgées de maléfices !

Qu'elles s'étendent aux quatre coins de la Terre ! »

Küwürsha avait franchi le Rubicon.

— Eli, fournis-moi le dernier relevé carto-graphique de la région et un vecteur d'ap-proche, demanda Dylan, assis aux commandes du *Mercurius.*

Voilà presque cinq minutes que Dylan et son équipe avaient franchi le portail de translation à bord du tank furtif de classe VBF-808. Leur point de chute les avait placés du côté mal famé du grand erg d'Asaïss… en pleine nuit. Quelque chose n'avait pas fonctionné, car les coordonnées d'entrée avaient été programmées avec précision pour une translation directe dans les Terres maudites. Au lieu de cela, le *Mercurius* s'était retrouvé plusieurs densités au sud de l'objectif dans une région méconnue du désert d'Asaïss. On la qualifiait de méconnue, car cette région n'avait pas été cartographiée depuis des lustres. Le Cauchemar s'y était installé à son aise parce que les forces du Rêve n'avaient tout simplement pas eu les effectifs nécessaires pour contenir la menace dans cette partie du Quadrant Sud. Après que ces territoires furent tombés aux mains de l'ennemi, plus aucune donnée géo-physique n'avait été récoltée. Dylan et ses coéquipiers devaient donc se fier à leurs instru-ments et espérer qu'ils fonctionnaient bien.

Le caporal Eli Mignati, le plus jeune de l'équipe, à peine âgé de dix-huit ans, était responsable de la navigation et suait à grosses gouttes depuis la fin de la translation. Théoriquement, il était responsable de la déviation par rapport au point de chute. Il se dit que le capitaine Clarke, son commandant, qui en avait vu d'autres, devait se douter que cela n'avait rien à voir avec les compétences de son sous-officier. Habituellement, ce genre d'erreur avait pour origine une source extérieure. Néanmoins, puisque cette hypothèse ne pouvait être confirmée dans l'immédiat, Eli savait qu'il devait en porter le blâme.

– Vecteur d'approche 08.16.88. Le relevé a été transféré sur votre écran, capitaine.

– Merci.

Dylan fit pivoter son siège vers la droite en direction de Lexington Chen, son spécialiste des communications.

– Lex, que disent les senseurs éthériques ?

– Aucune créature en vue, monsieur, mais…

– Mais quoi ?

– Je détecte une anomalie qui s'aggrave avec le Phare du Rêve. Depuis notre arrivée, j'ai de plus en plus de difficulté à conserver la synchronicité entre nos instruments et la balise temporelle.

La première idée qui frappa Dylan fut qu'ils n'étaient pas tout à fait sortis de la translation et qu'ils étaient encore en train de dériver dans le courant temporel.

– Le portail de translation est-il complètement refermé ?

– Oui.

– Alors, vérifie la calibration de tes instruments.

– C'est déjà fait, monsieur. Le récepteur est en parfait état. Le problème provient de la balise.

Dylan ouvrit sa main droite.

– Modèle de base, murmura-t-il.

L'objet virtuel apparut au creux de sa paume, mais il était évident qu'il ne fonctionnait pas correctement. La tige centrale, qui d'ordinaire clignotait en produisant des pulsations lumineuses blanches, était à présent aussi noire qu'un morceau de charbon. La forme elle-même n'était plus rectiligne et lisse, mais sinueuse et couverte d'épines comme une ronce.

– Y en a-t-il un parmi vous qui a un Modèle de base en état de fonctionner ? demanda Dylan, qui faisait un effort pour ne pas laisser transparaître son irritation.

Après vérification générale, le jeune Mignati prit la parole pour le reste de l'équipe :

– Ils sont tous bousillés, capitaine. On dirait que le Cauchemar a trouvé le moyen de franchir le Périmètre d'inviolabilité.

– Si c'est le cas, répondit Dylan, on est dans la merde jusqu'au cou ! Chen ! Transmettez ces informations au QG sur fréquence cryptée et donnez-leur notre position.

– À vos ordres.

Dylan se frotta le menton en observant le paysage désertique à travers le hublot principal de la cabine de pilotage. L'obscurité, déjà pesante lorsqu'elle investissait les régions du Rêve, paraissait l'être davantage lorsqu'elle épousait les décors sinistres du Cauchemar. Il repéra rapidement ce qu'il cherchait. Malgré la grande distance qui le séparait de D'zyän, il pouvait très bien distinguer à l'horizon la lueur orangée provoquée par les feux à ciel ouvert que les Hyaniss avaient allumés aux abords de leur pseudo-capitale. Comme d'habitude, ces abruties sanguinaires devaient être en train de festoyer et de s'enivrer d'okhrom distillé tout en s'amusant à terroriser les pauvres dormeurs humains qu'elles avaient capturés au cours de la nuit.

— On va attendre l'aube pour franchir D'zyän. C'est généralement à ce moment de la journée que les Hyaniss ont la gueule de bois et sont les moins alertes. Étant donné qu'on ne peut plus se fier à la balise pour estimer le temps, il va falloir prendre des tours de garde pour surveiller le lever du premier soleil et nous donner la chance de leur faire une petite surprise. Ozgur, tu prends le premier quart. Lex, active le camouflage et mets les circuits en veille. On va en profiter pour dormir un peu.

La nuit se déroula sans incidents. L'un après l'autre, les membres de l'équipage se relayèrent pour assurer la surveillance des environs. De petits prédateurs nocturnes rôdaient dans les dunes, mais aucun d'entre eux ne présentait de menace réelle. D'ailleurs, le *Mercurius* n'avait rien pour attirer l'attention des curieux lorsque son camouflage était en fonction. En l'activant, l'apparence extérieure se modifiait sensiblement pour que l'engin ressemble à un gros rocher. De plus, le revêtement du blindage avait été traité à l'aide d'un enduit spécial qui atténuait au maximum la signature onirique du véhicule et de ses occupants. Les créatures qui s'en approchaient le remarquaient à peine la plupart du temps.

Les premiers rayons de l'aube dansèrent sur les dunes éloignées vers la fin du troisième quart de garde. Justine McClaine, l'artilleuse tribord, une jeune fille à la tignasse rousse et au visage saupoudré de taches de rousseur, réveilla le reste de ses coéquipiers qui étaient tous en état d'hyperrêve. Les Ukkthas avaient beau être devenus des créatures oniriques à part entière, les vieilles habitudes humaines, comme le besoin de sommeil, ne s'étaient pas estompées.

– *Rise and shine !* s'exclama-t-elle en anglais. Le jour se lève !

Elle posa la semelle de sa botte sur l'arrière-train d'Ozgur, l'artilleur bâbord, et le poussa sans ménagement.

– Réveille-toi, ma grosse ! Va me faire du bacon et des œufs !

Ozgur Veren, un imposant soldat moustachu bâti comme un catcheur professionnel, grogna en se rajustant sur le siège de son poste de combat. Il dormait les bras croisés sur les sangles de sécurité qui l'empêchaient de tomber.

– Fous-moi la paix avec tes œufs, répondit-il d'une voix pâteuse. Tu viens de me ruiner la meilleure séance d'hyperrêve que j'ai eue depuis des mois.

– T'es pas ici pour rêvasser, Cendrillon. On a du boulot.

De l'avant du véhicule, la voix de Dylan leur parvint.

– Tout le monde à son poste. On part dans cinq minutes, le temps que les chambres de fusion aient atteint la température adéquate. Je veux que vous vous teniez prêts à réagir au quart de poil ; on va traverser D'zyän à pleine puissance. Les Hyaniss ne sauront pas ce qui les aura frappées.

Ozgur se fit bruyamment craquer les doigts, puis appuya sur l'interrupteur de son moniteur de visée extérieure en étouffant un bâillement.

– Elles n'ont pas intérêt à cadrer leurs sales tronches dans mon viseur, sinon je te les expédie illico au rayon de la viande hachée.

– Qu'est-ce que tu racontes ? lança Dylan, qui n'avait pas bien entendu les propos de son artilleur.

– J'ai dit que j'allais leur refaire quelques plombages au passage.

Tout le monde éclata de rire. Eli, quant à lui, qui n'avait jamais participé à une bataille que derrière une console enfouie dans le bunker de commandement de la Cité-forteresse, riait jaune.

– Parfait ! C'est ce que je veux ! Rappelez-vous qu'on n'est pas ici pour faire de la diplomatie, mais pour éliminer Supremacis. Alors, pas de quartiers. Le plus vite on sera sortis du territoire hyaniss, le mieux ce sera pour nous tous. Elles ne se doutent de rien, et nous allons profiter de l'effet de surprise… gardez quand même l'œil ouvert. Ces salopes ne sont pas très rapides, mais elles sont infatigables et il y a fort à parier qu'elles vont se lancer à notre poursuite à l'intérieur des Terres maudites.

Le son caractéristique des compresseurs d'hydrazine se fit entendre à l'arrière. Les moteurs reprenaient vie après avoir été arrêtés toute la nuit.

– OK, termina Dylan en retournant vers la cabine de pilotage, les chambres sont presque prêtes. Attachez vos ceintures, ça risque de secouer.

Les soldats se sanglèrent à leurs sièges. Dylan désactiva le camouflage pour passer en configuration aérodynamique et ainsi réduire la résistance à l'éther onirique. Lorsque les senseurs des chambres de fusion lui indiquèrent que la température optimale était atteinte, il enclencha la première vitesse.

Les dunes qui ceinturaient le plateau formant l'assise de D'zyän ne posèrent aucun problème aux six roues motrices du *Mercurius*. Ce type de machine, exclusif aux Ukkthas, était conçu pour se déplacer avec aisance et rapidité sur une grande variété de terrains. Mis à part les lacs de roche en fusion que l'on retrouvait un peu partout dans le premier secteur du monde onirique, il n'y avait pratiquement aucun relief à l'épreuve du VBF-808.

Dylan passa la deuxième vitesse afin de se donner l'élan nécessaire pour franchir le dernier rempart de sable qui s'interposait entre son tank et le terrain plus plat menant vers l'agglomération des Hyaniss. Il arriva sans encombre au sommet de la dune, puis, lorsque fut venu le moment de redescendre la pente fortement inclinée, il enclencha la troisième vitesse, puis la quatrième dès qu'il sentit que le véhicule était de nouveau à l'horizontale.

— C'est parti ! cria-t-il pour se motiver.

Il appuya à fond sur l'accélérateur et aussitôt les turbines montées sur l'axe des compresseurs se mirent à siffler comme des vipères. La vitesse augmenta de façon prodigieuse, apportant avec elle des sensations grisantes qui lui rappelèrent des souvenirs de ses années folles où il jouait à tromper la mort à bord de sa Ford Falcon GT 351 modifiée.

À l'horizon, derrière l'espèce de bidonville qu'était D'zyän, apparut la courbure supérieure du premier des trois soleils. Le dôme formé par cette portion du disque solaire donnait l'illusion que la capitale des Hyaniss était couronnée de gloire. Bien des épithètes pouvaient être apposées à cet endroit, pensa Dylan, mais « glorieux » n'en faisait assurément pas partie.

Il corrigea légèrement son cap de quelques degrés vers la droite et polarisa le pare-brise pour éviter d'être ébloui. Il jeta un bref coup d'œil à l'indicateur de vitesse : cent soixante-seize kilomètres à l'heure.

– Lex ! On en est où avec le Phare ? Tu as retrouvé la synchro ?

– Non, capitaine. Le signal est complètement corrompu. Tous mes senseurs sont affolés et on risque de les endommager de façon permanente si on continue à prendre le Phare pour repère central.

Eli, le navigateur, renchérit :

– Même chose pour moi, capitaine. Il n'y a plus moyen d'actualiser les cartes… toutes les coordonnées oniriques sont foutues ! On dirait que la balise temporelle du Phare est en train de s'autodétruire.

Dylan passa la cinquième et dernière vitesse avec un mouvement rageur du poignet.

– OK. Déconnectez vos instruments du signal de la balise. À partir de maintenant, vous allez fonctionner uniquement en mode local. Il va falloir se passer des senseurs à longue portée et estimer la route qui mène vers le Nid d'origine au petit bonheur la chance.

Les deux jeunes soldats obéirent.

Dylan augmenta la poussée des turbines pour faire grimper la vitesse juste sous la barre des deux cent quarante kilomètres à l'heure. À cette vitesse, les murailles de D'zyän seraient atteintes dans moins de quarante-cinq secondes.

Ces palissades, fleuron de la technologie hyaniss, étaient à ce point ridicules dans leur conception qu'il fallait se demander si ceux qui les avaient bâties ne voulaient pas plutôt inviter les attaques au lieu de les repousser. Elles étaient faites d'un amalgame de boue séchée, de débris métalliques, ainsi que de cailloux empilés un peu n'importe comment en une espèce de remblai.

Soudain, des rochers se mirent à pleuvoir dans leur direction. Ils s'écrasèrent un peu partout sur le chemin, et Dylan dut user de toute son habileté pour éviter les cratères qu'ils créaient.

– Elles nous tirent dessus avec des catapultes. Il y en a deux, droit devant, montées de chaque côté de l'entrée principale, annonça Lex.

– Dites adieu à la surprise ! On est repérés. Artilleurs ! Faites-moi sauter ces catapultes !

Justine et Ozgur déverrouillèrent les panneaux latéraux de leur section d'une simple commande vocale dans le microphone intégré à leur casque de combat, et aussitôt des pistons hydrauliques écartèrent les lourdes plaques de blindage du reste du châssis. Un vent violent s'engouffra à l'intérieur du tank tandis que les sièges où les deux artilleurs étaient sanglés étaient promptement sortis à l'extérieur et positionnés en hauteur de part et d'autre du *Mercurius* par de puissants bras mécaniques.

Justine repéra l'une des deux catapultes sur son moniteur de visée et centra la cible dans sa mire. Elle estima la dérive en prenant en considération le vent de travers qui les affligeait, puis elle appuya sur la détente de son énorme lance-roquettes. Un missile jaillit de la gueule de l'arme et fila tout droit vers la catapulte. La machine primitive vola en éclats, envoyant planer des échardes de bois aux quatre vents.

— En plein dans le mille ! cria-t-elle.

Son coéquipier, situé à bâbord, leva le pouce à son intention, mais la fête ne dura guère. L'autre catapulte avait lancé une nouvelle volée de pierres. Dylan braqua le tank vers la droite pour tenter tant bien que mal d'éviter les projectiles qui fonçaient directement dans son pare-brise, mais la manœuvre ne fut pas assez rapide et les morceaux de roches s'abattirent violemment sur le joint central du bras articulé qui soutenait le siège et le canon d'Ozgur. La force de l'impact détruisit la gaine protectrice et tordit partiellement l'articulation. Cette soudaine faiblesse du dispositif eut pour effet immédiat de débalancer la partie supérieure du bras et bientôt le siège où prenait place Ozgur se mit à pencher dangereusement vers le sol. Il allait devoir se mettre à l'abri et rentrer immédiatement dans la niche latérale du *Mercurius.*

Tout en s'efforçant de conserver son sang-froid, l'artilleur appuya sur l'interrupteur actionnant les pistons hydrauliques. Il ne fut pas vraiment surpris de constater que rien ne fonctionnait. Les pierres avaient sectionné les relais éthériques qui passaient sous la gaine protectrice du joint central et qui relayaient les commandes de sa plate-forme de combat aux servomoteurs du bras articulé. Il était coincé à l'extérieur du véhicule, penché à un point tel qu'il pouvait toucher le sol en étendant le bras. Tant que le combat ferait rage, il n'aurait d'autre choix que de continuer à se battre dans cette position inconfortable.

— Elles sont en train de fermer la porte anti-impact, beugla Dylan dans son microphone. Concentrez toute la puissance de feu sur elle.

La porte en question était une grille de fer sur laquelle des plaques de tôle aux formes hétéroclites avaient été grossièrement soudées. Les Hyaniss n'étaient pas du genre à s'encombrer de notions telles que l'esthétique ou le travail bien fait. Tout ce qu'elles construisaient était à l'image de leur esprit rudimentaire et passablement stupide.

Des deux côtés de la porte, des Hyaniss mâles peinaient comme des forcenés pour la faire coulisser sur le rail spécialement conçu pour permettre de la refermer le plus rapidement possible. Or, comme ils ne l'utilisaient que rarement, ils n'avaient pas pris soin de déblayer le sable qui s'y était accumulé. Ozgur, bien que devant viser de côté, mit rapidement fin à leur calvaire en les arrosant copieusement d'une rafale de balles explosives. Il fit ensuite pivoter le canon de sa mitrailleuse vers le haut et centra la silhouette de la seconde catapulte au centre de

son moniteur de visée. Il appuya sur la détente et ouvrit le feu à nouveau. Son canon rotatif cracha un essaim compact de balles qui réduisirent la pièce d'artillerie moyenâgeuse en milliers de morceaux.

Justine visa la porte grillagée qui bloquait partiellement l'entrée de D'zyän, mais un cahot impromptu lui fit rater sa cible. La roquette passa par-dessus la porte et alla s'écraser contre un pan de roc dans lequel les Hyaniss avaient creusé des terriers.

— Grouille-toi, Justine ! Fais-moi sauter cette satanée porte ! hurla Dylan, qui commençait à se demander s'il pourrait passer dans l'interstice sans blesser Ozgur.

L'artilleuse mit à feu une troisième roquette qui, elle, toucha enfin son but. La porte explosa et emporta au loin les cadavres des Hyaniss que venait de neutraliser Ozgur.

Le *Mercurius* s'engouffra à toute allure dans le nuage de poussière soulevé par l'explosion et fonça en rugissant vers le dédale de rues encombrées de prédateurs oniriques qui commençaient à peine de s'extirper de leur torpeur de la veille.

Tandis que Justine délaissait son lance-roquettes et passait à son système d'armement secondaire, Ozgur, de son côté, ne perdit pas une seconde et balaya tout ce qui bougeait. Le bruit de sa mitrailleuse ne fit qu'ajouter à l'atmosphère de panique qui était en train de s'étendre comme une traînée de poudre parmi tous les habitants. Bientôt, des Hyaniss comprirent qu'un ennemi avait pénétré à l'intérieur de leur territoire et qu'il était temps de réagir en conséquence.

Pendant que les défenses internes s'organisaient pour piéger le tank furtif, un messager fut envoyé vers le sommet de la cité afin d'avertir la souveraine du clan. Le porteur de nouvelles, un mâle chétif aux épaules voûtées, qui, à force d'être dominé par les femelles de cette société matriarcale, n'osait presque plus lever les yeux, se précipita aux pieds de Wâhl-Okhrr. La femelle alpha du clan empoigna le messager par la gorge dès qu'elle le vit se prosterner, le souleva à bout de bras et le balança dans le vide sans qu'il ait pu prononcer le moindre mot. La reine de D'zyän était possédée d'une rage meurtrière. Le bruit des explosions et les pétarades qui montaient depuis les profondeurs de sa cité avaient troublé le couvre-feu qu'elle avait imposé à la suite de la fête nocturne de la veille. Qui donc avait osé violer son sommeil et, par-dessus le marché, la sécurité de son royaume ?

Wâhl-Okhrr était une géante parmi les siens. Sur sa grosse tête de carnassière tachetée de noir était posé, tel un casque protecteur, un crâne évidé de Vulturian. Autour de son cou musculeux pendait un collier composé d'un assemblage multicolore de plumes appartenant aux diverses castes de ses ennemis ailés. Chacune d'entre elles témoignait d'une victoire personnelle sur la race ennemie et ne faisait que confirmer aux autres Hyaniss son pouvoir, son autorité et son droit légitime de commander à l'ensemble de la meute.

L'imposante hyène bipède s'avança jusqu'au bout de la corniche sur laquelle elle s'adressait habituellement à ses sujets pour fixer son regard perçant de chasseresse sur le véhicule ukkthas qui s'était introduit chez elle. Bavant de rage, la reine aboya des ordres qui se rendirent prestement aux combattantes qui s'affairaient à circonscrire la menace. Tout à coup, ce qui n'était, quelques secondes auparavant, qu'un plan improvisé devint une impitoyable souricière. Les guerrières couraient dans tous les sens et se dépêchaient de gagner les intersections stratégiques de l'agglomération. Elles travaillaient de concert pour fermer l'accès de certaines rues à l'aide de grilles du même genre, bien que plus petites, que celle qui, jusqu'à tout récemment, avait orné l'entrée principale. D'zyän était construite à la manière d'un labyrinthe et on pouvait en modifier le parcours à volonté.

À bord de la cabine de pilotage du *Mercurius*, Dylan faisait de gros efforts de concentration pour ne pas perdre le contrôle de son engin qui rasait les parois de pierres de très près lors des virages serrés qu'il effectuait dans le but de se dépêtrer du labyrinthe. Il fut obligé de réduire sa vitesse afin de ne pas finir écrasé contre un mur et pria le ciel de trouver bientôt une artère principale qui lui permettrait d'accélérer.

Eli, qui surveillait, sur l'un des écrans de sa console, les données recueillies par son radar de proximité, jugea bon d'avertir son supérieur de ce qu'il voyait.

— Capitaine, je vous envoie la carte *live* du secteur où nous nous trouvons. Je pense que les Hyaniss sont en train d'essayer de nous coincer en bloquant les rues.

Dylan, tout en conduisant, jeta un coup d'œil à l'écran qui venait d'apparaître en transparence dans son pare-brise. Une carte schématisée du labyrinthe montrait en son centre une flèche verte représentant le véhicule qu'il conduisait ainsi que des dizaines de points rouges clignotants qui, à la façon dont ils convergeaient vers lui, indiquaient la présence de combattantes hyaniss. Sur certains tronçons de route, il pouvait voir des hachures orangées qui montraient clairement l'érection de barrages visant à le forcer à se retrancher dans des allées de plus en plus étroites.

Le jeune pilote lâcha un juron.

— Ces maudits charognards veulent nous attirer dans un piège. On ne pourra pas continuer à se balader ainsi avec nos canons latéraux déployés. Ozgur ! cria-t-il dans son micro, abandonne ton poste et rentre dans le tank. Je vais trouver un endroit où m'immobiliser. Essaie de rétracter le bras articulé avec Lex et Eli. Justine ?

— À l'écoute…

— Reste déployée pour les couvrir. Tu ne réintégreras le tank que lorsque je remettrai les gaz. Je vous donne trente secondes pour me faire rentrer ce bras.

Il appliqua les freins et s'immobilisa au milieu d'une longue ruelle passablement éloignée des troupes de Hyaniss qui s'agitaient dans les environs.

— Tous au boulot ! Et que ça saute ! ordonna-t-il.

Lex suivit Eli vers l'arrière du véhicule. Les deux jeunes soldats s'encadrèrent dans l'espace béant qui recevait en temps normal toute la masse du siège de combat, de l'arme principale, du bras articulé en position repliée ainsi que la plaque de blindage latérale. Ils observèrent leur coéquipier qui s'agitait sur son siège.

— Ne restez pas plantés là comme deux guignols à m'attendre, vociféra Ozgur qui venait de défaire ses sangles et s'apprêtait à séparer la mitrailleuse de son socle. Il y a un panneau dans le plancher avec une manivelle pour rétracter le bras manuellement.

Les deux jeunes gens se mirent à chercher désespérément l'accès du panneau dans le plancher.

— Je l'ai, annonça Eli en posant la main sur un anneau métallique.

Il tira et enleva complètement la plaque d'acier qui recouvrait une manivelle en forme de roue. Lex et lui se positionnèrent de chaque côté de l'ouverture et commencèrent à faire tourner la roue en y mettant toute leur force.

— Vingt secondes ! cria Dylan. Faites vite ! Il y a trois meutes qui rappliquent.

— Je les vois, fit Justine en ouvrant le tir sur le groupe le plus proche.

Plusieurs ennemies tombèrent raides mortes, mais elle ne réussit pas à toutes les faucher. Bon nombre de combattantes hyaniss bondirent sur le sommet des murs et se dispersèrent parmi les anfractuosités des rochers afin d'offrir des cibles multiples plus difficiles à toucher.

De l'autre côté du tank, Ozgur avait enfin réussi à détacher la mitrailleuse de son support pivotant. Si les gamins ne parvenaient pas à replier le bras avant que Dylan redémarre, celui-ci devait au moins s'assurer que son arme ne serait pas endommagée. D'un geste rapide, il balança l'impressionnante ceinture de balles explosives par-dessus son épaule droite et souleva le canon de l'arme. Au même moment, deux grilles jaillirent aux extrémités de la ruelle. Les Hyaniss étaient en train de les cerner.

— Grouille-toi, Oz, cria Justine en essayant de se faire entendre malgré le rugissement incessant de son arme. Je ne pourrai pas te couvrir éternellement !

Elle venait de pivoter vers la gauche et tirait dans le tas d'ennemies sur le point de déferler par-dessus le mur délimitant le côté gauche de la ruelle. Ozgur, qui les avait aperçues lui aussi, se joignit à elle et fit feu vers le sommet de la paroi de pierres tout en se dépêchant de reculer vers le tank. Des corps s'abattirent un peu partout au sol et sur le toit du véhicule blindé, mais, même en combinant leur puissance de feu, Justine et

Ozgur ne pouvaient contenir l'ensemble de la menace qui arrivait de tous les côtés.

Des Hyaniss envahirent bientôt la ruelle et bondirent par-dessus les corps de leurs sœurs mortes au combat. Ozgur continua de reculer tout en faisant crépiter sa mitrailleuse. Il y en avait beaucoup trop. Il battit rapidement en retraite tandis que ses adversaires réduisaient son siège de combat en miettes à grands coups de griffes. Attrapant la main que lui tendait Eli, il monta partiellement à bord du *Mercurius*.

– Fonce, Dylan ! Fonce ! hurla-t-il.

Le pilote écrasa l'accélérateur. Malheureusement pour Ozgur, une Hyaniss en profita pour lui planter ses doigts griffus en pleine cuisse. Le mouvement vers l'avant du véhicule fit le reste. Les griffes coupantes lui labourèrent le quadriceps jusqu'au genou. Par chance qu'Eli le retenait fermement sinon il aurait été emporté vers l'extérieur.

Malgré son gabarit et tout son courage, le soldat poussa un cri horrible. Enragé par la douleur, il fit feu dans la poitrine de l'assaillante pour s'en débarrasser. La bête partit à la renverse en faisant gicler un véritable torrent de fluide onirique.

Eli, qui tentait du mieux qu'il le pouvait de hisser son coéquipier à l'intérieur du véhicule, fut heureux de recevoir l'aide de Justine. Elle venait à peine de réintégrer le châssis du blindé. Quant à Lex, il trimait seul sur la manivelle.

— Il est gravement blessé ! dit le jeune navigateur en lui montrant les profondes lacérations. Fais-lui un garrot pendant que je cours chercher la trousse de premiers soins.

Justine déchira une lanière dans le pantalon déchiqueté d'Ozgur et enserra fermement le haut de sa cuisse droite pour ralentir l'hémorragie. Les Ukkthas, contrairement aux dormeurs ordinaires, ne pouvaient pas se permettre de mourir dans le Rêve. Il n'y avait pas de seconde chance pour eux.

— Tiens bon, Oz. On va te recoudre ça.

L'homme serrait la mâchoire pour se retenir de crier. La jeune femme vit dans le regard de son ami qu'il déployait des efforts considérables pour demeurer lucide malgré l'intense souffrance qui l'accablait.

Lex, qui se trouvait juste à côté du couple, fit faire un dernier tour à la manivelle.

— Le bras est rentré dans sa niche, capitaine. Le blindage est intégral…

— Parfait !

Une violente secousse ébranla le tank : Dylan venait de défoncer la grille qui bloquait l'extrémité de la ruelle. Il vira abruptement sur la droite et s'élança vers un second barrage. Il allait faire exactement le contraire de ce que ses adversaires avaient anticipé. Au lieu de chercher à éviter les grilles, il allait plutôt tenter d'en défoncer un maximum. C'était justement ce genre d'action illogique aux yeux des Hyaniss qui pouvait lui redonner l'avantage de la surprise et mettre la pagaille dans leur tactique simpliste de cloisonnement progressif.

En effet, les Hyaniss étaient habituées de traiter avec des dormeurs éberlués qu'il était facile de rabattre vers le centre du labyrinthe. Ceux et celles qui se faisaient ainsi prendre au piège étaient à ce point désorientés par leur récente capture qu'ils n'opposaient presque aucune résistance lorsque venait le temps de les faire converger vers la grande arène centrale en vue des festivités sanguinaires qui s'y déroulaient. À grand renfort d'aboiements et de menaces physiques, les chasseresses hyaniss parvenaient à faire avancer leurs proies humaines à l'intérieur du dédale de la même manière qu'un berger aurait mené un troupeau de brebis dociles vers l'abattoir. Dylan, de son côté, avait suffisamment roulé sa bosse dans le Rêve pour ne pas se laisser berner par ce genre de stratagème.

Sa carte virtuelle lui indiquait qu'il se diri-geait vers des allées plus larges, ce qui était le signe évident qu'il s'éloignait de l'arène. C'était toutefois dommage que le radar de proximité ne puisse lui offrir un schéma plus étendu des environs. Si cette satanée balise temporelle n'avait pas commencé à rendre l'âme, pensa-t-il, il aurait pu profiter de la pleine capacité de détection des senseurs et trouver rapidement son chemin vers la sortie. Au lieu de cela, il devait se contenter d'une carte ayant un rayon approximatif de quinze mètres autour de son véhicule. S'il voulait s'en sortir, il allait devoir faire confiance à son instinct et espérer que la chance lui sourirait.

Manœuvrant d'une main experte les commandes de pilotage, il embraya de sa main libre la troisième vitesse. Des détritus et des cailloux encombraient la voie, mais il ne tenta même pas de les éviter. Le secteur dans lequel il venait d'entrer foisonnait de grilles et il était hors de question de sacrifier le moindre kilomètre à l'heure en zigzags inutiles.

Dylan passa la quatrième et accéléra pour défoncer la première d'une longue série de grilles placées aux vingt ou vingt-cinq mètres sur toute la longueur d'une allée importante. Il n'était plus au niveau des ruelles minuscules qui bifurquaient à droite et à gauche tout en s'entrecroisant de manière démente. Ce secteur devait se situer en périphérie ou non loin de là, puisqu'il ne se composait que de longs tronçons de route.

Les impacts contre les obstacles métalliques se succédèrent en une cadence rapide qui se mit étrangement à ressembler au rythme d'une musique tribale.

CLING! CLANG! CLING! CLANG!

C'était une musique qui annonçait la liberté imminente.

– Justine! Comment ça va à l'arrière?

– Ozgur est mal en point. Son état est stable pour le moment, mais il n'est plus en état de combattre.

– Laisse Eli et Lex s'occuper de lui. J'ai besoin de toi pour manœuvrer le canon à effet de champ. Je crois que nous approchons des portes qui ferment l'accès aux Terres maudites et il y a fort à parier qu'elles vont être plus résistantes que ce que nous avons rencontré jusqu'à présent. Je veux que tu montes dans la tourelle et que tu te tiennes prête à les pulvériser.

– D'accord, j'arrive.

La jeune Ukkthas abandonna son ami, puis fonça vers l'échelle qui donnait accès au dôme blindé. C'était à partir de celui-ci que l'on pouvait manœuvrer l'énorme canon qui n'en était pas vraiment un puisqu'il n'était pas évidé de l'intérieur. Au lieu de dire « canon à effet de champ », il aurait mieux valu parler de « tige à effet de champ », mais l'arme en question portait ce nom depuis des temps immémoriaux et le terme était totalement passé dans le vocabulaire de tous les jours.

– Je vois la porte ! cria soudainement Dylan. Justine, il me faut ce canon en état de tirer dans vingt secondes maximum !

C'était trop court. Tous les deux le savaient.

– Je viens à peine de mettre le circuit primaire sous tension, rétorqua-t-elle. La charge va être trop faible pour causer le moindre dommage.

Droit devant eux se dressaient les portes séparant D'zyän des Terres maudites. Elles n'étaient pas l'œuvre des Hyaniss, mais plutôt des Trulags qui les avaient érigées en des temps reculés. Ces antiques géants bâtisseurs de villes avaient autrefois aidé les premiers Ukkthas à construire les remparts de la Cité-forteresse. Les battants de la double porte qu'ils avaient mis en place pour fermer l'accès aux Terres maudites étaient deux gigantesques constructions métalliques coulées dans un alliage de titane et de vanadium. Leurs faces respectives étaient ornées d'une représentation stylisée de Fasnère, l'Avatar du feu.

Dylan n'avait pas envie de faire demi-tour et de retourner se balader à l'intérieur de D'zyän pour donner le temps à Justine de compléter la séquence de chargement du canon. La possibilité de s'échapper venait de se présenter et il fallait absolument la saisir au vol.

– Je ne veux pas entendre ça ! Court-circuite le protocole, nom de Dieu ! S'il le faut, redirige toute l'énergie des systèmes auxiliaires vers l'accélérateur de charge.

– Comme vous voudrez, capitaine, mais on risque la panne si ça foire.

– Laisse-moi donc m'occuper des moteurs. Tout ce que je te demande, c'est de me faire un trou dans ces portes.

Justine se dépêcha de relever une série de commutateurs.

– OK ! Je redirige l'énergie des auxiliaires.

Les lumières s'éteignirent dans le tank. Seuls quelques voyants continuèrent de clignoter. Tout à coup, des centaines de cailloux se mirent à pleuvoir sur les flancs du *Mercurius*. Une foule de Hyaniss en colère s'était rassemblée près des portes et essayait vainement de dissuader les

Ukkthas de continuer sur cette route. Faisant fi de leur frustration, Dylan appuya à fond sur la pédale de l'accélérateur et fonça vers un monticule qui offrait une pente moyennement prononcée. Sa vitesse était suffisante pour que les six roues du véhicule décollent complètement du sol poussiéreux.

— Feu ! aboya-t-il dans son micro.

Justine visa en plein centre des portes et libéra la charge destructrice. Un trou de près de dix-huit mètres de diamètre apparut dans les portes qui, sous l'effet de la distorsion violente de l'éther onirique, se gondolèrent comme de la tôle. Le *Mercurius*, toujours en vol plané, passa au milieu de l'ouverture béante et retomba lourdement sur le sol rocheux et complètement dénudé des Terres maudites.

D'zyän était enfin de l'histoire ancienne.

Chapitre IX
Souvenirs engloutis

E N GUISE DE CONSOLATION pour leurs efforts, Ned et Janika s'étaient réveillés dans la chapelle de l'Institut psychiatrique d'Elgin avec tous les deux un énorme mal de tête et des élancements dans les muscles du cou. Ce qui s'était passé dans le Rêve, aux coordonnées oniriques correspondant à l'emplacement du corps de Raymond Hill, était tout à fait hors du commun. Cela n'avait rien à voir avec un réveil en sursaut typique qui se produisait habituellement quand un dormeur ou un onironaute chevronné passait par inadvertance au travers d'un banc de Réveilleurs. Ces spores microscopiques, transportées par les courants d'éther et apparentées de loin aux Rememiales, étaient de véritables nuisances dans certaines régions du Rêve, mais, en aucun cas, elles ne pouvaient être à l'origine de la déflagration qui les avait obligés à réintégrer de force leur corps physique. Les Réveilleurs n'agissaient pas ainsi. Quelque chose de beaucoup plus grave avait eu lieu. Une puissance incroyable avait été libérée. Une puissance d'un ordre de grandeur si élevé qu'elle avait accompli en une fraction de seconde ce que tous les meilleurs spécialistes de l'Orpheus n'avaient pu réussir en deux mois : libérer Raymond Hill de son état catatonique.

Les deux adolescents étaient retournés au comptoir de la réception de l'étage et avaient essayé en vain de convaincre l'infirmière déplaisante qui les avait accueillis plus tôt, que l'interné Hill était sorti de son mutisme. Bien qu'elle eût terminé avec succès sa grille de *sudoku* et eût dû s'en trouver ragaillardie, son humeur n'avait pas changé. Elle ne se gêna donc pas pour leur décocher à nouveau un regard suspicieux et bien leur faire comprendre qu'elle ne croyait pas un seul mot de ce qu'ils racontaient. Janika fut la première à se rendre compte que ce n'était pas très persuasif d'affirmer qu'un patient avait retrouvé sa lucidité sans qu'elle-même ait eu la chance de l'approcher directement pour le constater. Pourtant, c'était la vérité. La chipie, elle, ne voyait pas les choses du même œil. Avant qu'elle leur demandât de quitter les lieux, Ned et Janika finirent tout de même, à force d'insister, par lui faire rédiger une note pour le docteur Drake, le psychiatre responsable de Raymond Hill, et de la joindre au dossier du patient.

En dévalant le grand escalier principal menant à l'aire de stationnement, Janika ne put s'empêcher de penser que sa mission avait échoué. Rien ne s'était déroulé comme prévu. Sans l'aide de Raymond Hill, comment ferait-elle pour ramener Dylan dans son corps ? Le savoir scellé dans la mémoire de l'ancien thérapeute était une clé qui possédait le pouvoir d'ouvrir les verrous apposés sur plusieurs mystères. Or, la clé se dérobait. Janika n'avait pu parler à l'homme et encore moins dans la réalité onirique. On aurait dit que le destin avait décrété une sentence contre elle : tous ses efforts pour inverser le sort qui s'était abattu sur Dylan – et, par le fait même, sur tous les autres Ukkthas – devaient impérativement se heurter à un échec. Elle conservait néanmoins le faible espoir de reprendre contact avec le docteur Hill par le truchement du Rêve ou en demandant l'aide des spécialistes de l'Orpheus. Tôt ou tard, une possibilité se présenterait et elle finirait par l'interroger. Sinon, elle se mettrait elle-même à l'étude des arts obscurs associés à la science des Sorloks afin de comprendre comment Hill s'y était pris pour accomplir l'exploit de manifester et de stabiliser l'okhrom sur Terre. S'il fallait qu'elle mette son âme en danger pour ramener l'homme qu'elle aimait, elle était prête à affronter n'importe quel interdit ou anathème énoncé par l'Orpheus.

Tout en se dirigeant vers la voiture, Ned fit remarquer à son amie :

– T'as pas l'impression qu'il y a une drôle de vibration qui rôde dans l'air autour de cet endroit ? Je sais pas... on dirait qu'une sorte de malédiction pèse sur les environs.

Elle leva les sourcils. Ce n'était pas pour exprimer du désarroi à la suite de ce commentaire, mais plutôt parce qu'elle-même était tourmentée par des intuitions similaires.

— Il y a sûrement quelque chose qui ne tourne pas rond par ici. Je n'arrive pas à mettre le doigt dessus, mais je perçois très clairement une anomalie. Toi, qu'est-ce que tu ressens ?

— C'est difficile à décrire. Tout me semble plus lourd. C'est comme si l'air qui flotte dans les environs avait soudainement pris la consistance de la mélasse. Peut-être que si nous nous éloignons, les choses vont revenir à la normale ?

— Je n'en sais rien. En tout cas, je peux te dire qu'il y a des idées morbides qui planent sur cet endroit... ne flânons pas trop.

Ils retrouvèrent leur automobile et s'y installèrent sans rien ajouter. Ned prit le volant, ouvrit la radio, puis s'engagea sur la A96.

Une fois mêlé au trafic, il brisa le silence.

— Bordel ! Janika, je ne suis pas parano en temps normal, mais je te jure que j'ai encore cette impression que quelque chose de malsain est demeuré accroché à nous.

— Moi aussi, répondit-elle.

Elle sentait la peur l'envahir sans aucune raison valable. Tout ce qu'elle pouvait dire, c'était qu'elle n'arrivait plus à retrouver son état de vigilance sereine normal. Une angoisse sourde était en train de prendre son essor dans son être.

— Tu es en état de conduire ? demanda-t-elle. On a une longue route jusqu'à Aberdeen et je ne voudrais pas finir au fond d'un canal ou dans l'arrière-train d'une BMW parce que tu ne te sens pas dans ton assiette.

Ned hocha la tête.

— Ça pourrait aller mieux, mais, en gros, ça va. Même si elles me tracassent, ce n'est pas ces mauvaises vibrations qui vont me perturber au point de me faire perdre ma concentration. Ne t'inquiète pas pour ça. Changeons de sujet. Tu te souviens à quelle heure l'avion de Nilianna doit atterrir à Londres ?

Janika consulta l'horloge numérique sur le tableau de bord de la voiture.

— Vers deux heures quarante, je crois. Elle doit être arrivée... il est presque trois heures. De toute façon, elle avait un autre vol à prendre pour la ramener à Aberdeen. Je vais essayer de la joindre sur son cellulaire et lui demander de nous attendre à l'aéroport. Ça lui évitera de prendre un taxi.

Elle sortit son téléphone de la poche intérieure de son cardigan et appuya sur une touche pour composer automatiquement le numéro de Nilianna. Elle patienta quelques secondes et referma l'appareil.

— Son cellulaire est fermé. Je vais réessayer un peu plus tard.

— J'ai hâte de savoir comment se sont déroulées les choses dans le Temple de l'Ordre, dit Ned en effectuant un dépassement.

— Je me demande surtout comment elle réagira lorsque l'on va lui apprendre les derniers développements concernant l'état de santé du docteur Hill.

— Je ne sais pas. Mais s'il y a quelqu'un qui peut faire parler cet homme, c'est bien Nilianna.

L'océan du huitième secteur dépassait en superficie toutes les masses d'eau réunies des onze autres de l'univers onirique. L'immensité de cette plaine liquide n'avait d'égale que son incroyable profondeur. En guise de comparaison, les quelque onze mille mètres mesurés de la fosse des Mariannes, sur Terre, faisaient piètre figure devant les proportions de l'abysse qui existait dans le monde permanent du Rêve.

Eloik possédait bon nombre de phobies, mais la peur de l'eau n'en était pas une. Il envisageait avec excitation le voyage sous-marin auquel l'Ûrpûrû l'avait convié. Sous les flots reposaient des secrets qu'il était impatient de découvrir.

Dès qu'il eut mis la tête sous l'eau, il avait compris que ce nouvel environnement ne nécessitait pas plus que celui qu'il quittait de devoir respirer. L'air, tout comme l'eau, n'était qu'une illusion. La seule réalité était celle de l'éther onirique qui modifiait sa densité selon les régions et les forces en présence, mais qui conservait néanmoins sa caractéristique principale : nourrir en énergie mentale le corps du rêveur.

Lorsqu'il eut compris qu'il lui serait impossible de se noyer, le jeune combattant des cauchemars s'élança à la nage dans le sillage fluorescent qui s'étirait derrière l'Ûrpûrû. Ensemble, ils s'enfoncèrent sous les flots, bien au-delà de la limite où les derniers rayons des trois soleils arrivaient à percer les ténèbres. Eloik réalisa assez vite que cette absence de lumière importait peu puisque, arrivé à une profondeur respectable, des gerbes de cristaux multicolores étaient accrochées sur la plupart des surfaces et diffusaient une douce clarté aux couleurs chatoyantes qui illuminait les environs aussi loin que pouvait porter son regard.

Ils continuèrent de descendre en nageant au-dessus de ce qui ressemblait à un pré foisonnant de longues herbes jaunes et vertes qui ondulaient lentement d'avant en arrière. Parmi cette flore aquatique paissaient de grandes créatures bleues montées sur trois puissantes pattes. Elles étaient recouvertes d'arborescences de coraux, d'algues et de petits mollusques. Leurs têtes, qui disparaissaient presque sous les amoncellements de parasites, étaient munies de trois ou quatre trompes protractiles qui fouillaient parmi les herbes du pré à la recherche d'une nourriture qu'Eloik ne pouvait voir. Il n'en avait pas conscience, mais il était en présence de Phenphakhods des profondeurs, ceux-là mêmes qui, en l'absence des Caméléommes, avaient été choisis pour assurer la régence du huitième secteur.

L'Ûrpûrû passa son chemin sans ralentir, l'entraînant toujours plus profondément vers ce qu'Eloik souhaitait de tout son cœur être la cité secrète des Caméléommes. Ce dernier ne savait pas combien de temps il lui faudrait pour s'y rendre, mais se dit qu'il devrait penser à se réveiller bientôt. Voilà certainement quelques heures qu'il sommeillait. Tout en gardant un œil sur la traînée fluorescente produite par son guide, il fit apparaître son Modèle de base au creux de sa paume droite. Le petit objet de navigation onirique pourrait lui indiquer le temps exact qu'il avait passé dans le Rêve en convertissant en temps terrestre les pulsations de la balise temporelle. À son plus grand désarroi, il vit son Modèle de base s'autodétruire. La tige centrale n'émettait plus aucune lumière et paraissait complètement tordue. En temps normal, les deux anneaux superposés étaient recouverts de glyphes scintillants, mais ils n'étaient plus que des morceaux carbonisés qui se désagrégèrent comme de la cendre emportée par le vent. L'objet virtuel disparut de sa main. Il tenta de l'évoquer de nouveau en prononçant la formule habituelle : « Modèle de base », mais cela demeura sans effet. Quoi qu'il ait pu se produire, cela ne pouvait qu'indiquer que le lien entre la Terre et le Rêve avait subi de graves dommages. S'il n'avait pas eu à compléter sa mission, il se serait immédiatement mis à analyser plus avant ce phénomène pour tenter d'en comprendre l'origine. Quelque chose lui disait que la disparition de la Source du Rêve n'y était pas étrangère. Peut-être, en cherchant parmi les archives des Caméléommes, pourrait-il trouver les réponses à ses questions sur l'emplacement actuel de la Source et découvrir, par la même occasion, un lien de causalité entre ces deux événements?

La descente se poursuivit. Ils croisèrent des assemblées de Néréides alcyonées, créatures d'apparence angélique, presque féminine, dont la partie inférieure du corps formait une espèce de robe luminescente qui faisait immanquablement penser à l'ombrelle d'une méduse. La mythologie onirique prétendait que leur apparition était un présage de paix et de calme.

Encore plus profondément, ils traversèrent d'immenses champs de ruines d'origine inconnue parmi lesquelles nageaient des myriades de poissons aussi minces que des feuilles de papier.

Ils arrivèrent finalement au-dessus d'une grande crevasse obscure dont le périmètre était entouré de longs rubans d'algues semblables à du varech. Elles flottaient à la verticale et elles étaient disposées de manière à former un voile végétal qui dissimulait presque entièrement ce qui se trouvait derrière. L'Ûrpûrû alla se poser sur le fond marin, juste au bord de la faille, là où les algues avaient fixé les crampons de leurs thalles. Eloik le rejoignit en se demandant ce qui se passait. Pourquoi s'était-il arrêté ici? Ils ne pouvaient vraisemblablement pas être arrivés à destination puisqu'il n'y avait aucun

Caméléomme en vue ni davantage de ville sous-marine.

Il s'approcha de son guide en prenant soin de rester à l'affût d'un quelconque indice pouvant le renseigner sur les raisons de leur présence en ce lieu. L'être miroitant le laissa avancer, puis se retourna et, de ses deux mains argentées, il se fraya un chemin à travers le rideau d'algues. Eloik lui emboîta le pas pour se retrouver quelques instants plus tard au bord du gouffre qu'il avait repéré lors de la descente. L'Ûrpûrû pointa son bras en direction des ténèbres. Vues de cet endroit en surplomb, elles paraissaient effrayantes. Eloik avait l'impression de se tenir à l'extrême limite d'un précipice se jetant dans l'infini. Il comprenait parfaitement ce que son guide voulait exprimer par son geste, mais il se prit à hésiter. Pourquoi fallait-il immanquablement qu'il affronte ses plus grandes peurs pour obtenir ce qu'il voulait ? N'y avait-il pas un moyen plus facile de parvenir au même résultat ? Il aurait tant voulu que Nilianna soit près de lui pour le rassurer ou pour simplement lui rappeler les bases de son entraînement onirique. Ici, seul, face à ses phobies les plus persistantes, il avait le sentiment de ne pas être à la hauteur. Nilianna lui aurait probablement dit que c'était en affrontant ses propres craintes que l'homme parvenait à façonner son caractère, ou une sage parole du même acabit. Lui-même connaissait ces simples vérités, mais c'était une chose de les entretenir dans son esprit et une autre de les mettre en pratique. Il savait qu'il devait mûrir et résister à la tentation d'aller se réfugier dans les jupes de son mentor au moindre signe de difficulté.

Tandis que les réflexions se bousculaient dans sa tête, l'Ûrpûrû surprit Eloik en se jetant dans le gouffre. La longue traînée fluorescente l'accompagna dans sa chute. Eloik se dit qu'il devait prendre sa décision maintenant, car il perdrait bientôt son guide de vue. Il serra les poings, fixa son regard sur les particules de lumière qui formaient le sillage de l'Ûrpûrû et s'élança tête première à la suite de l'étrange créature.

Ce n'était pas si terrible que ça après tout. Il s'agissait seulement de rester concentré sur le point de lumière qui indiquait la présence de son guide, et alors le reste de l'immensité perdait un peu de son aspect menaçant. Prenant de plus en plus d'assurance, Eloik se mit à nager plus rapidement afin de rattraper son prédécesseur. À grands coups de brasse et battant vigoureusement des pieds, il finit par se porter à la hauteur de l'Ûrpûrû. Il était sur le point de le saluer lorsque son guide choisit ce moment pour disparaître.

Eloik poussa un hurlement de pure terreur. Il était dans le noir complet. Un mouvement de panique s'empara de lui et il passa à deux doigts de se réveiller. Par réflexe, il se mit à nager dans la direction qu'il croyait être le haut. Il s'énervait en vain, car dans les ténèbres il n'y avait plus ni haut ni bas ni même de droite ou de gauche. Il n'y avait que lui complètement perdu. Lui seul face à face avec sa peur du noir. Qu'allait-il faire à présent ? Il ne pouvait pas abandonner si près du but. Soudain, il repensa à ce que Dylan lui avait dit lorsqu'il était allé lui rendre visite au chantier de la Cité-forteresse. Son ami lui avait parlé des ténèbres qui protégeaient la cité des Caméléommes. Il lui avait dit quelque chose au sujet de la manière dont il fallait s'y prendre pour percer le voile obscur. Eloik se calma et mit en pratique les leçons de Nilianna sur le contrôle des émotions. Il cessa de penser à l'endroit où il se trouvait et qui éveillait la peur chez lui, pour s'appliquer à retrouver dans sa mémoire les paroles exactes qu'avait prononcées Dylan avant qu'il ne le quitte.

« La grande noirceur qui règne dans les abysses inexplorés recèle une parcelle de lumière que seuls les plus courageux, les plus honnêtes face à eux-mêmes, sont capables de trouver. »

De manière étrange, ces paroles éveillèrent chez lui un sentiment de paix. Il les répéta à plusieurs reprises dans son esprit comme un mantra, et bientôt l'espoir de s'en sortir s'éveilla en lui. Les choses devinrent plus claires. Cette obscurité qui l'entourait était en fait la représentation du désespoir qui accompagnait la peur. La lumière dont parlait Dylan n'appartenait pas à une source extérieure, mais tirait son origine de la lueur d'espoir qu'il devait s'efforcer de faire naître, de nourrir et d'embraser dans son propre cœur pour faire face aux illusions provoquées par la peur.

Lorsqu'il eut enfin assimilé cette notion, comme par enchantement, l'Ûrpûrû réapparut. Il se trouvait à moins de deux mètres de lui. Sa forme gracieuse se découpait au milieu de la lumière qui émergeait d'un portail de translation. Eloik vit alors, par-delà l'embrasure ovale, le spectacle saisissant des milliers de points de lumière qui ornaient les splendides tours de Kamelem'Vhäd. Une joie profonde et sincère s'empara de lui. Il avait presque envie de serrer l'Ûrpûrû dans ses bras, mais se rappela juste à temps combien ces créatures étaient fragiles. Il se contenta de le saluer, puis il franchit le seuil du portail qui se referma derrière lui.

Il nagea en direction de la tour la plus imposante et la plus illuminée. C'était assurément le cœur de la ville, là où devait se trouver le palais du Prince Mathraël. C'était ce souverain qui avait ordonné la création des boomlights et chargé ses messagers de les lui remettre en mains propres lors de son périple initiatique dans les îles Thorgaliq. Eloik se souvenait de ce moment magique où le messager caméléomme, debout dans sa barque enchantée, avait levé les bras en direction des lunes jumelles et emprisonné leur lumière à l'intérieur des armes. Il se souvenait aussi qu'il n'avait jamais pu remercier le Prince pour cet inestimable cadeau. Or, aujourd'hui, l'occasion lui en était donnée.

Bientôt, un groupe de huit Caméléommes se joignit à lui.

– Sois le bienvenu, Eloik MacMillan, dit une voix qui parlait directement à l'intérieur de sa tête. Nous attendions ta venue.

Usant du même mode de communication, Eloik engagea la conversation avec eux.

– Merci de m'accueillir. J'arrive de loin et j'ai parcouru un chemin tortueux avant de parvenir jusqu'ici. Auriez-vous l'amabilité de me conduire jusqu'à la salle contenant vos archives ? Il en va de la survie de la Source.

– Oui, sans problème. Toutefois, il faudra, avant d'entamer ta visite, voir le prince Mathraël, car ce serait un manquement grave à nos usages de ne pas rendre hommage à notre souverain. Laissez-nous vous mener au palais.

Eloik accepta de bon gré de se plier à ce protocole et continua de nager en leur compagnie jusqu'à l'entrée du palais, située à la base de la tour qui avait attiré son attention. C'était une construction d'une élégance sans pareille. Un édifice dont l'esthétique célébrait à la fois la simplicité des formes et le génie créatif des artisans qui avaient su le décorer de manière subtile.

Le groupe de Caméléommes qui l'accompagnait le précéda à l'intérieur du long corridor traversant le vestibule menant à la salle du trône. Ils s'arrêtèrent devant une cloison en forme d'ogive fermée par un diaphragme à lamelles coulissantes. Deux sentinelles armées de glaives de l'Ansheleth'Sair montaient la garde de chaque côté de la porte. Elles ne bronchèrent pas jusqu'à ce que l'un des Caméléommes se détache du reste du groupe et se mette à communiquer avec les soldats en utilisant le langage naturel de sa race. Des pulsations lumineuses colorées dansèrent rapidement à la surface de sa peau pour former des motifs fugaces. Les sentinelles firent de même en laissant apparaître sur leur épiderme des impulsions de couleurs rythmées qui faisaient contrepoint au phrasé visuel de leur interlocuteur. Finalement, l'un des deux gardes posa sa main palmée sur la commande d'ouverture du diaphragme et fit signe au groupe de passer.

La salle du trône de Kamelem'Vhäd ne ressemblait pas du tout à l'idée que s'en faisait Eloik. Il s'était imaginé une architecture apparentée à ce que l'on pouvait rencontrer dans les cathédrales gothiques. Or, il découvrait une salle sculptée dans une perle unique. Il retrouvait, dans des proportions plus modestes, la cité de Thera'Vhäd.

La salle du trône était creusée à l'intérieur de la nacre blanche pour former une enceinte arrondie aux parois parfaitement lisses. Au sol, une allée de corail rouge de porphyre menait au trône posé sur un socle circulaire comportant trois degrés. Eloik s'y engagea en adoptant une allure qui empruntait autant à la nage qu'à la marche. Derrière lui et sur ses flancs, ses huit compagnons se positionnèrent pour former une haie d'honneur qui ne manqua pas d'attirer l'attention des six conseillers qui siégeaient de part et d'autre du trône. Eloik ne se laissa pas déconcentrer et continua d'avancer vers la silhouette noble du prince Mathraël qui était assis et le regardait approcher, une lueur d'amusement dans les yeux.

Lorsque Eloik et sa suite ne furent plus qu'à six mètres du trône, un garde personnel du Prince fit signe au jeune homme de s'arrêter et de s'agenouiller. Eloik obéit en posant un genou au sol et, pour démontrer à la fois sa déférence et son appartenance à la tradition de l'Ansheleth'Sair, il plaça ses boomlights devant lui.

— Je suis Eloik MacMillan et je viens vous présenter mes respects, Prince, dit-il en faisant usage du langage commun. Je tenais aussi à venir vous remercier en personne pour m'avoir fait don de ces armes. Elles me sont d'une aide précieuse.

— Relève-toi, Eloik. Sache que, par la grâce des Andrevals, ton nom nous est familier et que nous t'estimons beaucoup. Nous savons que tu appartiens à cette noble lignée d'humains qui sont dignes de recevoir ces armes d'exception pour mener à bien le combat contre les forces du Chaos.

Il fit une pause tandis qu'Eloik acceptait humblement l'éloge. Puis, le Prince posa la question qui brûlait les lèvres de tous ses conseillers :

— Dis-moi, Eloik, quelle est donc la raison qui te mène jusqu'à nous aujourd'hui ? Tu dois savoir que nous sommes un peuple pacifique presque entièrement coupé du monde extérieur. Il est rare que nous recevions des visiteurs humains. Lorsqu'ils prennent contact avec nous, c'est pour des raisons de la plus haute importance.

– Mon prince, répondit Eloik, je ne peux vous cacher que je suis ici pour accomplir davantage qu'une simple visite de courtoisie. La Source du Rêve a été kidnappée sous mes yeux sans que je puisse rien faire pour la secourir. Comprenez, Majesté, que j'avais été désigné pour la protéger de ses ennemis et que, malgré tous mes efforts, je n'ai pu accomplir correcte- ment ma mission. Il est donc de mon devoir de lui venir en aide et, à force de persévérance, la libérer de ses ravisseurs. Pour accomplir cela, je dois découvrir l'endroit où ils l'ont séquestrée et...

– Tu as besoin d'utiliser la Mémoire aka- shique, continua le souverain. N'est-ce pas?

– Oui, Majesté. La réponse doit se trouver à l'intérieur de vos archives.

– Les ravisseurs dont tu parles, appartien- draient-ils à l'Ordre Noir nazi?

– En effet, ce sont eux. Je les ai vus emme- ner la Source affaiblie à bord d'un de leurs véhicules interdimensionnels.

Le prince des Caméléommes prit une ex- pression sévère.

– Nous ne les connaissons que trop bien. Ces barbares ont ravagé de grandes sections de la

Mémoire akashique qui ont trait aux rêves du passé. Bien que cette Mémoire ne se limite pas qu'aux rêves, car elle couvre tous les aspects de la réalité, il se peut que, par leur faute, des données cruciales sur l'Histoire onirique aient disparu à jamais. Si cela peut t'aider à accomplir ta mission, alors je t'autorise à poursuivre tes recherches dans nos archives. Peut-être pourras-tu découvrir le moyen de sauver la Source et ainsi de réparer la trame du Rêve ?

Eloik s'inclina et récupéra ses boomlights qu'il replaça dans son dos, à l'intérieur de leurs fourreaux respectifs.

– Merci, Majesté…

– Katsinam !

– Mon Prince ? répondit le Caméléomme qui se trouvait légèrement en retrait à la droite d'Eloik.

– Tu accompagneras notre hôte jusqu'au sanctuaire de Mnemia. Là, tu lui apporteras toute l'assistance dont il aura besoin pour trouver les informations qu'il recherche.

– Il en sera fait ainsi, Majesté.

Eloik s'inclina une dernière fois et prit congé de Mathraël.

Toujours accompagné par les huit Caméléommes, il retraversa en flottant le couloir du vestibule. Une fois à l'extérieur, sept d'entre eux le saluèrent, puis se dispersèrent dans les courants ascendants qui menaient aux autres quartiers de la ville sous-marine. Il n'en restait plus qu'un.

– Tu dois être Katsinam ?

– Oui. Tu ne te souviens pas ? Je suis celui qui t'a souhaité la bienvenue lors de ton arrivée.

– Oh ! Désolé. Je ne suis pas habitué. Pour moi, vous vous ressemblez tous.

Le Caméléomme plissa les yeux. C'était sa manière d'exprimer son amusement.

– Ce n'est pas grave. Il en va de même pour moi avec les humains. Viens, je vais te conduire au sanctuaire de Mnemia.

Avec quelques battements de ses jambes munies de nageoires, Katsinam s'éleva dans l'élément liquide pour atteindre le courant principal et ainsi voyager plus rapidement au-dessus de la ville. Eloik l'imita et ils furent emportés au loin. Après un intervalle de temps relativement long, qui se déroula dans le silence, Eloik se rapprocha de Katsinam.

– Il y a une question qui me tracasse à propos de votre ville. Je peux te la poser ?

– Bien sûr.

– Comment avez-vous réussi à échapper aux attaques du Cauchemar ? Qu'est-ce qui empêche les armées de Küwürsha de lancer des expéditions pour vous retrouver au fond de l'océan ?

Katsinam attrapa le bras gauche d'Eloik pour l'entraîner dans un courant secondaire descendant qui menait dans les environs du sanctuaire. Tout en se laissant descendre vers leur objectif, le Caméléomme lui répondit :

– Après la destruction d'Ang'Vhäd, notre cité flottante, par l'arsenal et les troupes du général Imkatho, un grand génocide s'ensuivit. Nous étions constamment traqués par le Cauchemar. Cela a provoqué un schisme parmi les survivants de notre peuple. Il y avait ceux qui voulaient se battre en cherchant refuge dans des régions oniriques inexplorées ou inhospitalières. Il y avait aussi ceux qui n'en pouvaient plus de toute cette violence et qui préférèrent se replier sur eux-mêmes afin de sauvegarder notre culture et nos traditions. Kamelem'Vhäd est le résultat de cette décision. Nous, qui avons choisi de vivre à l'écart du Monde onirique, avons pris soin de mettre en place des mesures de sécurité impénétrables pour justement éviter que les forces du Cauchemar puissent perpétrer contre nous un nouveau massacre. Quand bien même ils connaîtraient l'emplacement de la crevasse sous-marine menant à notre nouvelle cité ou même s'ils disposaient d'une profusion de combattants, ils ne pourront jamais entrer ici. La raison en est simple : ces créatures sont toutes esclaves du Cauchemar et, par conséquent, elles ne connaissent pas l'espoir ni la lumière intérieure que cette émotion peut faire naître dans le cœur. Étant donné qu'elles ne croient en rien et refusent de s'ouvrir à la lumière, elles demeurent prisonnières des ténèbres dont tu as fait l'expérience. Leurs recherches sont donc éternellement vouées à l'échec. D'ailleurs, si tu veux mon avis, je crois que nous ne faisons plus partie de leur liste de priorités. Je crois que pour les forces du Cauchemar, la grande nation des Caméléommes a littéralement sombré dans l'oubli.

— Ce n'est pas le cas de vos compatriotes qui sont demeurés à la surface, lui fit remarquer Eloik. Ils ont fait en sorte de laisser une marque indélébile et douloureuse dans la mémoire des Narkhys lors de la récente bataille du Mur de Foudre.

— Je ne le savais pas, mais je suis heureux de l'apprendre. Après tout le mal que ces Narkhys ont infligé à notre peuple, ce n'est qu'un juste retour du balancier s'ils goûtent enfin à leur propre médecine aux mains de nos guerriers.

Le sanctuaire de Mnemia se trouvait juste sous eux. L'édifice, qui avait l'aspect d'une pyramide relativement plate, presque écrasée sur elle-même, avait été construit au fond d'une dépression rocheuse en forme de cuvette. Ils se posèrent sur la volée de marches qui menait au parvis du temple.

— On dirait que nous sommes dans une arène, commenta Eloik en jetant un coup d'œil panoramique sur les parois rocheuses évasées comme celles d'un cratère. J'aurais plutôt cru que la place d'un sanctuaire dédié à la mémoire aurait été située en hauteur.

— Il n'est pas nécessaire qu'un lieu sacré soit posé au sommet d'une montagne pour qu'il puisse briller. N'est-ce pas plutôt la fonction spirituelle qu'il occupe et ce qu'il renferme qui lui donnent sa valeur ?

Eloik sourit. Cette remarque lui rappela que les Caméléommes n'avaient pas volé leur réputation de philosophes.

– Qu'est-ce qui te fait sourire ? demanda la créature aquatique.

– C'est ce que tu viens de dire. C'est exactement le genre de réponse auquel je me serais attendu de la part d'un Caméléomme.

Katsinam plissa les paupières pour signifier qu'il saisissait l'humour léger de la plaisanterie.

– Si nous avions plus de temps, Eloik, je te ferais faire le tour de la ville. Tu découvrirais que notre culture comporte plusieurs facettes et que la philosophie peut s'exprimer à travers d'innombrables activités. Et, si je perçois bien le sous-entendu, je t'assure que nous savons manier tout aussi bien que les humains la comédie et le sens de la dérision.

– Je n'en doute pas. Lorsque l'occasion sera plus propice, il me fera plaisir de revenir le constater par moi-même. Pour le moment, comme tu le dis si bien, le temps est compté. La Source a besoin d'aide.

Ils gravirent les marches du large escalier qui menait à la base du premier degré de la pyramide. Droit devant eux, une large entrée rectangulaire fortement illuminée permettait d'accéder à l'intérieur. Katsinam fit signe à Eloik de ne pas se précipiter.

– Ne t'approche surtout pas du centre du hall avant que je te le dise. On ne peut accéder à Mnemia qu'en hyperrêve.

— D'accord, fit le jeune homme en hochant la tête. Je suis sûr que tu sais ce que tu fais.

Ils franchirent à la nage le seuil pour découvrir un vaste plancher de marbre noir percé en son centre d'une ouverture circulaire d'où émergeait un dôme lumineux. La blancheur qui s'en échappait était à ce point immaculée qu'il était pénible de poser le regard sur sa surface.

— Tu vois cette forme arrondie qui brille comme un soleil ? demanda le Caméléomme. C'est l'unique partie émergente de Mnemia. Le reste est enfoui dans les fondations du sanctuaire. Approche-toi lentement et suis mes instructions. Tout autour du dôme, il y a des excroissances qui ressemblent à des vers de lumière. Va te positionner sous l'un d'eux et détends-toi. Ce sont des polypes-interfaces. Tu n'as rien à craindre.

— À quoi servent-ils ?

— Ils vont te mettre instantanément en état d'hyperrêve et te permettre d'accéder à nos archives. Nous serons alors identiques à des impulsions électriques voyageant dans un cerveau de taille inimaginable contenant dans ses neurones toute la mémoire du réel.

— La Mémoire akashique, c'est bien ça ?

— C'est le nom qu'on lui donne parfois. Mais tu as raison, Mnemia est la Mémoire akashique. Grâce à l'état d'hyperrêve, nous pourrons nous déplacer aisément en elle. Tu as déjà expérimenté l'hyperrêve ?

Eloik haussa les épaules.

— Non. Jusqu'à maintenant je me suis contenté de demeurer de ce côté-ci de la réalité onirique.

— Tu ne la quitteras pas vraiment. Tu seras tout simplement projeté vers l'extrême limite du Rêve, en plein cœur de l'Océan lumineux qui fait office de frontière finale entre notre monde et le Grand Abîme.

— Ça me semble un peu dangereux…

— Au contraire. C'est tout à fait sécuritaire et même très agréable. Maintenant, fais comme moi et va te placer sous le polype. Nous nous retrouverons à l'intérieur de Mnemia.

Eloik fit comme Katsinam le lui demandait et s'approcha avec précaution de la chose brillante qui ressemblait à un tentacule dressé à la verticale dont l'extrémité se recourbait vers le bas. À peine fut-il placé sous le polype que ce dernier l'avala tout rond. On aurait dit qu'une gaine de lumière venait d'être coulée sur son corps onirique.

La transition en hyperrêve fut instantanée. Eloik n'eut même pas la sensation de s'endormir. Tout ce qu'il perçut fut un léger frisson et un bref moment de désorientation lorsqu'il découvrit son nouvel environnement. Tout autour de lui, à perte de vue, il y avait des rayonnages qui s'étendaient autant à droite qu'à gauche, en haut comme en bas, ainsi qu'à l'avant et à l'arrière. La couleur blanche était omniprésente et n'était interrompue que par le scintillement turquoise des trillions de cellules mémorielles placées en rangs serrés sur les rayons d'archives.

Il comprit rapidement qu'il venait d'être transporté au beau milieu de l'infini.

Katsinam, son guide, demeurait invisible. Sans son aide précieuse, Eloik ne savait pas comment il devrait s'y prendre pour commencer ses recherches. Toutes les cellules mémorielles présentaient la même forme ovale identique. Il n'y avait aucun point de repère ni même le moindre indice indiquant un quelconque ordre de classement de l'information. Il appela le Caméléomme par son nom, mais seul l'écho de sa voix lui répondit.

Eloik était sur le point d'abandonner lorsqu'il entendit un bruit provenant de la droite. Cela ressemblait à des gémissements et des pleurs d'enfant. Il se rappela alors la dernière fois où une chose pareille s'était produite durant une excursion onirique. Le visage d'ange de Laura Coylton lui revint en mémoire. Il la revit faire le tour d'un arbre desséché en versant le contenu sanglant d'une urne. Se pouvait-il qu'elle se soit matérialisée une nouvelle fois pour l'induire en erreur ? Il en doutait fort. Pourtant, sa curiosité prit le dessus et il décida de se laisser guider par les pleurs afin d'en découvrir l'origine.

Les sons se rapprochaient. Il ne devait plus se trouver très loin. Il continua d'avancer entre les rangées de cellules mémorielles jusqu'à ce que, finalement, une ombre sur sa droite attire son attention. Ce qu'il vit alors le cloua littéralement sur place. Entre deux rayons d'archives se déroulait une scène à peine croyable. Dans une chambre d'enfants, plongée dans la pénombre, un homme blond, qui lui tournait le dos, se tenait au pied du lit d'un petit garçon. L'homme parlait avec véhémence et agitait le poing contre une créature faite de fumée et de braises. Les paroles échangées étaient inintelligibles en raison du vent violent qui s'engouffrait dans la chambre par la fenêtre ouverte. Couché dans le lit, le petit garçon paraissait faire un horrible cauchemar. Eloik l'observa attentivement. Il ne pouvait y avoir de doute : cet enfant, c'était lui. Il ne devait pas avoir plus de quatre ans. Quant à l'homme qui invectivait la créature cauchemardesque, c'était ni plus ni moins que Craig MacMillan… son père.

— Papa ! Je suis ici ! C'est moi, Eloik !

Il eut beau crier de toutes ses forces en l'appelant par son prénom afin qu'il se retourne, sa voix ne portait pas. Il réalisa que tout cela n'était qu'une représentation d'un événement passé auquel il ne pouvait plus rien changer. Eloik s'approcha quand même de l'action jusqu'à y pénétrer entièrement. Il devint soudain un spectateur invisible sur les lieux d'une scène cruciale de son enfance. Le souvenir exact de la plupart des détails demeurait bloqué, mais il se souvenait à la perfection d'une chose en particulier et c'était l'aspect terrifiant de la créature qui faisait face à son père. Aussi loin qu'il pouvait se rappeler, elle était apparue à plusieurs reprises dans les cauchemars récurrents qui l'avaient harcelé tout au long de sa vie. Eloik se prit à penser que ce qu'il avait sous les yeux était peut-être l'enregistrement akashique de la première apparition de ce monstre dans sa vie. Quoi qu'il en soit, il ne pouvait concevoir que cet « enregistrement » soit une représentation fidèle de ce qui s'était réellement déroulé au cours de cette nuit funeste. De telles créatures n'existaient que dans le Cauchemar... c'était du moins ce que son esprit rationnel s'efforçait de valider.

Tout à coup, le monstre de fumée et de feu s'élança par la fenêtre ouverte de sa chambre et se dissipa dans la nuit étoilée. Eloik vit le simulacre de son père la refermer, puis se retourner vers l'enfant... vers celui qu'il avait été. L'homme était blême. Son visage exprimait le plus grand désarroi et les larmes qui coulaient sur ses joues ne faisaient qu'accroître cette impression. Il s'assit sur le bord du lit et se mit à pleurer en silence pour ne pas réveiller son fils, enfin calmé. Son corps était secoué par les sanglots. Eloik, qui assistait impuissant à cette scène dérangeante, aurait voulu en cet instant traverser le temps pour consoler son père. Après quelques secondes, Craig s'essuya les yeux du revers de la main, borda tendrement l'enfant assoupi et posa un baiser sur son front. L'homme chuchota quelques paroles inaudibles à l'oreille de son fils, puis il sortit de la chambre en refermant la porte.

Au même moment, la main palmée de Katsinam se posa sur l'épaule gauche d'Eloik, encore absorbé par ce qu'il voyait. Il sursauta légèrement au contact de la peau écailleuse, puis il fit signe à son guide de regarder ce qui se passait devant lui.

— Tu vois cet enfant qui dort ? lui dit-il, en se tournant vers lui. C'est moi quand j'avais à peu près quatre ou cinq ans.

— Il n'y a rien devant toi, Eloik.

— Quoi ?

Il se retourna pour constater que son compagnon disait vrai. Le souvenir s'était évaporé.

— Je te jure qu'il y avait quelque chose ici juste avant que tu arrives.

— Je te crois. Tu as sûrement été témoin d'une petite anomalie dans la matrice de Mnemia. Depuis les ravages causés par l'Ordre Noir dans les sections oniriques, il se produit des bizarreries aléatoires qui apparaissent sans que l'on puisse en déterminer la raison. Ne te tracasse pas pour ça. Nous allons finir par trouver un moyen d'y remédier.

— Parfait. Justement, un bon pas dans cette direction serait de retrouver la Source. Qu'en dis-tu ?

— C'est exactement ce que j'allais te proposer. Reste près de moi et dis-moi seulement par où tu veux commencer les recherches. Mnemia va nous acheminer au bon endroit si nous lui présentons des requêtes claires.

Eloik alla se placer à côté de son guide.

— La première chose qu'il faut retrouver, c'est la période onirique correspondant à la bataille du Mur de Foudre. C'est à ce moment-là que la Source a été enlevée.

— Commençons donc par cette information. Nous pourrons être plus précis à mesure que nous ferons le tri parmi ce qui est pertinent et ce qui ne l'est pas. Tu es prêt?

— Oui.

— Alors, concentre ton esprit sur la bataille du Mur de Foudre. Visualise-la du mieux que tu le peux.

Eloik fit naître les images dans son esprit avec une facilité étonnante. Était-ce le fait de se trouver à l'intérieur de la Mémoire akashique qui donnait à son imagerie mentale une telle richesse de détails, ou bien était-ce simplement l'excitation qui accompagnait son sentiment de toucher au but de sa mission? Une chose était sûre : sa propre mémoire devait être en pleine extase. Jamais de sa vie il n'avait réussi à visualiser les choses de manière aussi limpide.

Tout à coup, une force invisible les tira, lui et Katsinam, vers l'arrière. Ils filèrent à une vitesse folle à travers les rayons et couvrirent une distance difficile à évaluer. Ils continuèrent ainsi pendant un bref moment, puis le mouvement cessa aussi brusquement qu'il avait démarré. Les deux compagnons se trouvaient dans une section de la Mémoire akashique qui présentait des signes évidents de destruction. Derrière eux, des pans entiers de rayonnages avaient laissé la place au vide. Il n'y avait plus que du blanc.

Katsinam jugea bon de commenter la situation.

— Nous sommes à l'endroit même où les derniers rêves du passé ont été effacés. Tu vas devoir affiner ta requête, conseilla-t-il en lui indiquant les cellules mémorielles. Il y a beaucoup trop d'options offertes. Pense à un nom ou à un objet.

En effet, sur les rayons de la rangée qu'ils avaient atteinte et qui s'étendait de gauche à droite de leur position, tous les ovoïdes lumineux des cellules mémorielles clignotaient à l'unisson.

— Oui, je me concentre.

La physionomie rondouillette de Karl Hencke, l'officier nazi qui supervisait l'enlèvement de la Source, apparut clairement dans l'esprit d'Eloik. Aussitôt, la même force qui les avait tirés vers l'arrière les entraîna brutalement vers la gauche. Ils stoppèrent à nouveau. Cette fois-ci, ils se trouvaient devant une section qui ne comportait plus qu'une seule colonne de cellules clignotantes.

— Sois plus précis encore.

Le jeune combattant des cauchemars visualisa alors Hencke en train de sortir de son *Haunebu* avec son escorte et de s'emparer du corps frêle de la Source. Dès l'instant où il fixa l'image dans son esprit, la force invisible les propulsa vers le sommet de la colonne.

— Bravo ! s'écria Eloik en constatant qu'il n'y avait plus qu'une seule cellule qui scintillait. Qu'est-ce que je fais maintenant ?

— Pose ta main sur la lumière. La mémoire va se déployer autour de nous.

Eloik appuya sa paume sur l'ovale turquoise et attendit la suite des événements. Il n'eut pas à patienter très longtemps. Autour d'eux, la scène de l'enlèvement, qui s'était produite à l'intérieur de l'octaèdre en pleine décomposition du Mur de Foudre, s'étala avec un réalisme stupéfiant. Comme cela avait été le cas avec le souvenir d'enfance dont il avait été témoin quelques instants plus tôt, Eloik s'aperçut que son guide et lui ne pouvaient agir directement sur les actions en cours. Ils n'étaient que des fantômes qui devaient se contenter de regarder.

Ils observèrent les soldats nazis s'emparer de la Source pour ensuite la déposer avec précaution sur une civière. À leur gauche, ils virent Karl Hencke jeter un regard méprisant vers le double d'Eloik en claquant sa paire de gants dans sa main droite. L'officier s'esclaffa bruyamment et remonta à bord du *Haunebu*. Katsinam et Eloik le suivirent.

— Tu es sûr qu'ils ne peuvent pas nous entendre ?

— Ce n'est qu'un souvenir, Eloik. Même s'il paraît extrêmement réel, il est tout à fait impossible d'interagir avec ce qui s'y déroule.

La Source fut transférée de sa civière à un caisson translucide ressemblant à un cercueil sous lequel couraient de grosses couettes de fils. Hencke prononça un ordre en allemand à l'intention du pilote qui était relié par les capteurs intégrés à son siège au moteur symbiote de l'appareil. Un portail de translation s'ouvrit et le *Haunebu* s'y engouffra.

La translation ne dura qu'une fraction de seconde. Le *Haunebu* avait à la fois franchi le temps, l'espace et la frontière séparant le Rêve de la réalité matérielle.

— Intéressante, cette machine, commenta Katsinam. Je serais curieux de savoir comment ces barbares de l'Ordre Noir ont pu développer une technologie aussi radicale.

Eloik, les yeux fixés sur l'image apparue sur le tableau de bord principal, lui répondit sans se détourner :

— Je n'en sais rien. Pourtant, quelque chose me dit que le prix à payer en échange d'un tel pouvoir sur l'espace et le temps doit être astronomique.

Il montra du doigt l'écran panoramique placé devant le pilote.

— Regarde ces coordonnées. On dirait bien une date et un lieu géographique.

— Désolé, je suis incapable de lire l'écriture humaine. Peux-tu me les traduire ?

— Je vois une série de chiffres qui indique 03.01.2007. C'est la date terrestre correspondant à la Bataille du Mur de Foudre. Juste sous ces chiffres, il y a une coordonnée qui s'actualise en temps réel et qui indique quatre-vingt-huit degrés Nord... attend, c'est maintenant quatre-vingt-dix degrés Nord. Je crois bien qu'on est au pôle Nord. Qu'est-ce que les nazis peuvent bien fabriquer dans un endroit pareil ?

L'image qui montrait le paysage extérieur semblait confirmer la déduction d'Eloik. Malgré la nuit qui régnait, il pouvait distinguer quelques reflets qui laissaient deviner qu'un immense champ de glace se trouvait sous l'engin.

Le souvenir enregistré à l'intérieur de la Mémoire akashique se poursuivit. Le *Haunebu* filait à une vitesse subsonique au-dessus des grandes plaines gelées. Il suivait les contours du relief en gardant une altitude constante et sans provoquer la moindre vibration dans l'habitacle. Bientôt, sur l'écran principal, les deux crochets d'une mire virtuelle se superposèrent à l'image et se placèrent de part et d'autre de la forme longiligne d'une tour qui venait d'apparaître au loin. Le disque volant se dirigea tout droit vers cette forme qui, dans la nuit polaire, était presque invisible. Seuls les crochets rouges de la mire confirmaient sa présence et permettaient de la repérer.

— C'est quoi cette chose ? s'exclama Eloik. On dirait le Phare du Rêve.

— Attendons d'être plus près. À cette distance, il est difficile de se faire une idée juste.

Les réponses ne tardèrent pas à arriver. Le *Haunebu* atteignit la structure en moins d'une minute et les deux compagnons purent l'observer à loisir. Elle était faite d'une matière noire et luisante sur laquelle se reflétait la lumière de la lune et des étoiles. Dans sa partie médiane, des rubans de symboles archaïques s'enroulaient en spirale et laissaient échapper une faible lumière verte fluorescente. Les glyphes brillaient de la même lueur spectrale que celle des aurores boréales s'agitant langoureusement dans le ciel et semblaient posées comme une couronne sur le sommet vertigineux de la chose.

Le Caméléomme toucha l'avant-bras d'Eloik.

– C'est le Pilier des Mondes ! Il est réapparu ! lança Katsinam, qui ne pouvait cacher son étonnement.

– Qu'est-ce que tu racontes ? Je ne comprends rien.

– Eloik, cette structure servait autrefois à unir directement la Terre au Rêve ainsi qu'aux Royaumes supérieurs. Les humains l'utilisaient en quelque sorte comme un ascenseur entre les différentes réalités. Vos ancêtres en ont abusé et les Veilleurs du Cercle en ont condamné l'accès. Le Pilier s'est alors rétracté au centre de votre planète, mais ce que nous voyons là est la preuve qu'il a été réactivé. Si l'Ordre Noir y est pour quelque chose, alors cela ne peut que signaler le début de graves problèmes sur Terre et dans le Rêve. Je vais devoir en informer le Prince.

– Et ces symboles qui s'enroulent autour du Pilier, qu'est-ce qu'ils disent ?

– C'est une formule de réclusion thaumaturgique. Elle empêche d'utiliser les portails du Pilier.

– Je ne sais pas pour toi, mon ami, mais j'ai tout à coup un très mauvais pressentiment.

Le Caméléomme hocha la tête en silence. Il partageait l'appréhension d'Eloik.

Le *Haunebu* se mit à descendre pour finalement pénétrer dans les profondeurs d'une caverne artificielle, aménagée près de la base émergente du Pilier. Le véhicule glissa dans un long couloir voûté qui débouchait sur un hangar souterrain fortement éclairé.

Lorsque le pilote posa l'engin sur la surface lisse du hangar, Karl Hencke fit signe à ses quatre soldats de se préparer à sortir. Ils agrippèrent les poignées du caisson contenant la Source, descendirent de l'appareil pour ensuite le poser sur la plate-forme d'un chariot motorisé muni de bras manipulateurs. Après avoir accompli leur besogne, les soldats s'éloignèrent en direction d'une chambre de décontamination tandis que le chariot robotisé partait dans l'autre sens et se dirigeait avec son précieux chargement vers une niche spécialement aménagée dans la structure du Pilier. Ce dernier traversait le hangar en plein centre et continuait de s'enfoncer sous la glace à des milliers de mètres de profondeur. Les bras manipulateurs du chariot soulevèrent le caisson et le placèrent doucement dans la niche. Des tuyaux furent fixés sur les extrémités supérieures et inférieures, puis un liquide nutritif de couleur ambrée fut injecté à l'intérieur du caisson. Mélangés au liquide, des nanodrones microscopiques se mirent à tisser une combinaison protectrice sur le corps de fillette de la Source. Elle n'opposa aucune résistance au traitement qu'elle subissait. Toute volonté de combattre semblait l'avoir quittée.

Soudain, sans aucun avertissement, le souvenir s'estompa. Eloik et Katsinam étaient de retour dans la blancheur éclatante de Mnemia. Le jeune combattant des cauchemars regarda son guide droit dans les yeux. La colère, montée en lui pendant qu'il observait la Source se faire emprisonner, se lisait aisément sur les traits de son visage.

– J'en ai suffisamment vu. J'ai la réponse que je cherchais. Il est temps pour moi de retourner dans mon monde.

Peu après que Ned et Janika furent venus la chercher à l'aéroport d'Aberdeen, Nilianna avait eu une longue conversation avec eux à propos des révélations des Andrevals dans le Temple de l'Orpheus. Avec ce que les deux adolescents lui avaient raconté au sujet de Raymond Hill, il ne faisait plus de doute dans son esprit que le Cauchemar avait maintenant la voie libre pour se manifester sur Terre. Des mesures sans précédent allaient devoir être mises en place pour contenir l'infestation qui ne manquerait pas de déferler dans les esprits de millions d'innocents. Une guerre, comme il ne s'en était pas vue depuis les temps reculés de la Première

Conflagration, était en gestation. Elle était probablement même déjà en route.

Pour calmer son trouble et refaire ses énergies, Nilianna s'était réfugiée dans la Chambre des rêves peu de temps après être arrivée à Netherley Mansion. Elle s'était assise sur l'une des couchettes et regardait dormir Eloik en songeant aux jours sombres qui s'annonçaient. Elle aurait souhaité que son jeune élève puisse recevoir une formation onirique en des temps moins troublés afin de lui laisser le temps de mûrir et d'assimiler progressivement les notions essentielles à son développement d'onironaute. De toute évidence, le destin avait d'autres plans pour Eloik. Il serait forcé d'apprendre à se servir prématurément de ses pouvoirs latents en les exerçant dans des combats oniriques qui ne pourraient manquer d'avoir lieu dans un avenir rapproché.

Tandis qu'elle méditait, la visière de plexiglas montée sur la couchette où prenait place Eloik se sépara en deux. Le jeune homme était en train de se réveiller. Elle le vit battre des paupières et revenir à lui.

– Bonjour. As-tu idée combien de temps tu es resté endormi ?

Au lieu de répondre, Eloik s'étira et bâilla à s'en décrocher les mâchoires.

– Désolé pour ça. J'en avais réellement besoin. Non, je ne sais pas. Mon Modèle de base ne fonctionnait plus.

– Tu as fait presque dix heures en ligne. Je ne sais pas ce qui t'est arrivé de l'autre côté, mais je suis sûre que tu as des tas de choses à raconter.

Eloik se remit debout. Il était parfaitement réveillé à présent. Il s'approcha d'elle et la prit par les épaules.

– Nilianna, je sais où se trouve la Source. Elle est retenue prisonnière au pôle Nord.

La vieille dame leva un sourcil. Elle ne paraissait pas surprise outre mesure.

– Je sais. Ça ne fait que confirmer ce que je pressentais. Je suppose que tu as vu le Pilier des Mondes ?

– Oui ! Les troupes nazies ont enfermé la Source à l'intérieur de celui-ci. Mais… mais comment avez-vous su ?

Elle descendit de la couchette où elle était assise et fit signe à son protégé de la suivre.

– Viens. Allons dans la pièce d'à côté. Nous pourrons discuter de tout cela en compagnie de Ned et de Janika.

Il lui emboîta le pas et ils traversèrent dans la salle de conférences où, quelques mois plus tôt, Dylan lui avait donné son premier cours de navigation onirique. Janika était assise à côté de Conroy. En le voyant entrer, ils le saluèrent.

– T'en as mis du temps, MacMillan ! Encore une heure à dormir et c'est moi qui serais allé te chercher par le fond de culotte.

– J'ai fait aussi vite que j'ai pu.

Nilianna gagna le devant de la salle et s'éclaircit la gorge.

— Écoutez tous. Les choses se présentent très mal. Eloik vient de m'apprendre que la Source est retenue prisonnière au pôle Nord dans le Pilier des Mondes. Bien que les Andrevals eussent informé l'Orpheus que la Source et Küwürsha se trouvaient sur Terre…

— Quoi! s'exclama Eloik, qui n'en croyait pas ses oreilles. Qu'est-ce vous dites? J'ai détruit Küwürsha!

Nilianna le considéra avec indulgence. Il ne pouvait être au courant de la situation puisqu'il n'avait pas pris part à la cérémonie qui avait eu lieu dans le Temple de l'Ordre.

— J'ai bien peur que non, Eloik. L'Indice du Mur de Foudre que tu lui as planté dans le corps n'a fait que lui couper l'accès au monde onirique de façon permanente. Les Andrevals nous ont confirmé qu'elle avait été bannie dans notre plan de réalité.

— Incroyable! Moi qui pensais que c'en était fini.

La vieille dame reprit son discours.

— Je sais que ce ne sont pas des choses faciles à entendre pour chacun d'entre vous. Je disais donc que les Andrevals nous avaient mis au courant de la présence de la Source et de la Reine du Cauchemar sur la Terre. Ce que nous ignorions était leur emplacement géographique exact. Avec les informations que nous rapporte Eloik, je pense maintenant être en mesure de m'avancer et de deviner ce que l'Ordre Noir nazi est en train de mijoter.

Comme je l'expliquais plus tôt à Ned et Janika, Eloik, le Pilier des Mondes traversait autrefois la Terre d'un pôle à l'autre. Il y a donc fort à parier qu'il s'est aussi manifesté en Antarctique. Si, comme je le pense, les nazis se sont rendus maîtres du Pilier, alors le rôle de la Source devient évident.

— Elle va leur servir de borne positive, intervint Janika.

— Exactement.

— Et je ne serais pas surprise d'apprendre qu'ils se sont arrangés pour emprisonner Küwürsha dans l'extrémité sud du Pilier, en Antarctique, pour servir de borne négative. Quels objectifs cherchent-ils à atteindre en agissant de la sorte ?

Ned, qui se grattait le menton en les écoutant parler, proposa une idée simple.

— Ça semble pourtant clair. On dirait qu'ils veulent alimenter un circuit à l'aide d'une pile gigantesque. Une pile de la taille de la Terre.

— Mais pour alimenter quel circuit ? demanda Eloik, enfin remis de ses émotions.

Ce fut Nilianna qui leur fournit la réponse.

— Il n'y a qu'une seule réponse logique à cette question. L'Ordre Noir va faire passer le courant thaumaturgique engendré dans le seul circuit capable de le transporter : l'esprit humain.

Un lourd silence s'abattit sur les membres du groupe pendant qu'ils réfléchissaient aux implications de ce que Nilianna venait de dire.

Eloik releva la tête et s'adressa à son mentor.

– Dans quel but ?

– Je ne le sais pas, mais depuis que les quatre empereurs ont été libérés et qu'ils se sont ajoutés à l'équation, je ne pense pas me tromper en disant que les nazis visent un but extrêmement néfaste pour le reste de l'humanité. La guerre me semble inévitable.

Épilogue

L'AVERSE avait débuté tôt dans la soirée et n'avait pas cessé depuis. La température, qui oscillait encore entre le froid de l'hiver qui se terminait et l'humidité du printemps qui s'amorçait, faisait en sorte que de gros flocons de neige mouillée se mêlaient à la pluie.

Commençant sa ronde de nuit, Desmond Leary jeta un coup d'œil par l'une des fenêtres grillagées qui donnaient sur le stationnement extérieur de l'Institut psychiatrique d'Elgin. Il poussa un juron en pensant qu'il devrait sûrement déblayer le pare-brise de son automobile avant de quitter le travail. Or, pas de chance, il avait fait le ménage du coffre de sa voiture la semaine précédente et il avait enlevé le balai à neige.

« Quel con ! » pensa-t-il en se maudissant intérieurement. Il aurait pu attendre une semaine de plus. Pour se calmer, il se mit à marcher dans le corridor principal du troisième étage de l'aile à sécurité maximale du bâtiment. Les patients étaient agités cette nuit. Beaucoup plus qu'à l'habitude. Ce n'était pourtant pas la pleine lune. En passant devant leurs cellules, il ouvrait le judas et vérifiait que chacun d'entre eux n'était pas en train de se faire *hara-kiri* ou une connerie de ce genre. Il avait déjà eu sa dose d'horreur ce mois-ci avec une patiente suicidaire qui s'était mordu la langue jusqu'à la sectionner et mourir au bout de son sang ; un peu de répit lui ferait le plus grand bien.

Desmond continua sa ronde. Il répétait les mêmes gestes, vérifiant toujours que tout allait bien malgré les cris et le tapage général. Lorsqu'il arriva devant la cellule portant le numéro 313 et qu'il fit coulisser le judas, le sang quitta son visage.

— Oh ! merde…

De l'autre côté de la porte, Raymond Hill pendait au bout d'une corde confectionnée avec le pantalon de coton de son pyjama qu'il avait noué au grillage de la fenêtre. Le gardien de nuit s'empara de son trousseau de clés et déverrouilla la serrure en vitesse. Il y avait peut-être encore une chance de le sauver. Il ouvrit la porte de la cellule et se précipita vers le corps inerte de l'homme ; mais lorsqu'il tenta de l'agripper pour le soulever, ses mains ne rencontrèrent que de l'air.

— Qu'est-ce que c'est que…

Un violent coup le heurta à la base de la nuque et il perdit immédiatement conscience. Derrière lui, le vrai Raymond Hill en chair et en os affichait un sourire diabolique. Les effluves du Cauchemar qui couraient dans ses veines et son système nerveux le transfiguraient.

La reine avait enfin déchaîné sa puissance sur Terre : il pouvait sentir le fait accompli jusqu'au plus profond de ses entrailles. Elle avait réussi à laisser entrer la Lèpre Noire et réveiller les quatre empereurs. L'énergie obscure libérée à la grandeur du globe par cette opération thaumaturgique avait trouvé son chemin jusqu'à lui et rien n'était plus facile pour un onironaute de sa trempe que de la canaliser, la concentrer et s'en servir pour tromper les sens d'un esprit faible comme celui de ce gardien qui était maintenant étendu à ses pieds. Une nouvelle ère de l'histoire humaine allait commencer, et il en serait l'un des acteurs principaux.

Sans perdre un instant de plus, il déshabilla le gardien et enfila rapidement ses vêtements. Il prit soin de ramasser le trousseau de clés et de verrouiller la serrure avant de se diriger vers la sortie de l'Institut psychiatrique. En moins de cinq minutes, il se retrouva à l'air libre dans le stationnement. Il appuya sur la commande de démarrage à distance de l'automobile du gardien et marcha tranquillement vers le véhicule dont les phares clignotaient. Sans se presser, il monta à bord et disparut dans la nuit.

Raymond Hill était libre.

Il n'aurait pourtant pas pu être aussi loin de la vérité. En effet, sur le toit de l'Institut, une créature tapie dans le noir n'avait pas perdu un seul geste du fuyard. Voilà plus de soixante jours qu'Irdahl, le Narkhys, parcourait le monde en se faufilant parmi les ombres et les allées obscures des villes humaines. Ce n'était que cette nuit qu'il avait fini par retrouver la trace de celui que sa maîtresse lui avait ordonné de supprimer. La signature onirique que Küwürsha avait inscrite dans l'âme de Raymond Hill l'avait attiré par-delà les mers et les continents.

Même s'il s'enfuyait à bord de ce véhicule, son temps était désormais compté. Irdahl l'observa s'éloigner. Quoi qu'il arrive, il ne pouvait plus lui échapper.

Liste des personnages, des créatures et des lieux

LES HUMAINS

Àsbjörn Stålhammer : ambassadeur de l'Orpheus, responsable de l'Europe de l'Est. Il a été accepté dans l'Ordre en même temps que Nilianna.

Cam Cooper : ingénieur en électricité, membre de l'Orpheus, contremaître sur le chantier de la Sphère II.

Craig MacMillan : père d'Eloik, décédé dans des circonstances nébuleuses.

Desmond Leary : gardien de sécurité de l'Institut psychiatrique d'Elgin.

Docteur Drake : psychiatre à la solde de l'Orpheus, responsable de Raymond Hill.

Edgar Ramey : géologue américain, directeur de la base de McMurdo, en Antarctique. Il est l'un des premiers humains à découvrir le Pilier des Mondes.

Ian Bradley : pilote américain basé à McMurdo.

John Montrose : ingénieur en télécommunications et ami d'Edgar Ramey. Il fait partie de l'expédition organisée pour étudier le Pilier des Mondes.

Obembe : ambassadrice de l'Orpheus, responsable de l'Afrique occidentale.

Oracle du temple : médium extrêmement doué qui est en contact permanent avec les entités des Royaumes supérieurs.

Rachel Welles : experte en glaciologie de la base de McMurdo. Elle fait les premières photos aériennes du Pilier des Mondes.

Roald Amundsen : explorateur norvégien qui fut le premier homme à atteindre le pôle Sud géographique en 1911.

Robert Gates : secrétaire à la défense des États-Unis, successeur de Donald Rumsfeld.

Sonam : membre de l'Orpheus. Bhoutanais d'origine. Il conduit Nilianna vers le Temple de l'Ordre.

Tristan : enfant sauvé par Eloik dans le Nid de cime des Vulturians. Il est l'ami de Vincent.

Tshering : fiancée de Sonam et membre de l'Orpheus.

Übermensch : terme allemand signifiant « surhommes », qui sert parfois à désigner la communauté des clones aryens. Sur le plan matériel, ils ressemblent à des fœtus, mais forment les rangs des soldats de l'Ordre Noir dans le Rêve.

Vincent : enfant qui souffre de cauchemars récurrents mettant en scène le Wakror. Son ami Tristan lui parle d'Eloik et de l'aide qu'il peut lui apporter.

LE MONDE DES RÊVES

Personnages

Arlène Jazz : onironaute mercenaire. Dirigeante de la guilde des nyctalopes.

Danahée : prêtresse caméléomme vivant dans les cours d'eau qui irriguent Thera'Vhäd.

Dassyanassiat : émissaire Sans-Visage.

Eli Mignati : Ukkhas qui agit à titre de navigateur sur le *Mercurius*.

Gehrion : vieux télépathe qui mendie aux portes de Thera'Vhäd.

Gled : marchand northmen. Fils cadet de Karcher.

Isaac Madiou : Ukkthas d'origine haïtienne qui travaille avec Dylan Clarke à bord d'un boulonneur.

Issyassis : émissaire Sans-Visage.

Justine McClaine : Ukkthas qui occupe le poste d'artilleuse sur le *Mercurius*.

Karcher : marchand northmen. Frère aîné de Malden.

Katsinam : Caméléomme chargé de guider Eloik dans Kamelem'Vhäd et de l'accompagner jusqu'à Mnemia.

Klara : onironaute mercenaire.

Lexington Chen : Ukkthas responsable des communications sur le *Mercurius*.

Louis Larochelle : bras droit de Verna-Lynn Ryder, autrefois officier de la Légion étrangère.

Mafdet : onironaute mercenaire membre de la guilde des nyctalopes.

Mathraël : souverain actuel des Caméléommes. Il vit en exil dans la nouvelle cité sous-marine de Kamelem'Vhäd.

Nokoa : marchand appartenant à la race onirique des hommes-cendres.

Ozgur Veren : Ukkthas qui occupe le poste d'artilleur sur le *Mercurius*.

Samsarah : onironaute mercenaire.

Sekhmet : onironaute mercenaire.

Syalsessian : émissaire Sans Visage

Tsarion : onironaute mercenaire.

Verna-Lynn Ryder : chef suprême des Ukkthas. Avant de passer à travers un capteur d'âmes, cette Canadienne enseignait la géographie.

Vrad : marchand northmen. Fils aîné de Karcher.

Xyleph : onironaute mercenaire.

Créatures

Globuleurs : petites créatures sphériques qui se nourrissent de la tristesse des rêveurs et qui la transforment en joie.

Hommes-cendres : créatures humanoïdes qui ressemblent à des tourbillons de cendre et de bandelettes. Ils sont réputés pour leurs connaissances concernant les étoiles et l'astronomie en général.

Néréides alcyonées : créatures aquatiques mi-femmes mi-méduses. Elles se déplacent en groupe et on raconte que certaines d'entre elles peuvent annoncer le futur.

Rememiales : petites créatures qui ressemblent à des flammes et qui permettent aux Flommes de communiquer avec les autres espèces.

Réveilleurs : petites créatures cousines des Rememiales qui se déplacent en bancs énormes. Si un rêveur entre en contact avec eux, il se réveille immédiatement.

Ûrpûrû : serviteurs des Caméléommes. Ils sont capables de voir la vraie nature d'une âme et de la mettre en évidence à travers leur propre forme réfléchissante.

Vanyars : humanoïdes bleus. Les plus vieux sont tachetés de blanc. Ils se consacrent uniquement à la vénération des Royaumes supérieurs. Ils possèdent une mythologie extrêmement complexe.

Lieux oniriques

Ang'Vhäd : nom d'origine de la Cité flottante des Caméléommes, détruite par Imkatho.

Dudaël : grand désert situé à l'intérieur du Périmètre d'inviolabilité.

Erg d'Asaïss : désert rocheux qui borde les Terres maudites.

Îles Thorghaliq : îles de glace qui dérivent dans le douzième secteur. C'est là qu'Eloik a reçu ses boomlights.

Kamelem'Vhäd : cité secrète des Caméléommes. Seuls les individus ayant un cœur rempli d'espoir peuvent la trouver.

Mnemia : mémoire universelle uniquement accessible en hyperrêve.

Thera'Vhäd : la cité de Therakiel, ancienne capitale des Caméléommes. Un grand bazar s'y tient à chaque Révolution.

LE MONDE DES CAUCHEMARS

Personnages

Abiataryani : empereur du Nord.

Apallanitraal : empereur de l'Ouest.

Hösheunsheh : empereur de l'Est.

Irdahl : Narkhys banni de la Terre qui est en liaison télépathique avec Küwürsha. Il a reçu la mission de traquer et d'éliminer Raymond Hill.

Mastymion : alter ego Sans-Visage de Raymond Hill.

Vûranahid : empereur du Sud.

Wâhl-Okhrr : Hyaniss femelle qui trône au sommet de la hiérarchie dans la cité de D'zyän.

Créatures

Ectoplasmes : émanations fantomatiques qui s'accrochent aux rêveurs et qui leur volent leur substance onirique afin de cloner leur corps éthérique. Il est très difficile de s'en débarrasser.

Kinrods : énormes minotaures à la fois violents et stupides.

Ténérians : monstres cauchemardesques qui ressemblent à des acariens géants. Ils adoptent diverses formes.

Wakror : dragon à quatre ailes qui se nourrit de peur.

Xhargs : araignées dont le dos est un visage démoniaque. Elles pullulent dans les endroits où sont réunis des gens atteints de psychose.

Lieux

Arkonia : île étrange qui transite continuellement entre divers plans de réalité.

D'zyän : capitale des Hyaniss. Ce n'est pas une ville, mais plutôt une arène gigantesque.

Forêt de Kharagma : très vieille forêt située à l'ouest de la forteresse de Senkossuth.

Nid d'origine : lieu où la culture et la société vulturianes ont pris leur essor. Ce nid se trouve au cœur des Terres maudites.

Senkossuth : capitale du Cauchemar. C'est à partir de là que régnait Küwürsha. Actuellement, c'est Mahawë qui occupe le trône de fer de la terrible forteresse de Senkossuth.

Terres maudites : territoires dévastés où, autrefois, les Andrevals royaux ont combattu les plus puissants guerriers du Cauchemar.

ACRONYMES

CIA : Central Intelligence Agency.
IMSAT-III : Imagery Satellite III.
NGIA : National Geospatial-Intelligence Agency.
NOAA : National Oceanic and Atmospheric Administration.
NSA : National Security Agency.

Table